유년시절

유년시절

레프 톨스토이 지음
전혜진 옮김

일러두기

1. 이 책은 러시아어 고유명사의 표기에 있어 국립국어원의 표기법에 따르고 있음을 밝힌다.

2. 본문의 주는 대부분이 역자 주이다. 저자 혹은 편집자의 주는 따로 밝혔다.

차례

유년시절 7
  I. 카를 이바느이치 선생 9
  II. 엄마 19
  III. 아빠 24
  IV. 수업 32
  V. 신들린 예언자 38
  VI. 사냥 준비 46
  VII. 사냥 51
  VIII. 놀이 59
  IX. 첫사랑 같은 그런 것 63
  X. 나의 아버지는 어떤 사람이었는가? 66
  XI. 서재와 응접실에서의 업무 70
  XII. 그리샤 77
  XIII. 나탈리야 사비쉬나 82
  XIV. 이별 89
  XV. 유년시절 98
  XVI. 시 104
  XVII. 코르나코바 공작부인 115

XVIII. 이반 이바느이치 공작	122
XIX. 이빈 형제들	130
XX. 손님들이 오다	142
XXI. 마주르카를 추기 전에	150
XXII. 마주르카	158
XXIII. 마주르카가 끝난 후	163
XXIV. 침대에서 나눈 대화	170
XXV. 편지	174
XXVI. 시골에서 우리를 기다리고 있는 것	184
XXVII. 슬픔	190
XXVIII. 마지막 슬픈 기억들	198

인생 여정의 시작에 선 레프 톨스토이   215

톨스토이의 『유년시절』
– 25세의 젊은 작가가 세계문학의
판도를 바꾸다   231
         –키릴 야블로치킨

레프 톨스토이 연보   240

유년시절

I

카를 이바느이치 선생

 18XX년 8월 12일, 내가 열 살 생일을 맞아 아주 멋진 선물을 받은 뒤 사흘째 되던 날. 아침 7시, 카를 이바느이치가 내 머리맡에서 파리를 잡겠다고 막대기에 설탕 봉지를 붙여 만든 파리채를 휘둘러 대며 나의 단잠을 깨웠다. 하지만 어설프기 짝이 없이 파리채를 내려치는 바람에 침대의 참나무 등받이에 걸어둔 나의 수호천사 성 니콜라이 상을 건드렸고, 죽은 파리는 내 머리 위로 곧바로 떨어졌다. 나는 이불 속에서 비죽이 코만 내민 채, 계속 덜거덕거리는 천사상을 부여잡고 죽은 파리를 바닥으로 털어 냈다. 그리고 잠이 덜 깨긴 했지만 화난 눈길로 카를 이바느이치를 노려보았다. 그는 솜을 누빈 얼룩덜룩한 누빔 실내복에 같은 천으로 만든 허리띠를 두르고, 붉은 털실로 짠 술 달린 모자에 부드러운 염소가죽 신발을 신은 채 벽 주위를 계속 어정거리면서 연신 파리를 겨냥하

여 파리채를 휘두르고 있었다.

'내가 아무리 어려도 그렇지, ― 나는 생각했다 ― 왜 이렇게 나만 못살게 구는 거야? 볼로쟈 형 침대 근처에 있는 파리는 왜 잡지 않고? 거기 파리가 얼마나 많은데. 맞아, 형이 나보다 나이가 더 많지. 내가 제일 어리니까 나를 괴롭히는 거야. 평생 어떻게 하면 날 골탕 먹일까, 그런 생각만 하는 사람 같다니까.' 나는 혼잣말로 중얼거렸다. '내가 놀라서 잠이 깬 것을 뻔히 보고서도 못 본 척 시치미를 떼고 있잖아…. 정말 마음에 안 들어! 실내복에, 모자에, 모자 술 장식까지 꼴 사납게 저게 다 뭐람.'

내가 이렇게 카를 이바느이치에 대한 화를 속으로 삭이는 동안, 그는 자신의 침대께로 갔다. 그러곤 침대 위에 걸어둔, 유리구슬이 박힌 구두 모양의 주머니에서 시계를 꺼내 보더니, 파리채를 못에 걸고는 아주 흡족한 표정으로 우리 쪽으로 몸을 돌렸다.

"일어나세요, 도련님들. 일어나요! 시간이 다 되었어요. 어머니가 아까부터 홀에 나와 계세요.(Auf, Kinder, auf!... s'ist Zeit. Die Mutter ist schon im Saal.)"

그는 독일인 특유의 선량한 목소리로 소리친 다음, 내게 다가와 침대 발치에 앉더니 주머니에서 담뱃갑을 꺼냈다. 나는 계속 자는 척했다. 카를 이바느이치는 먼저 코담배의 냄새를 맡았다. 그러곤 담배를 코에 대었다 뗀 후, 손가락 마디를 꺾어 뚜둑뚜둑 소리를 낸 다음 나를 깨우기 시작했다. 그가 웃으면서, 내 발뒤꿈치를 간질이며 말했다.

"이런, 이런 게으름뱅이!(Nu, nun, Faulenzer!)"

나는 간지러워 참을 수 없었지만, 침대에서 일어나지도 그에게 대답하지도 않았다. 그냥 베개 밑으로 머리를 더 깊숙이 밀어 넣고, 힘껏 발버둥치며 웃음을 참으려 온갖 애를 다 썼다.

'정말 좋은 분이야. 게다가 우리를 이렇게나 사랑하시는데. 이런 분을 두고 나는 나쁘게만 생각했어.'

나는 내 자신에게도, 카를 이바느이치에게도 화가 나서, 웃고 싶기도 하고 울고 싶기도 한 것이 마음의 갈피를 잡을 수 없었다.

"아, 그만 하세요(Ach, lassen Sie), 카를 이바느이치!"

나는 베개 밑에서 얼굴을 내밀고, 눈물을 글썽이며 소리를 질렀다.

카를 이바느이치는 놀라서 발바닥을 간질이다 말고 걱정스러운 말투로 무슨 일인지, 나쁜 꿈을 꾼 건 아닌지 물었다. 독일인 특유의 선량한 얼굴과 내가 눈물을 보인 이유를 알아내려고 애쓰는 그의 관심 때문에 나는 더욱더 눈물이 솟구쳤다. 나는 부끄러웠다. 왜 방금 전까지 카를 이바느이치를 미워했는지, 그리고 그의 실내복, 모자 그리고 모자의 술 장식까지 꼴 보기 싫어했는지 이해할 수 없었다. 지금은 아까와 반대로 모든 것이 너무나도 사랑스럽게 여겨졌다. 심지어 모자의 술 장식마저 그의 선량함을 말해 주는 증표같이 보였다. 나는 그에게 엄마가 돌아가셔서 장례 치르러 가는 악몽을 꾸었다고 말했다. 이 이야기는 사실 전부 꾸며낸 것이었다. 간밤에 꿈이란 걸 꾸었는지조차 생각나지 않았다. 그러나 내 이야기에 마음이 움직인 카를 이바느이치는 나를 위로하고 안심시키기 시작했다. 그 순간 나는 정말로 무서운 꿈을 꾼 것처럼 여겨져 좀 전과는 다른 이유로 눈물이 흘러내렸다.

  카를 이바느이치가 방을 나가고 나는 침대에서 일어나 조그만 발을 들어 기다란 양말에 끼워 넣기 시작했다. 눈물은 어느 정도 그쳤지만, 내가 꾸며낸 꿈을 생각하다 보니 슬픈 마음이 가시질 않았다. 키가 작고 말쑥한 차림의 니콜라이 아저씨가 들어왔다. 항상 진지하고 단정하며 깍듯이 예의를 지키는 그는 카를 이바느이치의 절친한 친구이다. 아저씨가 우리에게 옷과 신발을 가져다 주었다. 볼로쟈 형에게는 긴 장화를, 나에겐 내가 끔찍하게 싫어하는, 나비 모양의 리본이 달린 반장화를 가져다 주었다. 아저씨가 보는 앞에서 눈물을 보이면 부끄러울 것 같았다. 게다가 아침 햇살이 화창하게 창문을 비추고 있었다. 형이 세면대에 서서 (누이의 가정교사인) 마리야 이바노브나의 흉내를 내면서 어찌나 즐거워하며 큰 소리로 웃던지, 수건을 어깨에 두른 채, 한 손에는 비누, 다른 한 손에는 물 주전자를 들고 진지하기 짝이 없는 얼굴로 서 있던 니콜라이 아저씨마저 웃음을 터뜨리고 말았다.

"블라디미르 페트로비치*, 이제 그만하고 세수하셔야지요."

그 말에 내 마음이 싹 풀렸다.

"준비 다 되어 가나요?(Sind sie bald fertig?)"

공부방에서 카를 이바느이치의 목소리가 들렸다.

그의 목소리는 엄했고, 그 엄한 목소리에선 조금 전 나를 눈물짓게 했던 선량한 기색은 찾아볼 수 없었다. 공부방에서의 카를 이바느이치는 완전히 다른 사람이었다. 그는 선생님이었다. 나는 재빨리 옷을 입고, 세수를 하고, 손에 빗을 든 채 젖은 머리를 빗질하면서 그가 부르는 공부방으로 갔다.

카를 이바느이치는 코에 안경을 걸치고, 한 손엔 책을 든 채 문과 창 사이에 있는 그의 자리에 앉아 있었다. 문 왼편에는 책장이 두 개 있었는데, 하나는 어린이 책장으로 우리 것이고, 다른 하나는 카를 이바느이치의 책장이었다. 우리 책장에는 교과서를 비롯해 온갖 종류의 책들이 있었다. 세워져 있는 책들도 있었고, 눕혀진 것들도 있었다. 두 권의 붉

※ 블라디미르는 볼로쟈의 원래 이름이고, 페트로비치는 부칭임. 러시아에서는 이름과 부칭을 함께 부르는 것이 극존칭임.

은 양장본 『항해사(航海史)』(Histoire des voyages)*만이 벽쪽에 반듯하게 세워져 있었다. 그 옆에는 길쭉한 책, 두꺼운 책, 큰 책, 작은 책들이 놓여 있었는데, 표지만 남았거나 표지가 떨어져 나간 책들이 뒤섞여 있었다. 카를 이바느이치는 이 책장을 거창하게 도서관이라 부르며, 이따금 쉬는 시간 전에 서가 정리를 시키곤 했는데, 그럴 때면 우리는 책들을 아무렇게나 쑤셔 넣곤 하였다. 카를 이바느이치의 책장은 우리 책장처럼 책이 많지는 않았지만, 종류는 훨씬 다양했다. 특히 세 권의 책이 기억에 남아 있는데, 그중 한 권은 제본하지 않은 독일어 소책자로 양배추 밭에 거름을 주는 법에 관한 책이었고, 다른 한 권은 한쪽 가장자리에 불에 탄 흔적이 남아 있는 양가죽 표지의 『7년 전쟁사』, 그리고 나머지 한 권은 『정수학(靜水學)』 책이었다. 카를 이바느이치는 시력이 나빠질 정도로 틈만 나면 책을 읽었지만, 이 책들과 『북방의 꿀벌』* 외에 다른 책은 읽지 않았다.

카를 이바느이치의 책장에 있던 물건 중 유독 그를 생각나게 하는 물건이 하나 있다. 그것은 작은 나무 받침대가 붙어 있는, 두꺼운 마분지로 만든 원반 모양의 햇빛 가리개이다. 그 원반은 조임쇠로 연결되어 움직일 수 있었으며, 어떤 부인과

✻ 대저택의 서재용으로 1746~1770년에 19권으로 출판된 지리 및 민속학 책.
✻ 1825~1864년에 상뜨페테르부르크에서 출판된 러시아 정치 및 문학 신문.

이발사의 모습을 익살스럽게 그린 그림이 붙여져 있었다. 카를 이바느이치는 뭘 잘 갖다 붙였는데, 이 원반도 자신의 약한 시력을 밝은 빛으로부터 보호하기 위해 직접 고안해 만든 것이었다.

지금도 솜을 누빈 실내복에 붉은 모자 아래로 회색 머리카락이 듬성듬성 빠져 나온 길쭉한 그의 모습이 눈앞에 선하다. 작은 책상 옆에 앉아 있는 그의 얼굴 위로, 책상 위에 세워둔 이발사 그림의 원반이 그림자를 드리운다. 그는 한 손에는 책을 들고, 다른 한 손은 안락의자의 팔걸이에 올려놓고 있었다. 그의 곁으로 숫자판에 경기병이 그려진 시계, 격자 무늬의 손수건, 검정색의 동그란 담뱃갑, 초록색 안경집, 족집게 통 등이 놓여 있었다. 이 모든 것이 제자리에 아주 잘 정리정돈 되어 있어서, 이 정돈된 모습 하나만으로도 카를 이바느이치가 양심이 결백하고, 영혼이 평온한 사람이라는 것을 알 수 있었다.

아래층 홀에서 실컷 뛰놀고 난 뒤, 까치발을 하고 위층 공부방으로 몰래 들어가면, 카를 이바느이치가 안락의자에 홀로 앉아 평온하고 엄숙한 얼굴로 그의 애독서 중 한 권을 읽고 있는 모습을 보게 된다. 가끔 그가 책을 보지 않는 순간을 접할 때도 있었다. 그럴 때면 큰 매부리코에 안경을 걸치고, 반쯤 감긴 그의 푸른색 눈동자는 어떤 특별한 느낌을 담고 있었으며, 입술은 슬픈 미소를 머금고 있었다. 방은 고요했다. 고른 숨소리와 경기병이 그려진 시계 소리만 들릴 뿐이었다.

 내가 들어온 것을 알아차리지 못할 때도 종종 있었다. 그때마다 나는 문 앞에 서서 생각했다. '불쌍하고 불쌍한 분! 우리는 여럿이고 놀기도 하고 즐거워하는데, 돌보아 주는 사람도 하나 없이 외톨이시네. 고아라고 하셨지. 살아오신 이야기가 정말 끔찍했었는데! 선생님이 니콜라이 아저씨에게 들려주셨던 사연이 기억 나. 그런 처지에 놓여 살았다니 정말 끔찍해!' 그런 안쓰러운 생각이 들 때면, 나는 그에게 다가가 그의 팔을 잡고 "친애하는(Lieber) 카를 이바느이치!"라고 불렀다. 내가 그렇게 말할 때마다, 그는 좋아하며 늘 나를 쓰다듬어 주었다. 누가 보아도 감동을 받은 것이 분명했다.

 다른 쪽 벽엔 지도들이 걸려 있었다. 거의 다 찢어진 것을 카를 이바느이치가 능숙한 솜씨로 붙여 놓은 것이었다. 또 한쪽 벽엔 한가운데 아래층으로 내려가는 문이 있었고, 그 옆으로 자 두 개가 걸려 있었다. 하나는 우리가 쓰는 것으로 닳고 닳았고, 다른 하나는 새 자인데, 그의 것으로 줄을 긋는 용도보다는 우리를 공부시키는 데 주로 사용되었다. 다른 쪽 벽에는 칠판이 걸려 있었는데, 거기에는 우리가 지은 큰 잘못은 동그라미로, 작은 잘못은 십자가로 표시해 놓았다. 칠판 왼쪽 구석에는 우리가 무릎 꿇고 벌을 받는 자리가 있었다.

이 구석진 곳이 얼마나 깊이 내 기억 속에 자리잡고 있는지! 벽난로 뚜껑, 뚜껑 위의 통풍구, 그리고 통풍구를 돌려 열 때 나던 시끄러운 소리도 기억난다. 그곳에서 벌을 받다 보면 허리와 무릎이 아파왔는데, 그때마다 이런 생각이 들곤 하였다. '카를 이바느이치가 날 잊어버린 게 틀림없어. 지금쯤 푹신한 안락의자에 앉아 편안히 정수학 책을 보고 있을 거야. 틀림없어. 그럼 이제 난 어쩌지.' 그러면 나는 내 존재를 알리기 위해서 조용히 난로 뚜껑을 열었다 닫았다 하거나, 벽의 회반죽을 긁어 대기 시작했다. 그러다가 벽에서 갑자기 큰 회반죽 덩어리가 소리를 내며 땅에 떨어지기라도 하면, 그때 느끼는 공포는 어떤 벌보다 무서웠다. 그리고 카를 이바느이치를 슬쩍 쳐다보면, 그는 손에 책을 들고 아무것도 듣지 못한 듯이 앉아 있었다.

　방 한가운데에 놓인 탁자는 해질 대로 해진 검정 방수포로 덮여 있었다. 방수포 아래로 나이프에 파여 여러 군데 흠집이 난 탁자 모서리가 비죽이 나와 있었다. 탁자 주위엔 등받이 없는 의자 몇 개가 놓여 있었다. 모두 칠을 하지 않았는데도 오래 사용하여 반들반들 윤이 났다. 나머지 한쪽 벽에는 세 개의 창문이 나 있었다. 그 창문으로는 다음과 같은 풍경이 펼쳐졌다. 창 아래로 길이 나 있었고, 그 길 위로 움푹 파인 웅덩이, 돌멩이, 바퀴자국들이 보였다. 하나하나가 오래전부터 보아온 터라 익숙하고 정겨웠다. 길 너머로는 짧게 다듬은 보리수가 길게 늘어선 가로수 길이 이어졌고, 그 뒤로 나무 울타리가 곳곳에 보였다. 보리수 길 너머엔 목초지가 있었다. 목초지 한쪽에는 곡식창고가 있었고, 그 반대편으로 숲이 펼쳐져 있었다. 숲속 먼 곳에 산지기의 오두막이 보였다. 창문 오른쪽으로 테라스 일부가 보였는데, 어른들은 보통 점심 식사 전까지 그곳에서 시간을 보내곤 했다. 카를 이바느이치가 받아쓰기 시험지를 채점하는 동안 그쪽을 바라보면, 어머니의 검은 머리와 누군가의 등이 보였고, 어렴풋이 이야기 소리와 웃음 소리가 들려왔다. 그럴 때면 그곳으로 갈 수 없다는 사실에 화가 나서 이런 생각을 했다. '나는 언제 어른이 되어서 공부를 그만하게 될까, 그래서 이런 외국어 공부 때문에 눌러 앉아 있지 않고 내가 좋아하는 사람들과 함께 있게 될까?' 분노는 어느덧 슬픔으로 바뀌어서, 카를 이바느이치가 틀린 문제에 대해 질책하는 소리조차 듣지 못할 정도로 나는 깊은 상념에 빠지곤 했다.

카를 이바느이치는 실내복을 벗고 어깨에 단과 주름이 잡힌 푸른색 연미복으로 갈아입은 후, 거울 앞에서 넥타이를 고쳐 맸다. 그런 다음 어머니에게 아침인사를 하도록 우리를 아래층으로 데려갔다.

엄마

 어머니는 거실에 앉아 차를 따르고 있었다. 한 손에는 찻주전자를 들고, 다른 한 손으로는 사모바르*의 수도꼭지를 돌려 찻물을 받고 있었다. 끓는 물이 찻주전자에 넘쳐 쟁반으로 흘러내렸지만, 어머니는 그 모습을 계속 보면서도 전혀 눈치채지 못했을 뿐 아니라 우리가 들어온 것도 알아차리지 못했다.

 사랑하는 이의 모습을 상상 속에서 떠올리려 애를 쓸 때면 너무 많은 옛추억들이 한꺼번에 떠올라, 이러한 추억들 사이에서 그 모습은 마치 눈물 너머로 보는 것처럼 희미하게 보이곤 한다. 이것은 상상의 눈물이다. 내가 그 시절의 어머니 모습을 떠올리려 애를 쓸 때면, 늘 한결같이 다정함과 사랑이 담긴 갈색 눈동자, 물결치는 짧은 곱슬머리 약간 아래쪽 목에 있는 작은 점, 수놓은 하얀 옷깃과 너무나도 자주 나를 어루

❋ 러시아에서 사용되는 물을 끓이는 주전자로 러시아어로 '자기 스스로 끓는 용기'라는 뜻을 가짐. 18세기에 홍차가 보급되면서 함께 발달함.

만져 주고 또 나 역시 그만큼이나 자주 입맞춤을 했던 그 부드럽고 마른 손만 떠오를 뿐, 어머니의 전체적인 모습은 떠오르지 않는다.

　소파 왼편에는 오래된 영국산 피아노 한 대가 놓여 있었다. 피아노 앞에는 얼굴이 까무잡잡한 나의 누이 류보츠카가 매우 긴장한 모습으로 차가운 물로 막 씻고 와 장밋빛이 도는 손가락으로 클레멘티의 에튀드*를 연주하고 있었다. 내 누이는 열한 살이었다. 짧은 아마포 원피스에 레이스로 장식된 새하얀 속바지를 입고 다녔으며, 아직 아르페지오의 옥타브밖에 치지 못하였다. 류보츠카의 옆에는 장밋빛 리본이 달린 두건을 쓰고, 가장자리에 털이 달린 하늘색 상의를 입은 마리야 이바노브나가 비스듬히 걸터앉아 있었다. 카를 이바느이치가 들어오자, 그녀의 화가 난 붉은 얼굴은 더욱더 엄한 표정을 지었다. 그녀는 카를 이바느이치를 무섭게 노려보았고, 그가 건네는 인사는 받지도 않은 채 발을 구르며 이전보다 더 크고 위압적으로 "하나, 둘, 셋, 하나, 둘, 셋.(Un, deux, trois, un, deux, trois.)" 박자를 맞췄다.

　카를 이바느이치는 그녀의 이런 모습에 전혀 개의치 않고, 평소처럼 독일식 인사를 하며 곧바로 어머니에게로 다가갔다. 어머니는 그제서야 정신을 차리고, 우울한 생각을 떨치려는 듯

---

* 이탈리아의 작곡가이자 피아니스트인 클레멘티의 피아노 연습곡.

머리를 저으면서, 카를 이바느이치에게 손을 내밀었고, 그가 손에 키스하는 동안 그의 주름진 관자놀이에 입을 맞추었다.

"고마워요, 친애하는 카를 이바느이치."

어머니는 독일어로 인사하며 물었다.

"아이들은 잘 잤나요?"

카를 이바느이치는 한쪽 귀가 잘 들리지 않았다. 게다가 지금은 피아노 소리 때문에 아무 소리도 듣지 못했다. 그는 한쪽 팔로 탁자를 잡고, 다리 한쪽을 버팀목 삼아 소파 쪽으로 몸을 더 가까이 숙였다. 그리고 내 눈에는 더 없이 세련돼 보이는 미소를 보이며, 머리 위에 쓴 털모자를 살짝 들어올리며 말했다.

"나탈리야 니콜라예브나, 양해해 주시겠습니까?"

카를 이바느이치는 대머리 때문에 행여 감기라도 걸릴까, 절대 빨간 털모자를 벗지 않았고, 응접실에 들어올 때마다 매번 이렇게 양해를 구하곤 했다.

"그냥 쓰고 계세요, 카를 이바느이치…. 아이들이 잘 잤는지 물어본 거예요." 어머니는 그에게로 몸을 돌리며 큰 소리로 말했다.

그러나 이번에도 그는 한 마디도 알아듣지 못하였고, 대신 빨간 털모자로 대머리를 살짝 가리고는 그저 한층 더 상냥하게 웃어 보일 뿐이었다.

"잠깐만 멈춰 보세요, 미미."

어머니는 미소를 지으며 마리야 이바노브나에게 말했다.

"말소리를 들을 수가 없어서요."

원래도 아름다운 어머니가 미소를 지을 때면 아름다움이 한층 더해지면서 주변의 모든 것들이 빛나는 것 같았다. 인생의 힘든 순간 그 미소를 볼 수 있었다면, 나는 슬픔이란 걸 모르고 살았을지도 모른다. 그 미소야말로 내게는 바로 얼굴의 아름다움이라 부를 수 있는 것을 그대로 품고 있는 것 같았다. 미소가 얼굴에 매력을 더하면 그 얼굴은 아름다운 얼굴이며, 미소가 얼굴을 바꾸지 못하면 그 얼굴은 평범한 얼굴이라 할 것이고, 미소가 얼굴을 망친다면 그 얼굴은 못난 얼굴이다. 나와 함께 아침인사를 한 후, 어머니가 양손으로 내 머리를 감싸고 뒤로 젖히더니 찬찬히 살펴보았다.

"울었니?"

나는 아무 대답도 하지 않았다. 어머니는 내 두 눈에 입을 맞추고 독일어로 물었다.

"왜 울었니?"

우리와 친구처럼 대화를 나눌 때면, 어머니는 항상 완벽한 독일어로 말하곤 하였다.

"자다가 운 거예요, 엄마."

그렇게 말을 하고 나자, 나는 꾸지도 않고 둘러댔던 꿈이야기가 세세하게 기억났고, 그 생각만으로도 저절로 몸이 떨려 왔다.

카를 이바느이치는 내 말이 맞다고 확인해 주면서도 무슨 꿈을 꾸었는지에 대해선 입을 다물었다. 그는 날씨에 대해 몇 마디 더 하였고, 미미도 이 대화에 끼어들었다. 어머니는 쟁반 위에 직급이 높은 몇몇 하인 몫으로 설탕 여섯 조각을 올려놓은 뒤, 창가에 세워 둔 수틀 쪽으로 갔다.

"자, 이제 아빠에게 가보렴. 탈곡장에 가시기 전 엄마한테 꼭 들르시라고 말씀드려라."

음악 소리, 박자 맞추는 소리, 무서운 눈빛이 다시 시작되었고, 우리는 아빠에게로 갔다. 할아버지 시절부터 '하인방'이라고 부르던 방을 지나, 우리는 서재로 들어갔다.

III

아빠

 아빠는 책상 옆에 서서 편지 봉투와 서류, 돈뭉치를 가리키며, 무척 열을 받은 듯 집사 야코프 미하일로프에게 화난 목소리로 무엇인가 설명하고 있었다. 집사는 평소와 다름없이 문과 기압계 사이에 뒷짐을 지고 서서 손가락을 이리저리 빠르게 꼼지락거리고 있었다.
 아빠가 열을 낼수록 야코프 미하일로프의 손가락은 더 빨리 움직였고, 반대로 아빠가 말을 멈추면 그의 손가락도 멈추었다. 그러나 본인이 직접 말을 하기 시작하자, 그의 손가락은 갈 곳을 잃고 사방으로 불안하게 움직였다. 손가락 움직임을 보면, 야코프의 속마음이 어떤지 짐작할 수 있을 것 같았다. 그러나 그의 얼굴은 항상 평온했는데, 자신이 옳다는 걸 의식하고 있으나 주인에게 복종해야 한다는 것도 잘 알고 있다는 표정이었다. 말하자면, '제가 옳습니다만, 나리 뜻대로 하십시오!'라고 하는 것 같았다.

우리를 보고도 아빠는 이 말만 했다.

"잠시 기다리거라."

그리고 문을 가리키며 우리 중 아무나 문을 닫으라고 고개를 끄덕였다.

"아, 이런 세상에! 대체 자네 오늘 왜 이러는가, 야코프?"

아빠는 한쪽 어깨를 떨면서(그는 이런 버릇을 갖고 있었다) 집사에게 계속 말했다.

"이 봉투에 8백 루블을 넣어 두었는데…."

야코프는 주판을 살짝 움직여 팔백을 놓은 후, 다음 말을 기다리며 알 수 없는 곳에 시선을 고정시켰다.

"내가 없는 동안 집안 살림할 비용이네, 알겠나? 제분소 대금으로 자네는 1천 루블 받을 것이 있고… 그렇지 않은가? 또 국고에서 담보금 8천 루블을 돌려 받아야 하고, 건초는 자네 계산대로라면, 7천 푸드약 114.6킬로그램를 팔 수 있다고 했으니, 1푸드약 16.3킬로그램에 45코페이카를 받는다고 치면, 어림잡아 3천 루블은 받아야겠지. 그렇다면 자네 수중에 총 얼마의 돈이 들어와야 하겠나? 1만 2천 루블이지… 그렇지 않은가?"

"그렇습니다요."

야코프가 말했다.

그러나 그가 손가락을 재빨리 움직이는 것을 보고 나는 그가 아빠의 말에 반박하려 한다는 것을 알아챘다. 하지만 아빠가 그의 말을 가로막았다.

"자, 이제 자네는 이 돈에서 페트롭스코예 지방의회에 영지 세금으로 1만 루블을 보내게. 그리고 사무실에 있는 돈은 내게 가져오게."

아빠는 계속 말했다. (야코프는 주판에서 이전의 1만 2천 루블을 털고, 다시 2만 천 루블을 놓았다.)

"그리고 오늘 날짜로 지출한 것으로 적어 놓게나."

(야코프는 주판을 턴 다음 엎어 놓았다. 아마도 2만 천 루블이란 돈도 역시 그렇게 사라진다는 걸 보여주려는 것 같았다.)

"돈이 든 이 봉투는 자네가 내 이름으로 여기 적힌 수취인에게 전달하게나."

나는 탁자 가까이 서 있어서 잠시 봉투에 쓰여진 글자를 볼 수 있었다. "카를 이바노비치 마우에르 앞"이라고 쓰여 있었다.

아빠는 내가 알 필요가 없는 것을 보았다고 생각했는지, 내 어깨에 손을 얹고 가볍게 밀면서 책상에서 떨어지라고 지시하였다. 나는 이 동작이 나를 쓰다듬는 것인지 나무라는 것인지 알 수가 없었지만, 만일의 경우에 대비하여 내 어깨에 놓인 힘줄이 불거진 아빠의 큰 손에 입을 맞추었다.

"알겠습니다요. 그런데 하바롭카에서 나온 돈은 어찌 할까요?"

야코프가 말했다.

하바롭카는 엄마의 영지였다.

"사무실에 놔두고, 내 지시 없이는 아무 데도 쓰지 말게나."

야코프는 몇 초간 침묵하였다. 그러다가 갑자기 좀 더 빠른 속도로 손가락이 움직이기 시작했고, 주인의 명령을 잘 따르는 순종적이고 아둔한 표정을 그 특유의 약간은 교활하고 영악한 표정으로 바꾼 후, 주판을 몸 쪽으로 당기고는 말을 시작했다.

"한 말씀 드리겠습니다, 표트르 알렉산드르이치. 나리 편하신 대로 처리할 수는 있으나, 기한 내에 지방의회에 돈을 내는 것은 불가능합니다."

그는 잠깐 말을 멈추었다가 이어갔다.

"나리께선 담보금과 제분소에서 받을 돈과 건초 대금이 들어올 것으로 말씀하셨지만, (그는 이 항목들을 거론하면서, 해당 금액을 주판에 놓았다.) 계산이 맞지 않을까 봐 걱정입니다."

그는 잠시 말을 멈춘 후 의미심장한 눈으로 아빠를 쳐다보았다.

"왜 그런가?"

"그럼 보십시오. 제분소만 해도 주인장이 두 번이나 저를 찾아와 납입 기한을 연기해 달라고 통사정했습니다. 하느님께 맹세코, 돈이 한 푼도 없다면서요… 네, 지금 그 사람이 여기 와있습니다요. 나리께서 직접 이야기해 보시겠습니까?"

"그자가 뭐라 하던가?"

아빠는 제분소 주인과 말을 나누기 싫다는 표시로 머리를 저으며 물었다.

"아시지 않습니까? 일거리가 전혀 없고, 그나마 얼마 있던 돈은 둑 쌓는데 다 써버렸다는 이야기입지요. 그런데 나리, 그자를 그만두게 한다 해도, 무슨 이득을 볼 수 있겠습니까? 담보금 반환 건에 대해 말씀드리자면, 제가 이미 보고를 올린 것 같습니다만, 돈이 담보금 건에 묶여 있어서 바로 돌려받을 수 없을 것 같습니다. 최근에 시내에 있는 이반 아파나시예비치에게 밀가루 한 수레를 보내면서, 이 일에 대해 쪽지를 보냈습니다. 그랬더니 답장이 왔습니다요. 표트르 알렉산드르이치를 위해 기꺼이 노력은 해보겠으나, 일이 자신의 손에 달려 있지 않고, 모든 정황을 미루어 볼 때 두 달 후에도 나리께서는 받기 어려울 거라고 합니다요. 건초에 대해서도 말씀드리자면, 3천 루블에 판다고 가정해 보면…"

그는 주판에 3천을 놓고 잠시 입을 다물고는 주판과 아빠의 눈을 번갈아 쳐다보면서 이런 표정을 지었다. '나리께서도 보시다시피 얼마나 적은 액수입니까! 그렇습니다. 지금 건초를 팔면 손해라는 것을 나리께서도 잘 아실 텐데요…'

그는 자신의 생각이 옳다는 것을 입증할 근거가 많아 보였다. 아마도 그래서였는지 아빠가 그의 말을 잘랐다.

"난 내 지시사항을 바꿀 생각이 없네. 하지만 수금이 늦어진다면 어쩔 수 없이 하바롭카에서 들어오는 돈으로 필요한 만큼 써야지."

"알겠습니다."

야코프의 표정과 손가락 움직임으로 보아 아빠의 마지막 지시가 무척이나 만족스웠다는 것을 역력히 알 수 있었다.

야코프는 농노 출신으로 상당히 성실하고 신실한 사람이었다. 여느 좋은 집사들이 그러하듯, 주인을 위해 극도로 알뜰하게 살림을 꾸려갔고, 주인의 이익에 대해 아주 괴상한 생각을 갖고 있었다. 그는 항상 안주인의 재산으로 자기 주인의 재산을 불리는 것에 몰두하고 있었다. 안주인의 영지에서 나오는 모든 수입을 전부 (우리가 살던) 페트롭스코예 영지를 위해 쓰는 것이 마땅하다는 걸 증명하려 애썼다. 그리고 바로 지금 이 일을 해냈으니 의기양양할 수밖에 없었다.

아빠는 우리와 인사를 나눈 후, 시골에서 빈둥거리지 말고 더 이상 어린아이가 아니니 공부를 열심히 해야 한다고 말씀하셨다.

"너희들도 알고 있겠지만, 난 오늘 밤 너희들을 데리고 모스크바로 갈 거다. 너희들은 외할머니 댁에 머무르게 될 거고, 엄마와 누이들은 이곳에 있을 거야. 너희들도 알고 있겠지. 엄마에게 유일한 위안은 너희들이 공부를 잘 해서 어른들이 흐뭇해한다는 말을 듣는 것이란다."

아빠가 말했다.

지난 며칠간 뭔가를 분주히 준비하는 걸로 보아 심상치 않은 일이 벌어질 것이라고 짐작은 했지만, 이 소식에 우리는 깜짝 놀라고 말았다. 볼로쟈 형은 얼굴이 빨개져서 떨리는 목소리로 엄마의 당부사항을 전달했다.

'내 꿈이 바로 이걸 예견한 거였구나. 이제 더 이상 나쁜 일이 없으면 좋겠어.'

나는 엄마가 너무 안쓰러우면서도, 동시에 이제 우리도 다 컸나 보다, 라는 생각이 들며 기쁨이 밀려왔다.

'만일 지금 떠난다면, 수업은 없을 거야. 잘됐어! 하지만 카를 이바느이치 선생님이 불쌍해. 아마도 해고되겠지. 그렇지 않다면 돈봉투를 준비하진 않았을 테니까…. 차라리 평생 공부하며 이곳을 떠나지 않고 어머니와 헤어지지 않고 불쌍한 카를 이바느이치 선생님을 내보내지 않을 수 있다면, 그게 가장 좋을 텐데. 진짜 지지리 복도 없는 분이야!' 나는 생각했다.

이 생각이 머리를 스치자, 나는 자리에서 꼼짝도 안 하고 신고 있던 장화의 검은색 리본을 계속 쳐다보았다.

아빠는 카를 이바느이치와 기압이 떨어졌다는 이야기를 몇 마디 나눈 후, 야코프에게 점심 먹고 떠나기 전 어린 사냥개들이 잘 짖는지를 시험할 겸 개들에게 먹이를 주지 말라고 지시하였다. 그리고 내 기대와는 달리 공부하러 가라며 우리를 내보냈다. 대신 사냥에 데리고 간다는 약속으로 우릴 달랬다.

나는 위층으로 올라가다가 테라스 쪽으로 달려갔다. 문 옆에는 아버지가 사랑하는 보르조이종 개 밀카가 햇살에 눈을 찌푸리고 누워 있었다.

"밀로츠카^{밀카의 애칭}." 나는 밀카를 쓰다듬고 얼굴에 입을 맞추며 말했다.

"우린 이제 떠나, 잘 있어! 다시는 못 만날 것 같아."

나는 슬픔에 겨워 울음을 티뜨리고 말았다.

IV

수업

카를 이바느이치는 심기가 매우 불편해 보였다. 추켜올라 간 눈썹이며, 프록코트를 옷장에 집어 던지는 모습하며, 화를 내듯 허리끈을 졸라맨다거나, 우리가 암기해야 할 대목을 회화 책에 손톱으로 꾹꾹 눌러 표시하는 모습으로 미루어 알 수 있었다. 볼로쟈 형은 제대로 수업을 받았지만, 난 너무 마음이 어수선하여 아무것도 할 수 없었다. 오랫동안 멍하니 회화 책을 들여다보았지만, 다가올 이별 생각에 눈물이 앞을 가려 책을 읽을 수 없었다. 내가 암기할 대목을 읽어야 할 차례가 되었을 때, 카를 이바느이치는 눈살을 찌푸리면서 내가 말하는 것을 들었다. (이것은 나쁜 징조였다.) 한 사람이 "어디에서 오시는 길이십니까?(Wo kommen Sie her?)"라고 물으면, 다른 사람이 "카페에 갔다 옵니다.(Ich komme vom Kaffe-Hause.)"라고 답변하는 대목이었는데, 나는 눈물을 못 참고 울음을 터트린 바람에 말을 잇지 못하고 "신문을 읽지 않으셨나요?(Haben Sie die Zeitung nicht gelesen?)"라고 해버렸다. 쓰기 시간에도 방울져 떨어지는 눈물로 공책이 얼룩지며, 마치 포장지 위에 물로 글씨를 쓴 것처럼 보였다.

카를 이바느이치는 화가 잔뜩 나서 나를 꿇어 앉혔다. 그리고 지금 내 행동은 고집을 부리는 것이고 인형극(그가 좋아하는 단어였다)일 뿐이라고 말하곤, 자로 을러대며 용서를 빌라고 다그쳤다. 그러나 나는 눈물 때문에 한마디도 할 수 없었다. 마침내 그도 자신이 지나쳤다고 느꼈는지, 니콜라이 아저씨 방으로 들어가며 큰 소리로 문을 닫아 버렸다.

아저씨의 방에서 나는 말소리가 공부방까지 들렸다.

"니콜라이, 자네, 아이들이 모스크바로 떠난다는 소릴 들었나?" 카를 이바느이치가 방으로 들어서며 말했다.

"어쩌다 보니 듣게 되었네."

니콜라이 아저씨가 일어서려 했는지, 카를 이바느이치가 말했다.

"니콜라이! 앉게나."

그 말이 끝난 후 문이 닫혔다. 나는 두 사람이 하는 말을 엿들으려 구석에서 나와 문가로 갔다.

"사람들에겐 아무리 정을 쏟고 잘 해줘도 그에 상응하는 대접을 기대해선 안 되는 모양이네, 니콜라이."

카를 이바느이치는 감정이 담긴 목소리로 말했다.

니콜라이는 창가에 앉아 장화를 수선하며, 맞는 말이라는 듯 고개를 끄덕였다.

"이 집에서 12년을 살았네. 저 아이들이 내 자식들이라 해도 이보다 더 사랑하고 더 잘할 순 없었을 걸세."

카를 이바느이치는 천장 쪽으로 눈길을 돌린 채 담뱃갑을 집어 들며 계속 말을 이어갔다.

"니콜라이, 자네도 기억나지 않는가. 볼로쟈가 열병에 걸렸을 때 말일세. 내가 꼬박 아흐레 동안 눈 한 번 떼지 않고 그 애 머리맡에 앉아 간호하지 않았던가. 그때의 나 카를 이바느이치는 다정하고 인정 넘치는 사람이었지. 꼭 필요한 사람이었고. 그런데 지금은…."

그가 씁쓸하게 미소 지으며 덧붙였다.

"이제 아이들이 컸으니, 본격적으로 공부를 해야 한다는군. 여기선 마치 공부를 하지 않았던 것처럼 말일세, 니콜라이."

"무엇을 더 공부해야 한다는 건가?" 니콜라이는 송곳을 내려놓고 송진 먹인 수선용 굵은 실을 두 손으로 잡아당기며 말했다.

"그러게, 이젠 내가 필요 없게 되었으니 내쫓아야겠지. 하지만 약조한 건 어떻게 된 거지? 감사하다던 건 다 어디로 간 걸까? 나는 나탈리야 니콜라예브나를 존경하고 좋아하네." 그는 가슴에 손을 얹으며 말했다. "그런데 그녀가 무엇을 하겠는가? 이 집안에서 그녀의 생각이란 있으나 마나지. 지금 이 상황을 보라고."

그 순간 그는 불편한 속내를 고스란히 담은 몸짓으로 바닥에 가죽 조각을 집어 던졌다.

"나는 알고 있다네. 이것이 누구의 농간인지, 내가 왜 쓸모없는 존재가 되었는지. 나는 아부하지도, 비위를 맞추지도 않지. 나는 늘 모든 사람들 앞에서 진실만을 말했다네." 그는 당당하게 말했다.

"할 수 없지 않은가! 내가 여기서 나간다 해서 그들이 더 부자가 되는 것도 아니고. 신은 자비로우시니까, 먹고 살 빵 조각 정도는 찾을 수 있겠지. 그렇지 않은가, 니콜라이?"

니콜라이가 고개를 들었다. 그러곤 카를 이바느이치를 쳐다보며, 과연 그가 먹고 살 빵 조각이라도 찾을 수 있을지 확인하려는 듯했다. 그러나 그는 아무 말도 하지 않았다.

카를 이바느이치는 이런 마음 상태로 오랫동안 많은 이야기를 했다. 예전에 살았던 장군 집에선 그의 공을 아주 높이 샀다는 이야기(이런 이야기를 듣고 있자니 가슴이 너무 아파왔다), 독일의 작센 지방, 자기 부모 그리고 재단사 쇤하이트 등에 관한 이야기들이었다.

나는 그의 슬픔에 공감하였다. 내가 거의 똑같이 사랑하는 아버지와 카를 이바느이치가 서로를 이해하지 못하는 것이 가슴 아팠다. 나는 다시 공부방의 구석으로 가서 어떻게 하면 두 사람이 다시 사이가 좋아질 수 있을까 생각했다.

카를 이바느이치가 공부방으로 돌아오더니 일어나 받아쓰기 공책을 준비하라고 했다. 준비를 마치자 그는 당당한 기세로 안락의자에 깊숙이 앉더니 심장 깊은 곳에서 우러나오는 듯한 목소리로 다음 구절을 읽기 시작했다.

"모든 죄악 중에 가장 나쁜 죄는… 다 썼어요?(Von allen Lei-den-schaf-ten die grau-samste ist… haben sie geschrieben?)"

여기서 그는 말을 멈추고 천천히 담배 냄새를 맡은 다음 다시 힘을 주어 말을 이어갔다.

"가장 나쁜 죄는 배-은-망-덕이다… 배은망덕은 대문자로 시작하도록.(Die grausamste ist die Un-dank-bar-keit… Ein grosses U.)"

나는 마지막 단어를 쓰고 다음 구절을 기다리며 그를 바라보았다.

"마침표.(Punctum.)"

그는 보일 듯 말 듯 미소를 지으며 공책을 제출하라고 손짓을 했다.

카를 이바느이치는 자신의 속마음을 나타내는 이 구절을

아주 흡족한 듯 여러 억양으로 몇 번이나 반복하여 읽었다. 그런 다음 역사 숙제를 내주고 창가에 앉았다. 그의 얼굴은 아까처럼 침울하지 않았고, 자신이 당한 모욕에 대해 정당하게 복수한 사람처럼 만족스러운 표정이었다.

1시 15분 전이었다. 카를 이바느이치는 우리를 놓아줄 생각을 하지 않았다. 그는 계속해서 새로운 과제를 내주었고, 지루함과 배고픔이 한꺼번에 밀려왔다. 나는 도저히 참을 수가 없어 점심 때가 되었음을 알리는 모든 신호에 귀를 기울였다. 수세미를 든 하녀 한 명이 그릇을 닦으러 가는 소리가 들렸다. 식탁에서 그릇이 덜거덕거리고 탁자를 옮기고 의자를 놓는 소리가 들렸다. 미미와 류보츠카, 그리고 미미의 열두 살짜리 딸아이 카텐카가 정원 쪽에서 걸어 나오고 있었다. 그런데 늘 식사 준비가 다 되었다고 알려주러 오던 청지기 포카는 보이지 않았다. 포카가 와서 식사 준비가 다 되었다는 말을 전해야 책을 던져 버리고, 선생님의 눈치를 보지 않고도 아래층으로 내려갈 수 있었다.

바로 그때 계단을 올라오는 발소리가 들렸다. 포카가 아니었다. 나는 포카의 걸음 소리를 잘 알고 있었다. 그리고 걸을 때마다 삐꺽대는 그의 장화소리를 늘 구별할 수 있었다. 문이 열렸고, 한 번도 본 적 없는 낯선 사람이 모습을 드러냈다.

신들린 예언자

  방으로 들어온 사람은 곰보자국이 있는 창백하고 긴 얼굴과 하얗게 센 긴 머리에 적갈색 수염이 듬성듬성 나 있는 쉰 살 가량의 남자였다. 어찌나 키가 큰지 방문을 열고 들어오는데 머리를 숙이는 것으론 모자라 몸 전체를 구부려야 할 정도였다. 그는 카프탄*과 사제의 제의 안에 입는 것과 비슷한 다 찢어진 누더기를 걸쳤고, 한 손에는 커다란 지팡이를 들고 있었다. 방 안으로 들어서면서 그는 지팡이로 있는 힘을 다해 바닥을 내리쳤다. 그러곤 눈썹을 찌푸리고 입을 엄청나게 크게 벌리더니, 무시무시하고 부자연스럽기 짝이 없이 웃어 대기 시작했다. 애꾸눈에 가뜩이나 추한 얼굴이 끊임없이 흰자위를 희번덕거리는 통에 더더욱 혐오스럽게 보였다.

  "아하, 걸렸구나!" 그는 종종걸음으로 볼로쟈 형에게 다가

❈ 옷자락이 긴 농민 외투.

가 소리를 지르기 시작했다. 형의 머리를 붙잡고 정수리를 꼼꼼히 살펴보기 시작했다. 그런 다음 아주 심각한 표정을 짓고 탁자 쪽으로 다가가 방수포 아래로 바람을 불어 넣으며 성호를 긋기 시작했다.

"오호, 가여워라! 오호, 가슴이 아프도다! 가여운 아이들이… 떠나는구나."

그는 애잔한 눈길로 볼로쟈 형을 찬찬히 살펴보면서, 울음 섞인 떨리는 목소리로 말하기 시작했다. 그러더니 뚝뚝 떨어지는 눈물을 소매로 닦기 시작했다.

목소리는 쉬었고 거칠었고, 몸놀림은 불안하게 서두르는 듯했으며, 말은 두서가 없어 무슨 말인지 알아들을 수 없었지만(그는 대명사를 한 번도 사용하지 않았다), 억양은 감동적이었고, 누렇고 추한 얼굴에 때때로 솔직하고 슬픈 표정이 서려, 그의 말을 듣고 있자니 주체할 수 없이 연민과 공포, 슬픔의 감정이 뒤섞여 밀려왔다.

이 사람은 바로 신들린 예언자이자 순례자인 그리샤였다.

그는 어디에서 왔을까? 부모는 누구일까? 무엇 때문에 그는 이러한 순례자의 삶을 선택하게 된 것일까? 이에 관해선 아무도 알지 못했다. 단지 내가 아는 것은 그가 열다섯 살 때부터 신들린 예언자로 알려지기 시작했으며, 한겨울이든 한여름이든 맨발로 수도원을 찾아다니며, 자신이 좋아하는 사람에겐 성상을 선물하고, 수수께끼 같은 말을 하곤 해서 이 말을 예언으로 받아들이는 사람들이 있다는 것과 다른 모습의 그를 본 사람이 아무도 없다는 것, 그리고 아주 가끔 할머니를 찾아간다는 것이었다. 어떤 이들은 그가 부유한 부모에게서 난 불행한 아들이지만, 순수한 영혼의 소유자라고 말하는가 하면, 또 다른 이들은 그저 게으름뱅이 농부일 뿐이라고 말하기도 했다.

마침내 그토록 기다렸던 포카가 정확히 시간을 지켜 나타났고, 우리는 아래층으로 내려갔다. 그리샤는 흐느껴 울고 이런저런 헛소리들을 주절대면서 우리 뒤를 따라 지팡이로 계단을 치면서 내려왔다. 아빠와 엄마가 손을 잡고 응접실을 걸으며 조용히 이야기를 나누고 있었다. 마리야 이바노브나는 소파와 직각 방향에 놓인 안락의자에 앉아 엄격하고 절제된 목소리로 곁에 앉은 누이들을 훈계하고 있었다. 카를 이바느이치가 방으로 들어오자 그녀는 그를 한 번 쳐다본 후 바로 외면해 버렸다. 마치 '나는 당신에게 신경 쓰지 않아요'라고 말하는 듯한 표정이었다. 누이들의 눈을 보니 우리에게 한시라도 빨리 뭔가 중요한 소식을 전하고 싶은 듯했다. 하지만 그냥 자리에서 일어나 우리에게 다가오면, 미미가 정해 놓은 규칙을 어기는 것이었다. 우리는 먼저 그녀에게 다가가 "안녕하세요, 미미!(Bonjour, Mimi!)"라고 말하며 발꿈치를 붙이고 인사한 후에야 대화를 할 수가 있었다.

이 미미라는 부인은 정말 짜증나는 사람이었다! 그녀의 앞에선 거의 마음 놓고 말을 할 수가 없었다. 사사건건 트집을 잡곤 했으니 말이다. 게다가 "프랑스어로 말하세요.(Parlez donc français.)"라며 끊임없이 귀찮게 간섭하였다. 하필 러시아어로 수다를 떨려고 할 때나, 누구에게도 방해 받지 않고 음식의 맛을 음미하고 싶을 때면, 꼭 "빵과 함께 드세요.(Mangez donc avec du pain.)" 또는 "포크를 왜 그렇게 잡지요?(Comment ce que vous tenez votre fourchette?)"라고 잔소리를 퍼붓곤 하였다. 그런 그녀를 보며 나는 '왜 우리 일에 이렇게 참견하는 거지, 누이들이나 가르칠 것이지. 우리에겐 카를 이바느이치가 있다고.'라고 생각했다. 그런 류의 사람들을 증오하는 카를 아바느이치의 마음에 나는 전적으로 공감했다.

"엄마에게 우리도 사냥하는데 함께 데려가 달라고 부탁해 줘."

어른들이 식당에 들어가고 나자 카텐카가 내 웃옷 자락을 잡아끌며 귓속말로 말하였다.

"알았어. 해볼게."

그리샤도 식당에서 식사를 했는데, 그의 식탁은 따로 차려주었다. 그는 접시에서 눈을 떼지 않고 음식을 먹다가, 이따금 한숨을 쉬며 잔뜩 찌푸린 얼굴로 혼잣말을 하듯이 중얼거렸다. '딱해라! 떠나 버렸군… 비둘기가 하늘로 날아가… 아, 무덤에 돌이!'와 같은 말들이었다.

아침부터 엄마는 기분이 울적했다. 그리샤의 존재, 말과 행동이 엄마의 울적한 마음을 더욱 심란하게 했다.

"아, 참, 당신에게 부탁할 게 있었는데, 잊고 있었네요."

엄마는 아버지에게 스프 접시를 건네며 말했다.

"뭔데 그러시오?"

"제발 저 무서운 개들을 가둬 두라고 좀 하세요. 불쌍한 그리샤가 마당을 지나다 물릴 뻔했어요. 저렇게 사나우니 우리 애들에게 달려들 수도 있고요."

자신에 관한 이야기가 나오자 그리샤는 식탁 쪽으로 몸을 돌려 다 해진 옷의 앞섶을 보여주고는 음식을 우물우물 씹으며 말했다.

"물어 죽이려 했지만 신이 허락하지 않으셨지. 개들을 시켜 사람을 물어 죽이는 것은 죄악이지, 큰 죄악! 하지만 때려서는 안되오, 나리(그는 모든 남자들을 이렇게 불렀다). 왜 때립니까? 신이 용서하실 것을… 그런 시절은 지났도다."

"대체 저 사람은 무슨 소리를 하는 거요?"

아빠가 엄한 표정으로 그를 뚫어져라 쳐다보며 말다.

"도통 알아들을 수 없군."

"전 알아들었는데요."

엄마가 대답했다.

"어떤 사냥꾼이 일부러 개를 풀어 놓은 거라고 말하는 거예요. 그래서 그렇게 말한 거예요. '물어 죽이려 했지만… 신이 허락하질 않으셨다.' 그래서 당신에게 그 사냥꾼을 벌하지 말아 달라고 부탁하는 거예요."

"아! 그런 말이었군!"

아빠가 말했다.

"어떻게 내가 사냥꾼을 벌 주려는 것을 알았지? 당신도 알다시피, 나는 이런 사람들을 전혀 좋아하지 않소. 특히 저 사람은 내 마음에 들지 않소. 그러니 무조건…"

"아, 그 말씀이라면 그만하세요, 당신."

엄마가 놀란 사람처럼 아빠의 말을 가로막았다.

"당신이 뭘 안다고 그러세요?"

"이런 류의 인간들을 살펴볼 기회가 없지는 않았다고 생각하오. 저런 사람들이 당신에게 얼마나 많이 찾아왔소? 다 거기서 거기지 않소. 늘 똑같은 소리만 해대지…"

엄마는 이 사안에 관해 전혀 다른 견해를 지녔지만, 아빠와의 언쟁은 원하지 않는 것 같았다.

"피로그* 좀 건네주세요. 오늘 피로그는 어때요? 잘 되었어

※ 밀가루 반죽에 쇠고기, 버섯, 잼, 채소, 달걀 등을 볶아서 속을 넣은 다음 찌거나 구워서 만드는 러시아 만두.

요?"

"아니, 사람을 화가 나게 하지 않소. 교육받고 똑똑한 사람들이 쉽게 속아 넘어가는 것이 나는 화가 나요."

아빠는 엄마의 손이 닿지 못할 정도로 멀찍이 떨어진 곳에서 피로그를 들고 말했다. 그러면서 포크로 식탁을 두드렸다.

"제가 피로그 좀 달라고 부탁했잖아요."

엄마는 손을 내밀며 같은 말을 반복했다.

"저런 인간들을 경찰서에 잡아넣는 건 아주 잘하는 일이야."

아빠가 팔을 뒤로 빼며 말했다.

"저자들이 줄 수 있는 것이라곤 가뜩이나 마음이 약한 부인네들을 더 혼란스럽게 만드는 것뿐이지."

아빠는 이 말에 엄마의 심기가 몹시 거슬린 것을 눈치채고 미소를 띠며 피로그를 엄마에게 건넸다.

"한 가지만 말할게요. 예순 살이라는 나이에도 사시사철 맨발로 걸어 다니며, 2푸드[약 32.7킬로그램]나 되는 쇠사슬을 옷 안에 감고 다니고, 그런데도 모든 것을 장만해 줄 터이니 편히 살라는 제안을 수 차례나 거절한 그 사람의 모든 행보가 게으름 탓이라고 치부할 수만은 없어요. 예언에 대해서도 그래요."

엄마는 잠시 침묵한 후, 한숨을 내쉬고 덧붙여 말했다.

"다 이유가 있어서 믿는 거예요.(je suis payée pour y

croire.) 제가 당신한테 말했던 것 같은데요. 그리샤가 아버님의 임종 일자와 시간까지 정확하게 맞추었다고요."

"아, 왜 이러시오!"

아빠가 미소를 지으며 미미 쪽에 두었던 손을 입가로 가져가며 말했다. (아빠가 이런 몸짓을 할 때면, 나는 뭔가 재미있는 일을 기대하면서 아빠의 말에 귀를 기울였다.)

"왜 저자의 발까지 상기시키는 거요? 그걸 보았으니 이제 아무것도 못 먹겠소."

식사가 끝나가고 있었다. 류보츠카와 카텐카는 우리에게 계속 눈짓을 하며 의자에서 몸을 비트는 등 극도의 불안감을 드러냈다. 보아하니 '우릴 사냥에 데려가 달라고 왜 말하지 않는 거야'라고 말하는 눈치였다. 내가 볼로쟈 형의 팔꿈치를 치자, 볼로쟈 형이 다시 나를 쳤다. 그리고 결국 볼로쟈 형은 결단을 내렸고, 처음에는 머뭇거리는 목소리로 우물거리다가 다음엔 확신에 찬 큰 목소리로 우리가 오늘 떠나게 되니, 누이들도 함께 사륜마차를 타고 사냥하러 갔으면 좋겠다고 말했다. 어른들은 잠시 의견을 나눈 뒤, 우리가 원하는 대로 결정했다. 그리고 무엇보다 더 기뻤던 것은 엄마가 우리와 함께 가겠다고 말한 것이었다.

VI

사냥 준비

피로그를 먹는 동안 아빠는 야코프를 불러 사륜마차와 사냥개 그리고 승마용 말들을 준비하라고 일렀다. 말 이름을 하나씩 부르면서 아주 세세한 부분까지 지시했다. 볼로쟈 형의 말은 다리를 절었다. 그래서 아빠는 사냥용 말에 안장을 얹으라고 말했다. '사냥용 말'이라는 단어가 엄마의 귀에 이상하게 거슬린 모양이다. 엄마는 사냥용 말이란 난폭한 짐승과 다를 바 없어 형을 태우고 가다 떨어뜨려 죽일지도 모른다고 생각하는 것 같았다. 걱정할 것 없다고, 자신들은 빨리 달리는 말을 더 좋아한다고 호언장담하는 형과 아빠의 설득에도 불구하고, 가엾은 엄마는 나들이하는 동안 내내 괴로울 것이라며 자신의 뜻을 굽히지 않았다.

식사가 끝났다. 어른들은 커피를 마시러 서재로 갔고, 우리들은 정원으로 뛰어나가 오솔길을 뒤덮은 노란 낙엽들을 사각 사각 밟으며 이야기를 나눴다. 볼로쟈 형이 사냥용 말을 타게 되었다는 이야기부터 시작하여 류보츠카가 카텐카보다 더 느리게 뛰어 창피하다는 이야기, 그리샤의 쇠사슬을 보게 되면 재미있을 거라는 이야기들이었다. 하지만 우리가 헤어질 거라는 것에 대해선 한 마디도 하지 않았다. 우리는 다가오는 사륜마차의 삐걱거리는 소리에 대화를 멈추었다. 마차마다 용수철이 달려 있었는데, 용수철 옆으로 농노 소년이 한 명씩 앉아 있었다. 마차 뒤로는 사냥꾼들이 여러 마리의 개를 끌고 뒤따라 왔고, 그 뒤로 형이 타고 갈 말에 올라앉은 마부 이그나트가 내가 탈 늙은 독일산 말의 고삐를 끌고 나타났다. 우리는 모두 담장으로 달려가 이 재미있는 광경을 구경했다. 그리고 소리를 질러대며 쿵쾅쿵쾅 요란스레 발소리를 내며 위층으로 올라갔다. 그리고 최대한 사냥꾼처럼 보이려고 신경 쓰면서 옷을 갈아입었다. 사냥꾼처럼 보이는 중요한 방법 중 하나는 바짓단을 장화 안으로 집어넣는 것이었다. 우리는 조금도 지체하지 않고 옷을 갈아입고 서둘러 현관으로 뛰어나갔다. 그리고 사냥개와 말들을 바라보며 사냥꾼들과 즐겁게 이야기를 나누었다.

무더운 날이었다. 아침부터 기묘한 모양의 하얀 구름이 지평선에 나타났다. 이후 산들바람이 불어와 구름이 점점 더 가깝게 몰려오기 시작했고, 가끔씩 태양을 가리기도 하였다. 구름이 오락가락하며 검게 물들었지만, 뇌우로 변하여 우리의 즐거움을 방해하진 않을 것 같았다. 저녁 무렵이 되자 먹구름이 다시 사방으로 흩어지기 시작했다. 어떤 구름은 점차 희미해지더니 길게 늘어져서 지평선으로 사라졌다. 또 어떤 구름은 우리 머리 위에서 희고 투명한 비늘 모양으로 바뀌었다. 커다란 검은 구름 한 조각만 동쪽하늘에 머물러 있었다. 카를 이바느이치는 어떤 구름이 어디로 가는지를 잘 알고 있었다. 그는 이 먹구름이 마슬롭카로 갈 것이고 비도 내리지 않을 것이며 날씨는 화창할 것이라고 설명했다.

노령에도 불구하고 포카가 아주 능숙하고 빠르게 계단을 뛰어 내려오더니 큰 소리로 말했다.

"마차를 대기 시켜."

그는 마부가 마차를 세워야 하는 장소와 문지방 사이, 현관 한가운데에서 두 발을 벌리고 이미 할 일을 다 꿰고 있다는 듯이 당당하게 서 있었다. 부인들이 내려와 누가 어느 쪽에 앉아야 할지, 누구를 붙잡고 있어야 할지를 잠시 의논한 후에 (내가 보기엔 붙잡고 있어야 할 필요가 전혀 없음에도 말이다) 자리에 앉아서 우산을 펼치고 출발했다. 마차가 움직이자 엄마는 '사냥용 말'을 가리키며 떨리는 목소리로 마부에게 물었다.

"저 말이 블라디미르 페트로비치가 탈 말인가?"

마부가 그렇다고 말하자 엄마는 손사래를 치곤 몸을 돌렸다. 나는 더 이상 기다리지 못하고 내 말에 올라탔다. 그런 다음 말의 두 귀 사이로 앞을 바라보며 여러 가지 자세로 마당을 돌았다.

"말이 개들을 밟지 않도록 주의하십시오."

사냥꾼 한 명이 내게 말했다.

"걱정 마, 처음 타보는 것 아니야."

나는 자신만만하게 말했다.

볼로쟈 형은 '사냥용 말'에 앉았다. 성정이 강했음에도 불구하고 조금 떨렸는지 말을 쓰다듬으며 몇 차례나 물었다.

"순한 말이지?"

말에 올라탄 형의 모습은 매우 멋있었고 어른 같았다. 몸에 꼭 붙는 바지에 감싸인 넓적다리가 멋지게 안장 위에 걸쳐진 모습에 나는 질투가 났다. 그림자만 보아도 내 모습은 그런 멋진 모습과는 거리가 멀었기 때문이다.

바로 그때 계단에서 내려오는 아빠의 발걸음 소리가 들려왔다. 몰이꾼이 무리에서 벗어난 사냥개들을 불러 모았다. 보르조이종 개들을 데리고 온 사냥꾼들도 개들을 불러 모은 후 말에 올라탔다. 마부가 현관으로 말을 끌고 갔고, 근처에서 갖가지 그림 같은 자세로 누워 있던 아빠의 사냥개들도 아빠를 향해 달려갔다. 아빠의 뒤를 따라 유리구슬 목걸이를 한 밀카가 쇠붙이가 부딪혀 짤랑거리는 소리를 내며 신나게 달려 나왔다. 밀카는 밖으로 나오면 언제나 개장에 있는 개들에게 인사를 하곤 했다. 어떤 개들과는 장난을 치기도 하고 냄새를 맡기도 했고, 어떤 개들과는 냄새를 맡다가 으르렁대거나 벼룩을 잡아 주기도 했다.

아빠가 말에 오르자 우리도 출발했다.

VII

사냥

투르카*라고 불리는 사냥개 감독이 코끝이 툭 튀어나온 하늘색 말을 타고 선두에 섰다. 그는 털이 무성한 모자를 쓰고 양 어깨에는 커다란 뿔피리를 메고, 허리에는 칼을 차고 있었다. 음울하고 잔인해 보이는 그의 외모 때문에 그는 사냥이 아니라 목숨을 건 전투에 나가는 사람 같았다. 그가 타고 있는 말의 뒷발굽 둘레로 흥분한 사냥개들이 무리 지어 달려가고 있었다. 무리에서 뒤쳐진 불운한 개에게 어떤 운명이 닥치는지 지켜보는 것은 가슴이 아팠다. 녀석은 온 힘을 다해 제 동료를 잡아당겨야 했고, 거의 다 당겼을 때 뒤에서 달려오던 사냥 몰이꾼이 들고 있던 긴 채찍으로 힘껏 내리치며 "무리로 가!"라고 소리를 질러 댔던 것이다. 대문을 나선 후 아빠는 사냥꾼들과 우리에게 길을 따라가라고 지시하고, 자신은

✤ 터키 사람.

호밀밭으로 향했다.

  곡식 추수가 한창이었다. 끝없이 펼쳐진 눈부시게 빛나는 노란 들판의 한쪽 면은 높게 치솟은 푸른 숲과 맞닿아 있었다. 숲은 아득히 먼 신비로운 장소인 것만 같았다. 그 숲을 넘어서면 세상이 끝나거나 사람이 살지 않는 미지의 세계가 시작될 것처럼 여겨졌다. 온 들판이 곡식 낟가리와 사람들로 가득 차 있었다. 크고 무성하게 자란 호밀밭 어디쯤인가 이미 밀을 베어낸 밭이랑에서 아낙네의 구부러진 등과 그녀가 호밀단을 움켜질 때마다 흔들리는 이삭이 보였고, 요람 위로 몸을 숙여 그늘을 만들어 주고 있는 아낙네도 있었다. 그리고 추수가 끝난 후 수레국화가 가득한 자리에 여기저기 흩어져 있는 곡식단들도 보였다. 다른 쪽에서는 셔츠만 입은 농부들이 짐마차 위에 서서 곡식단을 쌓아 올렸는데, 올릴 때마다 메마르고 뜨겁게 달구어진 들판에 먼지가 일었다. 장화를 신고 농부들이 입는 두꺼운 외투를 어깨에 걸친 채 손에 계산용 목판을 들고 있던 촌장이 멀리서 아빠를 알아보고는 양털 모자를 벗고 수건으로 불그스레한 머리와 턱수염을 닦고 나서, 일하는 아낙네들에게 고함을 쳤다. 아빠가 타고 있는 밤색 말은 가끔씩 가슴 쪽으로 머리를 숙이며 고삐를 당겼고, 수북한 꼬리털로 끈질기게 달라붙는 말파리와 쇠파리를 떨쳐내며 가볍고 경쾌한 걸음걸이로 걸어갔다. 낫 모양으로 꼬리를 휘감은 보르조이종 개 두 마리가 다리를 높이 쳐들고 높다란 그루터기 위를 우아하게 뛰어 넘었다. 앞서 달리던 밀카는 고개를 숙이고 먹이를 기다리고 있었다. 사람들의 이야기 소리, 말발굽 소리, 마차 소리, 즐겁게 지저귀는 종달새 소리, 미동도 없이 공중에 가만히 떠 있는 벌레들의 윙윙거리는 소리, 쑥 향기, 짚단 냄새와 말의 땀 냄새, 황금빛 벌판, 멀리 보이는 푸른 숲, 연보라 빛 구름 위로 이글거리는 태양이 만들어낸 수천 가지의 다채로운 빛깔과 그림자들, 공중에 쳐져 있거나 그루터기 위에 걸린 하얀 거미줄… 나는 이 모든 것을 보았고, 들었고, 느꼈다.

까마귀나무 숲에 다다르자 그곳에 이미 도착해 있던 사륜마차가 보였다. 그리고 전혀 예상하지 않았던 짐마차도 보였다. 짐마차는 말 한 마리가 끌고 있었는데, 마차 한가운데엔 요리사가 앉아 있었다. 건초 더미 밑으로 사모바르, 아이스크림 통, 기대를 부풀게 하는 보따리와 상자가 보였다. 신선한 바깥 공기 속에서 차와 아이스크림과 과일을 먹으려 한 것이다. 짐마차를 보고 우리는 환호성을 질렀다. 숲속 풀밭 위, 아무도 차를 마셔보지 않은 그런 장소에서 차를 마시는 것은 커다란 즐거움을 주는 일이기 때문이다.

투르카는 작은 숲으로 가서 말을 멈춰 세운 후, 말들을 어떻게 어느 쪽으로 몰아갈지 아빠가 내리는 상세한 지시사항을 주의 깊게 듣고 있었다. (하지만 그는 아빠의 지시를 따른 적이 한 번도 없었고, 늘 자기 식대로 했다.) 그리고 개들의 목줄을 풀어 주고 안장 위에 천천히 가죽끈을 매단 뒤, 다시 말에 오른 다음 휘파람을 불며 어린 자작나무들 사이로 사라졌다. 줄에서 풀려난 사냥개들은 신이 나서 꼬리를 흔들어 댔다. 그런 다음 몸을 털고서는 빠른 걸음으로 달려가 냄새를 맡더니 꼬리를 흔들며 사방으로 달려 나갔다.

"손수건 가지고 있냐?"

아빠가 물었다. 나는 주머니에서 손수건을 꺼내어 아빠에게 보여주었다.

"자, 그럼 이 회색 개를 손수건으로 묶어 데려가거라…."

"쥐란이요?"

나는 개 전문가라도 된 듯이 대답했다.

"그래, 이 길을 따라가거라. 숲속 공터가 나오면 멈춰 서서 살펴보아라. 토끼를 잡지 못하면 돌아오지도 마라!"

나는 털이 수북한 쥐란의 목에 손수건을 매주고 아빠가 말한 곳으로 재빨리 달려갔다. 아빠가 웃으며 내 등 뒤에서 소리쳤다.

"빨리, 더 빨리. 그러다 늦을라."

쥐란은 가다가 멈추기를 반복하며 설 때마다 귀를 쫑긋이 세우고 사냥꾼들의 채찍소리에 귀를 기울였다. 나는 쥐란을 끌고 가기엔 힘이 너무 부족하였고, 그래서 소리치기 시작했다.
"잡아와! 얼른 가서 잡아와!"
쥐란이 너무 힘껏 내달리는 바람에 힘에 부쳐 간신히 녀석을 멈춰 세우곤 했지만, 목적지에 도착할 때까지 나는 여러 차례 넘어졌다. 나는 굵은 참나무 뿌리가 드러난 곳 근처의 그늘지고 평평한 장소를 고른 다음 풀밭에 엎드렸다. 그리고 내 곁에 쥐란을 앉히고 기다리기 시작했다. 이런 비슷한 일이 있으면 늘 그랬던 것처럼 나의 상상은 현실 너머 저 멀리 가 있었다. 숲에서 첫 번째 사냥개가 짖는 그 순간 나는 벌써 세 번째 토끼를 잡는 상상을 하고 있었다. 투르카의 목소리가 점점 더 크고 활기차게 숲속에 울려 퍼졌다. 사냥개가 짖어 댔고, 그 소리가 점점 더 잦아졌다. 뒤이어 다른 사냥개의 굵직한 소리가 합세하더니, 그다음엔 세 번째, 네 번째 개가 짖는 소리가 이어졌다. 소리는 잠시 멈추기도 했고, 서로 끼어들기도 했다. 잠시 후 개 짖는 소리가 점차 커지더니, 이번엔 끊이지 않고 개들이 짖어 댔다. 결국 개 짖는 소리는 한 소리로 뭉쳐져 울려 퍼졌고, 사냥개들이 마구 짖어 대며 내달리자, 온 숲이 개 짖는 소리로 떠나갈듯 시끄럽게 울렸다.
그 소리에 나는 그 자리에 얼어붙은 듯 꼼짝 않고 숲 가장자리를 주시하며 하릴없이 미소를 지었다. 땀이 비 오듯 쏟아졌고, 땀방울이 턱을 따라 흘러내려 간지러웠지만 땀을 닦지 않았다. 지금이야말로 결정적인 순간이라는 생각이 들었다. 이런 긴장이 흐르는 상황은 너무 어색해서 오래 버티고 있을 수 없었다. 사냥개들이 숲 가장자리 근처에서 짖어 대는가 싶더니, 금새 내 곁에서 멀어졌다. 토끼는 없었다. 나는 주변을 둘러보았다. 쥐란도 마찬가지였다. 처음에는 난리를 치며 짖어 대다가 내 무릎 위에 얼굴을 올려 놓고 얌전히 옆쪽에 누워 있었다.

내가 앉아 있던 뿌리가 드러난 참나무 옆으로 메마른 회색빛 땅이 있었는데, 땅 위엔 바싹 마른 참나무 잎사귀와 떡갈나무 열매, 작고 마른 이끼 낀 가지들, 녹황색 이끼와 듬성듬성 보이는 가냘픈 푸른 풀 사이로 개미들이 우글거렸다. 개미들은 자기들이 만들어 놓은 길을 따라 줄을 지어 분주히 움직이고 있었다. 무거운 짐을 끌고 가는 개미들이 있는가 하면, 맨몸으로 가는 개미들도 있었다. 나는 작은 가지 하나를 주워 와 길을 막았다. 한 무리는 위험을 무릅쓰고 그 나뭇가지 아래로 들어가려 했고, 다른 무리는 나뭇가지를 타고 넘어갔다. 그런데 몇몇 개미들, 특히 무거운 짐을 끌고 가던 개미들은 완전히 당황하여 어쩔 줄을 모른 채, 멈춰 서 있기도 하고, 돌아갈 길을 찾거나, 뒷걸음질을 치거나, 나뭇가지를 타고 내 손등으로 기어 올라오기도 했다. 내 외투 소매 밑으로 들어가려는 것 같았다.

이런 재미있는 광경을 관찰하던 나는 노랑색의 작은 날개를 지닌 나비 한 마리가 눈앞으로 날아와 너무나도 매혹적으로 날갯짓을 하는 통에 시선을 빼앗겨 관찰하던 것을 중단했다. 내가 나비에 주의를 돌리자마자 그 나비는 내게서 한 두 걸음 떨어진 곳으로 날아가 거의 시들어 버린 야생 클로버의 하얀 꽃 위를 맴돌다가 그 위에 앉아 버렸다. 햇볕이 따사로워서인지, 아니면 꽃의 꿀을 빨아먹는지는 모르겠지만, 나비는 무척 행복해 보였다. 나비는 이따금 작은 날개를 팔랑거리다가 꽃에 달라붙더니, 결국엔 꼼짝도 하지 않았다. 나는 양팔을 베고 즐겁게 나비를 바라보았다.

쥐란이 갑자기 짖으며 힘껏 뛰쳐나가는 바람에 나는 넘어질 뻔했다. 나는 주위를 둘러보았다. 숲 가장자리에서 한쪽 귀는 내리고 다른 쪽 귀는 쫑긋 세운 토끼 한 마리가 깡충깡충 뛰어다니는 것이 보였다. 피가 머리로 솟구쳤고, 그 순간 나는 모든 것을 잊었다. 나는 미친 듯이 소리를 지르며 쥐란의 목줄을 풀어 달려 나가게 했다. 하지만 제때를 놓치고 말았고, 곧이어 후회가 밀려왔다. 토끼가 잠시 웅크렸다가 깡충거리며 달아나, 더 이상 모습을 보이지 않았던 것이다.

그런데 소리를 듣고 숲 가장자리 쪽으로 사냥개들이 달려왔고, 그 뒤를 따라 투르카가 관목 숲에서 나타났다. 그 순간 어찌나 부끄러웠는지! 그가 (내가 참지 못해 저지른) 내 실수를 목격했던 것이다. 한심하다는 듯 나를 쳐다보더니 그는 한마디만 했다.

"아이고, 도련님도 참!"

하지만 이 말이 어떤 의중에서 한 말인지 모를래야 모를 수가 없었다. 차라리 그가 안장에 토끼를 매달듯 나를 매다는 편이 더 나을 것만 같았다.

나는 절망감에 사로잡힌 나머지 그 자리에 한참을 서서 쥐란을 다시 부르기는커녕 애꿎은 허벅지만 퍽퍽 쳐대며 같은 말을 되뇌었다.

"세상에, 내가 무슨 짓을 한 거야! 왜 그랬을까!"

사냥개들은 멀리 토끼를 쫓아갔고, 숲 저편에서는 "잡아라." 하고 외치는 소리가 들려왔다. 그리고 토끼를 잡은 후 투르카가 커다란 뿔피리를 불어 사냥개들을 부르는 소리도 들렸다. 그러나 나는 여전히 그 자리에 멈춰 서 있었다….

VIII

놀이

사냥은 끝났다. 일행은 모두 어린 자작나무 그늘에 양탄자를 깔고 둥그렇게 둘러앉았다. 요리사 가브릴로가 이슬 머금은 어린 초록빛 풀들을 밟아 자리를 만든 뒤, 접시들을 닦고 나뭇잎으로 싼 자두와 복숭아를 상자에서 꺼내놓았다. 어린 자작나무의 초록빛 가지 사이로 햇빛이 비쳤다. 가지 사이로 새어 든 햇빛은 양탄자의 문양과 내 다리, 심지어는 가브릴로의 땀범벅이 된 대머리 위에도 흔들리는 둥근 그림자를 드리웠다. 나뭇잎 사이로 부는 산들바람이 머리카락과 땀에 젖은 내 얼굴을 스치며 상쾌함을 선사하였다.

아이스크림과 과일을 나누어 받고 나자 아이들은 양탄자에서 할 일이 없었다. 그래서 우리는 햇볕이 몹시 따가웠지만 일어나서 놀이를 하러 나갔다.

"자, 뭘 하고 놀까? 로빈슨 놀이 하자."

류보츠카가 햇살 때문에 실눈을 뜨고 풀밭을 뛰어다니며 말했다.

"싫어…. 그건 시시해."

볼로쟈 형이 느릿느릿 풀밭 위에 눕더니 나뭇잎을 질겅거리며 말했다.

"맨날 로빈슨 놀이냐! 정 놀고 싶으면 차라리 원두막이나 짓던지."

볼로쟈 형은 눈에 띄게 허세를 부렸다. 사냥말을 타고 왔다는 사실을 자랑스럽게 여기며, 무척이나 피곤한 척하였다. 어쩌면 형은 지나치게 상식적이어서 로빈슨 놀이를 마음껏 즐기기엔 상상력이 지나치게 부족할 수도 있었다. 이 놀이는 우리가 얼마 전에 읽었던 『스위스의 로빈슨(Robinson Suisse)』*에 나오는 몇 장면을 가지고 만든 것이다.

"그런데… 오빠는 왜 이 재미 있는 놀이를 같이 안 하려는 거야?"

누이들은 끈질기게 형에게 졸라 댔다.

"그럼 오빠가 찰스나 어니스트, 아니면 아빠를 하면 되잖아? 오빠가 하고 싶은 대로 말이야."

카텐카가 볼로쟈 형을 일으켜 세우려고 외투 옷소매를 잡아끌며 말했다.

※ 스위스 작가 루돌프 비스의 모험 소설.

"정말로 싫어. 시시해!"

형이 기지개를 켜며 흡족하게 미소를 지으며 말했다.

"그렇게 놀기 싫으면, 차라리 집에 있지 뭣하러 왔어."

류보츠카가 눈물을 글썽이며 말했다.

류보츠카는 못 말리는 울보였다.

"알았어, 가자. 제발 울지만 말아 줘. 참을 수가 없어!"

볼로쟈 형의 배려에도 우리는 큰 만족을 얻을 수 없었다. 오히려 성의 없이 귀찮아하는 태도는 놀이의 모든 재미를 앗아가 버렸다. 우리가 땅에 앉아 배를 타고 낚시를 하는 상상을 하면서 힘껏 노를 젓기 시작할 때, 형은 낚시를 하는 모양새를 잡기는커녕 손을 놓고 앉아 있었다. 나는 그렇게 하지 말라고 지적했다. 하지만 형은 우리가 손으로 노젓는 시늉을 많이 하든, 적게 하든, 그런다고 우리가 이기는 것도 아니고 지는 것도 아니고, 더 멀리 나가는 것도 아니라고 대답했다. 내키진 않았지만 나는 형의 말에 동의했다. 우리가 막대기를 어깨에 메고 사냥을 나가는 거라고 상상하며 숲으로 출발하는데, 형은 팔베개를 하고 누워서 자기도 가고 있는 중이라고 말했다. 형의 그런 행동과 말 때문에 우리는 놀이에 대한 재미를 잃었고, 기분까지 나빠졌다. 게다가 마음 속으로는 볼로쟈 형의 행동이 상식적이라는 것에 동의할 수밖에 없어서 나는 더 부아가 치밀었다.

나도 나무토막으로는 새를 잡을 수도, 쏠 수도 없다는 것을 잘 안다. 하지만 이것은 단지 놀이일 뿐이다. 그렇게 생각한다면, 의자를 타고 여행을 떠날 필요도 없을 것이다. 그런데 볼로쟈 형 자신도 틀림없이 기억하고 있으리라. 긴긴 겨울밤 우리가 안락의자에 천을 덮어 마차로 꾸며서 한 사람은 마부가 되고, 다른 한 사람은 시종이 되어, 누이들을 가운데에 앉히고 의자 세 개를 세 마리 말로 삼아 여행을 떠나곤 했던 것을. 이 여행에서 우리는 얼마나 다양한 모험을 했던가! 그러다 보면 우리의 겨울밤이 얼마나 빨리, 그리고 즐겁게 지나갔던가…. 실제로 따지고 든다면, 놀이란 존재할 수 없다. 놀이가 없다면, 과연 무엇이 남겠는가….

IX

첫사랑 같은 그런 것

 나무에서 미국 과일을 따는 상상을 하고 있던 류보츠카 누이는 엉겁결에 나뭇잎에 붙어 있던 벌레를 잡고 깜짝 놀라서 나뭇잎을 땅에 던졌다. 그러곤 마치 그 벌레에서 뭐라도 튀어 나올까 봐 겁이 났는지 두 손을 위로 올리고 펄쩍 뛰어 뒤로 물러났다. 놀이는 중단되었다. 우리는 이 희귀한 벌레를 보려고 머리를 맞대고 땅바닥에 웅크리고 앉았다.

 나는 카텐카의 어깨 너머로 보고 있었다. 카텐카는 벌레가 기어가는 길목에 나뭇잎을 놓고, 벌레가 그 위로 올라가게 하려고 애를 쓰고 있었다.

 나는 많은 여자아이들이 목이 파인 원피스가 흘러내리면 그걸 바로 잡으려고 어깨를 들썩거리는 버릇이 있다는 것을 알게 되었다. 누이들이 그럴 때면 미미는 항상 화를 내며 "그건 하녀들이나 하는 행동이에요.(C'est un geste de femme de chambre.)"라고 말하던 것을 아직도 기억한다. 벌레 위로 몸을 숙였던 카텐카도 똑같은 행동을 했고, 바로 그때 바람이 불어와 그녀의 하얀 목에 두른 작은 숄이 바람에 말려서 올라갔다. 이때 그녀의 어깨는 내 입술에서 손가락 두 개 정도 떨어진 아주 가까운 곳에 있었다. 이제 벌레는 눈에 들어오지 않았다. 나는 카텐카를 보고 또 보다가 용기를 내어 카텐카의 어깨에 입을 맞추었다.

카텐카는 돌아다보지 않았다. 하지만 나는 카텐카의 목과 귀가 빨개진 것을 알아차렸다. 볼로쟈 형이 고개를 들지도 않고 경멸하듯 말했다.

"그 다정한 행동은 뭐냐?"

내 눈에 눈물이 맺혔다.

나는 카텐카에게서 눈을 떼지 않았다. 나는 이미 오래전부터 카텐카의 상큼하고 하얀 얼굴에 익숙해 있었고, 그 얼굴을 항상 사랑했다. 하지만 이제 다른 때보다 더 찬찬히 그 얼굴을 바라보고 있자니, 그렇게 사랑스러울 수가 없었다. 어른들이 있는 곳으로 돌아가자, 정말 기쁘게도 엄마의 부탁으로 아빠가 우리가 출발하는 걸 내일 오전으로 연기했다는 소식을 전해 주었다.

우리는 사륜마차와 함께 귀갓길에 올랐다. 형과 나는 누가 더 용감하고 승마 기술이 출중한지를 뽐내려고 마차 옆에서 장난을 치며 말을 타고 가고 있었다. 전보다 더 길어진 내 그림자를 보면서, 나는 내 자신이 꽤나 멋진 기수의 모습을 하고 있다고 생각했다. 그러나 잠시나마 만끽했던 자기만족은 그다음에 벌어진 상황으로 곧 깨지고 말았다. 마차에 앉아 있는 모든 사람들을 감동시키길 바라면서, 나는 잠시 내가 탄 말을 뒤로 뺐다가 채찍과 발로 힘차게 말을 몰면서 자연스럽고도 우아한 자세로 카텐카가 앉아 있는 쪽에서 질풍처럼 달려 마차를 추월하고 싶었다. 다만, 소리를 내지 않고 추월하는 것이 더 나을지, 소리를 지르는 것이 더 나을지 판단이 서지 않았다. 그런데 마차 대열과 나란히 달리게 되었을 때, 이 망할 놈의 말이 나의 모든 노력에도 불구하고 예상치 못하게 갑자기 멈춰 서버렸다. 그 바람에 내 몸은 말의 안장에서 목덜미 쪽으로 튕겨져 올라갔고, 하마터면 허공으로 날아가 그대로 떨어질 뻔했다.

나의 아버지는 어떤 사람이었는가?

아버지는 지난 세기의 사람이었다. 그 시대의 젊은이들이라면 공통적으로 갖고 있던 기사도 정신과 진취성, 자부심, 친절함과 방탕함 등을 고루 지닌 묘한 성격의 소유자였다. 아버지는 요즘 시대의 사람들을 경멸의 눈으로 바라보았는데, 이런 태도는 타고난 오만함 때문이기도 했지만, 옛날에 누렸던 영향력이나 성공을 오늘날에는 갖지 못한 것에 대한 마음속의 분노에서 나온 것이기도 했다. 아버지의 인생에서 열정의 두 대상은 카드와 여자였다. 아버지는 평생 수백만 루블의 돈을 땄고, 모든 계층의 많은 여자들과 관계를 가졌다.

휜칠하게 큰 키, 이상하게 종종걸음으로 걷던 걸음걸이, 어깨를 으쓱거리는 버릇, 항상 미소를 띤 작은 눈, 커다란 매부리코, 비뚤어져 어색하지만 기분 좋게 다문 입술, 속삭이는 것처럼 들리는 게 단점인 발음, 전체적으로 벗겨진 대머리, 바로 이 모습이 내가 기억하고 있는 아버지의 외모이다. 아버지는 이런 외모로 유명해졌으며 행운의 사나이(a bonnes fortunes)가 되었고, 모든 계급과 신분에 상관 없이 모든 사람들, 특히 아버지가 마음에 들고자 한 모든 사람들이 아버지를 좋아했다.

아버지는 모든 사람과의 관계에서 주도권을 차지하는 법을 알고 있었다. 아버지는 '최상류 사교계' 사람은 아니었지만, 언제나 이 부류 사람들과 사귀었고 존경을 받았다. 아버지는 사람들을 모욕하지 않으면서 사교계에서 높은 평가를 받을 수 있는 자부심과 자만심의 한계를 잘 알고 있었다. 아버지는 독창적이었으나, 물론 항상 그런 것은 아니었다. 상류 사회의 지위나 부를 대체하는 수단으로 자신의 독창성을 이용했다. 이 세상의 어떤 것도 아버지에게서 놀라움의 감정을 불러일으키지 못했다. 어쩌다 주목을 받는 자리에 있게 될 때에도, 날 때부터 그 자리에 걸맞게 태어난 사람처럼 여겨질 정도였다. 아버지는 모두가 겪는 작은 분노와 비탄으로 가득 찬 삶의 단면을 다른 사람들에게 숨길 줄 알았고, 자기 자신의 삶에서 분리시킬 줄 아는 능력의 소유자였다. 그래서 그를 부러워하지 않을 수 없었다. 그는 편리함과 만족감을 가져다 주는 모든 일에 통달하였고, 그것을 이용할 줄 알았다. 아버지의 화려한 인맥은 일부 어머니의 가계를 통해 얻어진 것이었으며, 일부는 젊은 시절 친구들을 통해 얻어진 것이었다. 아버지의 친구들은 높은 관직에 올랐으나, 자신은 만년 근위대 중위로 퇴역한 사실에 마음속으로 분노하고 있었다. 퇴역한 군인들이 그러하듯, 아버지 또한 유행을 따라 옷을 입는 것과는 거리가 멀었다. 그 대신 아버지는 독창적이고 우아하게 옷을 입었다. 언제나 헐렁하고 가벼운 의상에 멋진 속옷, 커다랗게 접은 커프스와 칼라… 이 모든 것이 아버지의 훤칠한 키와 다부진 체격, 시원하게 벗어진 대머리와 여유로우면서도 자신감 넘치는 동작과 잘 어울렸다. 아버지는 감성적이었고, 심지어 눈물도 많았다. 소리를 내어 책을 읽다가 감동적인 부분이 나오면 목소리는 떨리기 시작했고, 눈물을 보일 때가 종종 있었다. 그럴 때면 아버지는 화를 내며 책을 내려놓았다.

아버지는 음악을 좋아했다. 직접 피아노를 연주하면서 지인인 A가 작곡한 로망스나 집시들의 노래, 그리고 오페라의 한 대목을 부르기도 했다. 하지만 현학적인 음악은 좋아하지 않았다. 아버지는 사람들의 일반적인 의견엔 아랑곳하지 않았고, 베토벤의 소나타는 졸립고 따분하다며, 세묘노브나가 부른 '나를 깨우지 마세요'나 집시 여인 타뉴샤가 부른 '혼자가 아니야'보다 더 좋은 노래는 없다라고 솔직하게 말했다.

그는 성품상 좋은 일을 하기 위해선 꼭 사람들의 공론이 필요하다는 생각을 갖고 있었다. 그래서 세상 사람들이 좋다고 하면 그도 '좋다'고 여겼다. 아버지에게 도덕적 신념이라는 것이 있었을까, 그걸 알 이 누가 있으랴? 아버지의 삶은 온갖 쾌락으로 가득 차 있었기 때문에 도덕적 신념을 갖출 시간도 없었고, 평생 행복했기에 그럴 필요성도 찾지 못했다.

노년에 이르러 아버지는 사물에 대한 일관된 시각과 변하지 않는 규칙들을 피력하곤 했다. 하지만 그것은 오직 실질적인 경험에서 나온 것이었다. 아버지는 자신에게 행복과 만족을 주는 행동과 삶의 방식을 좋은 것으로 여겼고, 모든 사람이 항상 그렇게 행동해야 한다고 생각했다. 아버지는 이야기를 했다 하면 아주 흥미진진하게 하곤 했는데, 이러한 능력이 그의 원칙에 유연성을 더해준 것이라고 나는 생각한다. 아버지는 동일한 행동을 두고도 가장 다정한 장난으로, 때로는 저급하고 비열한 짓거리로 풀어나갈 수 있는 능력이 있었다.

서재와 응접실에서의 업무

집에 도착했을 때는 이미 날이 어둑어둑해진 뒤였다. 엄마는 피아노 앞에 앉아 있었고, 우리 아이들은 종이와 연필, 물감을 가져다가 둥근 탁자 옆에서 그림을 그리기 시작했다. 나는 파란색 물감만 갖고 있었다. 그래도 사냥하는 그림을 그리고 싶었다. 파란 말을 탄 파란 소년과 파란 개들을 아주 생생하게 그렸는데, 파란 토끼를 그려도 되는지는 잘 모르겠기에 아빠와 의논하려고 서재로 달려갔다. 아빠는 뭔가를 읽고 있었는데, "파란색 토끼도 있어요?"라는 내 질문에 고개도 들지 않고 "있단다, 애야. 있고말고."라고 대답했다. 나는 둥근 탁자로 돌아와 파란색 토끼를 그리고 난 뒤, 이 파란색 토끼를 관목으로 바꾸고 싶었다. 하지만 관목 역시 마음에 들지 않았다. 나는 관목을 나무로, 나무를 다시 건초로, 건초를 구름으로 고쳐 그렸다. 그러다 결국 종이 전체가 온통 파란색 물감으로 범벅이 되었다. 나는 화가 나서 종이를 박박 찢어 버리고 눈을 붙이려고 안락의자로 갔다.

엄마는 자신의 선생인 존 필드*의 2번 협주곡을 연주했다. 나는 잠이 들었고, 상상 속에서 경쾌하고도 밝고 투명한 추억이 떠올랐다. 엄마가 베토벤의 비창을 연주했고, 내게는 슬프고 무겁고 암울한 뭔가가 떠올랐다. 엄마는 이 두 곡을 자주 연주했다. 그래서 나는 이 두 음악이 내 안에서 일깨운 감정을 지금도 잘 기억하고 있다. 그것은 추억과 비슷한 느낌이었다. 하지만 무엇에 대한 추억이었던가? 돌이켜 보면 그것은 한 번도 일어나지 않은 일에 대한 추억이었던 것 같다.

내 맞은편에는 서재로 들어가는 문이 있었다. 나는 그곳으로 야코프와 카프탄을 입고 턱수염을 기른 사람들이 들어가는 것을 보았다. 그들이 들어가고 문이 닫혔다. '이제 업무를 시작하나 보다!'라고 나는 생각했다. 나에겐 이 서재에서 일어나는 일보다 세상에 더 중요한 일은 없는 것처럼 여겨졌다. 서재로 걸어가는 모든 사람들이 소근거리며 조심스런 발걸음으로 서재의 문 쪽으로 향했는데, 그 모습은 나의 이런 생각을 더 확실하게 해 주었다. 서재에선 큰 소리로 말하는 아빠의 목소리가 들려왔고, 이유는 잘 모르겠지만 항상 나를 강렬하게 사로잡았던 담배 냄새가 났다. 갑자기 하인 방에서 삐걱

❈ 존 필드(1782~1837), 1804~1831년에 페테르부르크에서 살았던 영국의 작곡가로 귀족 가정에서 음악 수업을 했다.

거리는 친숙한 장화 소리가 들려와 나는 놀라서 잠에서 깼다. 카를 이바느이치가 까치발을 하고 걸으며, 어둡고 단호한 얼굴에 손에는 쪽지 하나를 들고 문 쪽으로 다가가서 가볍게 노크를 했다. 그가 안으로 들어갔고, 문이 다시 닫혔다.

'불행한 일이 생기면 안 되는데….' 나는 생각했다. '카를 이바느이치는 단단히 화가 나 있어. 만반의 준비를 하고 들어간 거야….'

나는 다시 잠이 들었다.

그러나 불행한 일은 일어나지 않았다. 한 시간쯤 지나 좀 전의 삐걱거리는 장화 소리가 다시 나를 깨웠다. 카를 이바느이치가 손수건으로 눈물을 닦으며 서재 밖으로 나오고 있었다. 나는 그의 뺨에 흐르는 눈물을 보았다. 그는 무슨 말인가 중얼거리면서 위층으로 올라갔고, 뒤이어 아빠가 나오더니 응접실로 들어왔다.

"지금 내가 어떤 결정을 내렸는지 아오?"

아빠가 엄마의 어깨에 손을 얹으며 유쾌한 목소리로 말했다.

"무슨 일인데요?"

"카를 이바느이치도 아이들과 함께 갈 거요. 마차에 자리도 있으니…. 아이들도 그 선생에게 적응되었고, 그 선생도 아이들에게 그런 것 같소. 말하자면 서로 정이 든 거지. 게다가 1년에 700루블이면 큰 돈도 아니고. 그리고 그 작자가 선량한 치인 건 사실이니까.(et puis au fond c'est un très bon diable.)"

나는 아빠가 왜 카를 이바느이치를 이런 식으로 욕하는 건지 도저히 이해할 수 없었다.

"저도 매우 기쁘네요. 애들을 위해서도, 그를 위해서도 잘되었어요. 그는 선량한 노인이에요."

엄마가 말했다.

"내가 사례금 조로 이 500루블을 넣어 두라고 했을 때, 그가 얼마나 감동했는지를 당신도 보았어야 했는데…. 그런데 말이오. 가장 재미있는 일은 그가 내게 가져온 이 계산서요. 여기 한번 보시오."

아빠는 미소를 지으며 카를 이바느이치가 손으로 쓴 쪽지를 내밀며 덧붙여 말했다.

"정말 대단하다니까!"

그 쪽지의 내용이다.

아이들 낚싯대 두 개: 70코페이카

색종이, 금박지, 풀, 선물 상자용 나무판: 6루블 55코페이카

책과 활, 아이들 선물: 8루블 16코페이카

니콜라이 바지: 4루블

표트르 알렉산드르이치가 18xx년에 모스크바에서 주기로 약속한 금시계값: 140루블

카를 마우에르가 봉급 이외에 받아야 할 총액: 159루블 79코페이카

　카를 이바느이치가 선물에 지출한 돈이나 자신에게 약속한 선물에 대한 돈까지 청구하는 이 쪽지를 읽으면 누구나 그를 매정하고 욕심 많은 이기주의자라고 생각할 것이다. 그런데 그렇게 생각한다면, 그건 실수하는 거다.
　한 손에 쪽지를 들고 머릿속으로 해야 할 말을 생각하면서 서재로 들어간 그는 그간 그가 우리 집에서 받았던 부당한 대우에 대해 아빠 앞에서 웅변조로 설명하려 했다. 그런데 그가 평상시 우리에게 받아쓰기를 시킬 때의 감동 어린 목소리와 다감한 억양으로 말하기 시작하자, 그의 웅변은 누구보다도 먼저 자기 자신을 감동시켜 버렸다. 그렇게 해서 '아이들과 헤어지는 일이 얼마나 슬픈지'라고 말하는 대목에 이르자, 그는 완전히 이성을 잃었고, 목소리는 떨리기 시작했다. 그리하여 결국 주머니에서 체크 무늬 손수건을 꺼내야만 했다.
　"그렇습니다, 표트르 알렉산드르이치."
　그는 눈물을 흘리며 말했다. (이 대목은 그가 준비한 말에는 없는 것이었다.)
　"저는 아이들에게 너무 정이 들어서 아이들 없이 제가 무엇을 할 수 있을지 모르겠습니다. 무보수로라도 당신들을 위해

일하고 싶습니다."

그는 한 손으로는 눈물을 닦고, 다른 한 손으로는 계산서를 내밀며 덧붙여 말했다.

나는 그의 착한 심성을 잘 알기에 이 말을 하는 순간 그가 진심이었다고 확신하여 말할 수 있다. 그러나 계산서와 그의 말이 어떻게 연결될 수 있는가에 관한 비밀은 아직도 수수께끼로 남아 있다.

"자네가 슬픈데, 난들 자네와 헤어지는 일이 슬프지 않겠나."

그의 어깨를 가볍게 두드리며 아빠가 말했다.

"그래서 지금 생각을 바꾸었네."

저녁 식사 전에 그리샤가 방으로 들어왔다. 그는 우리 집에 들어온 순간부터 계속 탄식하며 울음을 그치지 않았는데, 그의 예언 능력을 믿는 사람들은 우리 집에 재앙이 닥칠 거라고 말했다. 그는 작별 인사를 하며, 내일 아침 멀리 떠날 것이라고 말했다. 나는 볼로쟈 형에게 눈을 찡긋하고 밖으로 나왔다.

"왜 그래?"

"그리샤가 달고 다니는 쇠사슬을 보고 싶으면, 지금 위층 남자 방으로 올라가 보자. 그리샤는 두 번째 방에서 자니까 창고에 앉아서 보면, 다 볼 수 있을 거야."

"좋았어! 여기서 기다려, 내가 누이들을 불러올게."

누이들이 달려왔고 우리는 위층으로 갔다. 누가 제일 먼저 어두운 창고에 들어갈지를 두고 약간 말다툼을 벌이긴 했지만, 마침내 우리는 창고에 앉아 기다리기 시작했다.

XII

그리샤

우리 모두는 캄캄한 어둠 속에 있는 것이 무서웠다. 서로 바짝 달라붙어서 한 마디 말도 하지 않고 가만히 있었다. 뒤이어 바로 조용한 걸음걸이로 그리샤가 들어왔다. 한 손에는 지팡이, 다른 한 손에는 양초를 꽂은 구리 촛대를 들고 있었다. 우리는 숨을 죽였다.

"주 예수 그리스도여! 성모 마리아여! 성부와 성자와 성령의 이름으로…"

그는 숨을 크게 들이쉬며 기도문을 반복하는 사람들에게서 특징적으로 볼 수 있는 다양한 억양과 약어를 사용하여 기도를 이어갔다.

그리샤는 기도를 하면서 지팡이를 구석에 세우고, 침대를 둘러본 후 옷을 벗기 시작했다. 낡은 검정 허리띠를 풀고 너덜너덜해진 무명천 겉옷을 천천히 벗은 후 차곡차곡 개어 의자 등받이 위에 걸어 놓았다.

 이제 그의 표정에선 평소와 같은 조급함이나 우둔함은 나타나지 않았다. 그와는 반대로 평온하고 생각에 잠긴 듯했으며, 위엄이 있어 보였다. 그의 행동은 차분했고 사려가 깊어 보였다.

 속옷 하나만 걸친 그리샤는 조용히 침대로 들어가 사방에 성호를 그었다. 얼굴을 찡그리는 것으로 보아 힘이 들었던지 셔츠 아래에 두른 쇠사슬을 고쳐 달았다. 그리고 잠시 앉아 군데군데 떨어진 속옷을 걱정스레 살펴보곤 일어나서 기도를 했다. 몇 개의 성상이 놓인 성상갑 높이까지 촛불을 들어올려 각 성상들에게 성호를 그은 후 양초를 아래로 향하게 했다. 촛불이 소리를 내며 꺼졌다.

 숲으로 난 창으로 거의 보름달처럼 밝은 빛이 새어 들어왔다. 달빛에 신들린 방랑자의 길고 하얀 모습이 한쪽은 은빛으로 창백하게 빛났고, 다른 한쪽은 그림자가 져 검은빛을 띠었다. 이 그림자는 창틀부터 바닥과 벽을 검게 물들이고, 천장으로 이어졌다. 마당에서는 야경꾼이 주철판을 치고 있었다.

 그리샤는 자신의 큰 손을 가슴에 올려놓은 후 머리를 숙이고 계속해서 무겁게 한숨을 쉬며 말없이 성상 앞에 서 있었다. 그러고는 힘겹게 무릎을 꿇고 기도하기 시작했다.

처음에는 몇 단어만 강조하면서 잘 알려진 기도문을 조용히 낭송하더니, 이윽고 더 크게 그리고 더 감정을 실어 기도문을 되뇌었다. 그리고 자신의 기도를 슬라브어로 표현하려고 한껏 애를 쓰면서 기도를 하기 시작했다. 그의 기도는 두서없었지만 감동적이었다. 그는 자신의 모든 은인들(그는 자신을 받아준 모든 사람을 이렇게 불렀다)을 위해 기도했다. 엄마와 우리들을 위한 기도도 했다. 그리고 자기 자신을 위해 기도하며 자신의 무거운 죄를 용서해 주길 빌었다. 더불어 "주여! 저의 원수들도 용서하여 주옵소서!"라는 기도도 했다. 그는 신음소리를 내며 일어나 같은 기도문구를 계속 반복했다. 무거운 쇠사슬을 두른 몸으로 바닥에 엎드렸다 일어나는 동작을 반복했다. 쇠사슬이 땅에 부딪히면서 거칠고 날카로운 소리를 냈다.

볼로쟈 형이 내 발을 아프게 꼬집었지만 나는 고개도 돌리지 않고 꼬집힌 자리를 손으로 문지르며 어린아이다운 놀라움과 안타까움 그리고 경건한 마음을 가지고 그리샤의 모든 행동과 말을 계속 주시했다.

창고에 들어올 때 기대했던 즐거움과 웃음 대신 심장이 떨리고 멎는 것 같았다. 그리샤는 오랫동안 이러한 종교적 환희 상태에 있다가 감흥을 받아 즉흥적으로 기도문을 외기 시작했다. 그는 "주여, 자비를 베푸소서."라는 기도문구를 몇 번이나 반복했다. 그리고 매번 새롭게 힘을 모아, 새로운 표현으로 기도했다. "주여, 저를 용서하소서, 제가 무엇을 해야 할지… 제게 가르침을 주소서, 제가 무엇을 해야 할지. 제게 가르침을 주소서." 그는 이렇게 기도를 한 뒤 마치 지금 당장 자신의 기도에 대한 응답을 기대하는 것 같았다. 가끔씩 애처롭게 우는 소리가 들리곤 했다…. 그는 두 손을 가슴에 모으고, 무릎을 꿇고 앉아 침묵했다.

나는 숨을 죽인 채 창고 문틈으로 빼꼼히 머리를 내밀었다. 그리샤는 미동도 하지 않았다. 그의 가슴에서 무거운 한숨이 새어 나왔다. 달빛에 비친 그의 탁한 애꾸눈에 눈물이 고여 있었다.

"주님 뜻대로 하소서."

그는 도저히 형언하기 어려운 표정으로 갑자기 소리를 지르며 이마를 땅에 대고 어린아이처럼 울기 시작했다.

그 후로 수많은 세월이 흘렀다. 과거에 대한 많은 추억들이 그 의미를 잃고 어렴풋한 꿈처럼 남게 되었다. 순례자인 그리샤조차도 오래전 자신의 마지막 순례를 마쳤다. 그러나 그에게서 받은 인상과 그로 인해 깨어난 감정은 내 기억 속에서 결코 사라지지 않을 것이다.

오, 위대한 그리스도인 그리샤! 당신의 믿음은 신의 임재를 느낄 수 있을 정도로 강했고, 당신의 사랑은 입에서 기도가 저절로 흘러나올 정도로 위대했습니다. 당신은 그 믿음과 사랑을 머리로 가늠하지 않았습니다…. 기도의 말을 찾지 못해, 눈물을 흘리며 땅에 엎드렸을 때, 신의 위대함에 대한 당신의 찬미는 실로 위대하지 않을 수 없었습니다….

그리샤의 기도를 들으며 느꼈던 나의 감동은 그 당시에는 오래 지속되지 못했다. 첫째, 호기심이 충족되었기 때문이고, 둘째, 한자리에 계속 앉아 있어서 다리가 저렸기 때문이었다. 그리고 내 뒤편 어두운 창고 속에서 속닥거리며 이야기하는 아이들의 대화에 끼고 싶기도 했었다. 누군가가 내 팔을 잡으며 "누구 팔이야?"라고 속삭였다. 창고 안은 완전히 캄캄했다. 하지만 단 한번의 접촉과 내 귀에 대고 속삭이던 목소리만으로도 나는 그게 카텐카라는 것을 바로 알아차렸다.

나는 나도 모르게 그 아이의 짧은 옷소매 속의 팔꿈치를 잡고 그곳에 입을 맞추었다. 그러자 카텐카는 깜짝 놀란 듯 팔을 뿌리쳤고, 그러다가 창고에 세워 두었던 부서진 의자를 건드리고 말았다. 그리샤는 고개를 들어 조용히 주위를 살펴보고, 기도문을 외우면서 구석구석을 향해 성호를 긋기 시작했다. 우리는 놀라서 요란한 소리와 함께 서로 속닥거리며 서둘러 창고에서 뛰어나왔다.

나탈리야 사비쉬나

때는 지난 세기 중반, 하바롭카 영지의 안마당을 양 볼이 빨간 통통하고 발랄한 처녀 나타쉬카^{나탈리야의 애칭}가 평상복을 입고 맨발로 뛰어다니고 있었다. 나의 할아버지는 클라리넷 연주자인 그녀의 아버지 사바의 부탁과 그간 그가 세운 공로를 인정하여 나타쉬카의 신분을 올려주어 할머니의 하녀가 되도록 하였다. 할머니의 하녀 일을 맡은 나타쉬카는 성품이 온화하고 성실하여 하녀들 중에서도 돋보였다. 나의 엄마가 태어나면서 유모가 필요해지자, 나타쉬카에게 이 일이 맡겨졌다. 새로운 임무를 맡은 그녀는 열심히 일하고 어린 주인에 대한 충성심과 헌신으로 많은 칭찬과 보상을 받았다. 그러다가 나탈리야와 업무상 자주 만나야 했던, 머리에 포마드를 바르고 버클이 달린 긴 양말을 신고 다니는 젊고 혈기 왕성했던 포카가 그녀의 투박하지만 사랑 가득한 마음을 사로잡았다.

그녀는 자신이 직접 할아버지를 찾아뵙고 포카와의 결혼을 승낙받으리라 결심하였다. 할아버지는 이런 그녀의 청을 배은망덕한 행동으로 여겨 몹시 화를 내고 그 벌로 가여운 나탈리야를 초원 마을의 외양간으로 쫓아버렸다. 그러나 여섯 달이 지나도록 나탈리야를 대신할 사람이 없었기 때문에 다시 영지로 불러들여 이전 일을 맡겼다. 다 닳고 해진 옷을 입고 추방지에서 돌아온 그녀는 할아버지의 발밑에 엎드려 자신이 저지른 어리석은 행동을 잊어버리고 이전처럼 사랑하고 아껴달라고 간청하면서, 다시는 그런 바보 같은 짓을 하지 않겠다고 맹세했다. 그리고 실제로 그녀는 자신의 약속을 지켰다.

그때부터 나타쉬카는 나탈리야 사비쉬나가 되어 부인용 두건을 쓰고 다녔다. 그리고 그녀의 가슴속에 간직한 모든 사랑을 자기 여주인에게 쏟았다.

가정교사로 온 여선생이 엄마의 곁에서 나타쉬카의 일을 대신하게 되자, 나타쉬카는 창고 열쇠를 받았고, 세탁물과 모든 식자재가 그녀의 손에 맡겨졌다. 그녀는 새로 맡은 임무도 이전처럼 열과 성을 다하여 수행했다. 자신의 삶을 오로지 주인에게 득이 되는 일에 바쳤다. 어떤 일에서든 낭비와 훼손, 탈취를 보면 모든 수단을 동원하여 막으려고 노력했다.

엄마는 결혼을 하면서 나탈리야 사비쉬나의 20년간의 노고와 헌신에 감사 표시를 하고 싶어서 그녀를 자기의 방으로 불렸다. 가장 다정한 말로 그녀에 대한 고마운 마음과 사랑을 표현하면서 나탈리야 사비쉬나가 자유의 몸이라고 써 있는 공식 문서를 건네주었고, 그녀가 우리 집에서 일을 하느냐 않느냐의 여부와 상관없이 매년 300루블의 연금을 받게 될 것이라고 말했다. 나탈리야 사비쉬나는 엄마가 말을 마칠 때까지 잠자코 엄마의 말을 듣고 난 다음, 문서를 손에 쥐고 무섭게 쳐다보더니, 이를 악물고 뭐라고 중얼거리곤 문을 쾅 닫고 나가 버렸다. 엄마는 왜 그녀가 이렇게 이상한 행동을 하는지 이해할 수 없어 곧 나탈리야 사비쉬나의 방으로 갔다. 그녀는 울어서 퉁퉁 부은 눈으로 궤짝에 앉아 손수건을 만지작거리며 바닥에 흩어져 있는 찢어진 문서 조각을 뚫어져라 쳐다보고 있었다.

"왜 그래요? 친애하는 나탈리야 사비쉬나!"

엄마는 그녀의 손을 잡고 물었다

"아무것도 아니에요, 마님."

그녀는 대답했다

"제가 마님 마음에 거슬려서 저를 이 집에서 내쫓으시려는 거지요…. 그렇다면 제가 나가야지요."

그녀는 엄마에게 잡힌 손을 빼면서 간신히 눈물을 참으며 방에서 나가려 했다. 엄마가 그녀를 붙잡아 안았고 두 사람은 함께 울었다.

어린 시절을 기억하기 시작한 때부터 지금까지도 나는 나탈리야 사비쉬나, 그녀의 사랑과 다정함을 기억하고 있다. 그리고 이제야 비로소 그것들의 소중함을 제대로 깨닫게 되었다. 그 당시엔 이 노파가 얼마나 가치 있고 소중한 존재인지를 알지 못했다. 그녀는 한번도 자신에 대해 이야기하지 않았고, 생각하지도 않는 것 같았다. 그녀의 삶 자체가 사랑이고 헌신이었다. 나는 그녀가 우리에게 베푸는 따뜻하고 아낌없는 사랑에 익숙한 나머지 다른 모습의 그녀는 상상할 수도 없었다. 그래서 그녀에게 조금도 감사할 줄 몰랐고, '그녀는 행복할까?', '자신의 삶에 만족하고 있는가?'라는 질문을 한 번도 해 본 적이 없었다.

나는 가끔 수업시간에 필요한 일이 있다고 핑계를 대고, 그녀의 방으로 가서 그녀가 있는 것에 아랑곳하지 않고 자리에 앉아 큰 소리로 내가 공상하는 것을 말하곤 했다. 그녀는 늘 무슨 일이든 일을 하고 있었다. 양말을 뜨거나 그녀의 방을 채우고 있는 궤짝 속을 뒤적거리거나, 세탁물을 적고 있었다. 그러면서도 내가 하는 말을 모두 들어주었다. "나는 장군이 되어 제일 아름다운 여자랑 결혼할 거야. 적갈색 말을 사고 유리 집을 지을 거야. 그리고 작센에 사는 카를 이바느이치 선생님의 친척들을 불러올 거야." 등의 이야기에 그녀는 "그럼요, 도련님. 그래야지요."라고 맞장구치곤 했다.

내가 일어나서 나가려 할 때면, 그녀는 늘 하늘색 궤짝을 열어 – 지금 내가 기억하기로, 그 궤짝 뚜껑에는 색깔이 칠해진 경기병 그림, 포마드 통에서 떼낸 그림과 볼로쟈가 그린 그림들이 붙어 있었다 – 향을 꺼내 불을 붙이고 흔들면서 말했다.

"도련님! 이것은 오차코프 향이랍니다. 하늘 나라에 계시는 돌아가신 도련님의 할아버지께서 터키 원정에서 가져오신 거예요. 이제 마지막 한 조각만 남았네요."

그녀는 한숨을 쉬며 말했다.

그녀의 방을 가득 채웠던 궤짝들에는 단연코 모든 게 다 들어 있었다. 집안 사람들은 뭔가가 필요하면, 보통 "나탈리야 사비쉬나에게 물어봐야 해."라고 말하곤 했다. 실제로도 그녀는 조금 뒤적거려 필요한 물건을 찾아내곤 "이것 봐, 간수해 두길 잘했어."라고 말하곤 했다. 그 궤짝들 속에는 그녀 외에는 이 집안 어느 누구도 알지 못하고, 신경 쓰지 않는 수천 가지의 물건들이 들어 있었다.

언젠가 한번 나는 그녀에게 몹시 화가 난 적이 있었다. 이런 일이 있었다. 나는 식사 중에 크바스*를 따르다가 유리병을 떨어뜨려 식탁보를 적셨다.

"나탈리야 사비쉬나를 불러오세요. 그녀가 애지중지하는 도련님이 한 짓을 보면 좋아하겠네요."

※ 호밀과 보리를 발효시켜 만든 러시아 전통 음료.

엄마가 말했다.

나탈리야 사비쉬나가 들어왔고, 물웅덩이처럼 흥건해진 식탁보를 보더니 고개를 절레절레 저었다. 엄마가 그녀의 귀에 뭐라고 속삭이자, 그녀는 내게 나무라는 듯한 몸짓을 하며 나갔다.

식사 후 나는 아주 기분이 좋아서 깡충깡충 뛰면서 거실로 갔다. 그런데 갑자기 나탈리야 사비쉬나가 문 뒤에서 식탁보를 들고 나타나 나를 붙잡았다. 내가 발버둥을 치는데도 그녀는 젖은 식탁보로 내 얼굴을 닦으며, "식탁보를 더럽히지 마, 식탁보를 더럽히지 말라고."라고 말했다. 나는 너무 자존심이 상한 나머지, 증오심에 불타 악다구니를 부렸다.

"어떻게 이럴 수가 있어! 나탈리야 사비쉬나, 아니 나탈리야가 나에게 감히 반말을 하고, 하인의 자식들 대하듯 내 얼굴을 젖은 식탁보로 닦았어. 이럴 수는 없어. 정말 너무해!"

나는 울면서 거실을 돌아다니느라 목이 메어 중얼중얼 혼잣말을 했다. 나탈리야 사비쉬나는 내가 흐느껴 우는 것을 보자 곧바로 나가 버렸다. 나는 거실을 계속 돌아다니며 이 무례한 나탈리야에게 내가 당한 모욕을 어떻게 갚아줄 것인가만 궁리하였다.

몇 분이 지나자 나탈리야 사비쉬나가 다시 머뭇거리며 다가와 나를 달래기 시작했다.

"이제 그만요, 우리 도련님. 울지 마세요…. 바보 같은 저를 용서하세요…. 제가 잘못했어요. 용서해 줄 거지요, 우리 도련님…. 이것 받으세요."

그녀는 손수건을 펼쳐 붉은 종이로 만든 상자를 꺼냈다. 거기에는 카라멜 두 개와 말린 무화과 열매가 들어 있었다. 그녀는 떨리는 손으로 나에게 상자를 건넸다. 나는 이 선량한 할멈의 얼굴을 쳐다볼 용기가 없었다. 나는 고개를 돌린 채 선물을 받았다. 아까보다 눈물이 더 많이 흘러내렸다. 그러나 이 눈물은 증오의 눈물이 아니라 사랑과 부끄러움의 눈물이었다.

XIV

이별

  앞에서 이야기한 사건들이 벌어진 바로 다음 날, 아침 11시가 지났을 때 현관 앞에는 대형 마차와 포장마차가 서 있었다. 니콜라이는 길 떠나는 사람에게 걸맞게 바지를 장화 속으로 집어넣고, 프록코트는 허리띠로 단단하게 졸라맨 차림새였다. 포장마차에 올라타자 그는 의자에 외투와 방석을 깔았다. 방석 높이가 좀 높다 싶었는지, 엉덩이를 들썩거리며 방석을 눌러 댔다.

  "니콜라이 드미트리치, 죄송하지만, 주인 나리의 짐 상자 하나를 당신 쪽 마차에 실으면 안될까요? 작은 건데…."

  아빠의 하인 한 명이 대형 마차에서 몸을 쑥 내밀고 숨을 헐떡이며 말했다.

  "미리 말을 했어야지요, 미헤이 이바느이치."

  니콜라이는 빠른 말투로 대답하고, 화를 내며 보따리 하나를 마차 바닥에 힘껏 집어 던졌다.

"젠장, 안 그래도 머리가 돌 지경인데, 당신까지 짐을 보태다니."

그는 모자를 살짝 들어올려 햇볕에 탄 이마의 굵은 땀방울을 닦아 내며 말했다.

프록코트나 카프탄, 혹은 셔츠를 입고 모자를 쓰지 않은 남자 하인들, 낡은 무명 옷에 줄무늬 수건을 쓰고 아이를 품에 안고 있는 여자들, 그리고 맨발로 뛰놀던 하인 아이들이 계단 옆에 서서, 마차 쪽을 바라보며 자기들끼리 수군대고 있었다. 마부들 중 허리가 굽고, 겨울 모자에 농민들이 입는 두꺼운 겨울 외투를 입은 늙은 마부가 포장마차의 끌채를 만져보며 찬찬히 그 연결 상태를 확인하고 있었다. 또 다른 마부 한 명은 붉은 무명천으로 겨드랑이를 덧댄 흰 셔츠에 검은 양털 모자를 쓴 잘생긴 젊은이였다. 그는 금발의 고수머리를 긁적이며 모자로 양쪽 귀를 번갈아 눌러 댔다. 그러곤 외투를 마부석에 던져 놓더니, 고삐까지 마저 던져 놓고는, 가죽 채찍을 휘두르며 신고 있는 장화를 보았다가 마차에 기름칠을 하고 있는 마부들을 쳐다보곤 했다. 마부 중 한 사람은 있는 힘을 다해 마차를 들어 올리고, 다른 한 마부는 바퀴 위에 몸을 구부리고 굴대와 축받이에 열심히 기름칠을 하고 있었다. 그는 솔에 묻은 타르를 남기지 않으려 아래서부터 원을 그리며 타르를 문질렀다. 다양한 털 색깔의 건장한 역마들이 울타리 옆에 서서 꼬리로 파리를 쫓고 있었다. 어떤 말들은 털이 무성한 살진 다리를 쭉 뻗고는 실눈을 뜨고 졸고 있는가 하면, 따분해서인지 서로 비벼대거나 현관 근처에 돋아난 암녹색의 뻣뻣한 고사리 잎과 줄거리를 뜯어 먹는 말들도 있었다. 보르조이종 개 몇 마리는 양지에 누워 숨을 헐떡이고 있었고, 다른 개들은 마차 근처의 그늘을 찾아다니며 마차 축에서 흘러내리는 기름을 핥고 있었다. 대기는 온통 먼지 낀 안개로 자욱했고, 지평선은 회보라빛으로 물들어 있었다. 하늘에는 구름 한 점 없었다. 강한 서풍이 불어 길과 들판에는 온통 먼지 기둥이 줄을 섰고, 정원의 커다란 보리수와 자작나무 꼭대기가 흔들리며 노란 낙엽들이 멀리 날아갔다. 나는 창가에 앉아 모든 준비가 끝나기를 초조하게 기다렸다.

모두들 마지막 몇 분이라도 함께 보내려고 응접실 둥근 테이블에 앉아 있을 때만 해도, 앞으로 얼마나 슬픈 순간이 우리를 기다리고 있을지 상상도 못하였고, 내 머릿속에선 온통 사소하기 짝이 없는 생각들만 오락가락했다. 나는 맘속으로 이런 질문들을 하고 있었다. '어떤 마부가 대형 마차를 몰까?', '어떤 마부가 포장마차를 몰까?', '누가 아빠와 같이 타고, 누가 카를 이바느이치와 함께 타고 갈 것인가?', '왜 나를 목도리와 솜이 든 외투로 칭칭 감싸려 하는 걸까?', '내가 그

렇게 약해 빠졌단 말인가? 얼어 죽지도 않을 텐데. 어서 준비 끝내고 마차 타고 출발하면 좋겠다.'

"도련님들 속옷 목록은 누구에게 줄까요?"

울어서 퉁퉁 부은 눈으로 나탈리야 사비쉬나가 쪽지를 들고 들어와 엄마에게 물었다.

"니콜라이에게 주세요. 이제 아이들과 작별 인사를 해야 하니 오세요."

할멈은 무슨 말인가 하려다 말고 갑자기 얼굴을 손수건으로 가리고 손을 내저으며 방에서 나갔다. 그 모습을 보자 나는 잠시 가슴이 옥조이는 것 같았다. 그러나 떠나고 싶은 조급함이 이 마음보다 더 강렬했다. 나는 무심히 아버지와 엄마가 대화하는 걸 듣다가 계속 귀를 기울이게 되었다. 두 사람 모두 흥미라곤 전혀 느낄 수 없는 일들에 대해서 이야기를 하고 있었다. 집에 무엇을 사야 되는지, 공작부인 소피와 마담 줄리에게 무슨 말을 할지, 가는 길은 괜찮을지 등의 이야기였다.

방에 들어온 포카는 '식사 준비 다 되었습니다'라고 말할 때와 똑같은 목소리로 출입문 가운데 서서 "말이 준비되었습니다."라고 알렸다. 그 말을 듣자, 엄마는 이런 순간이 닥칠 줄은 전혀 예상하지 못했던 것처럼 몸을 떨면서 얼굴이 창백해졌다.

포카는 방에 있는 모든 문을 닫으라는 지시를 받았다. 이 순간 나는 '숨바꼭질 놀이라도 하는 것' 같아서 흥미진진했다.

모두 자리에 앉자, 포카도 의자 끝에 걸터앉았다. 포카가 자리에 앉자마자 삐거덕 소리를 내며 문이 열렸다. 나탈리야 사비쉬나가 서둘러 방으로 들어왔고, 시선을 아래로 향한 채 포카가 앉아 있는 문 옆 의자에 함께 앉았다. 포카의 벗어진 머리와 무표정한 주름투성이의 얼굴과, 부인용 두건 아래로 희끗희끗한 머리카락이 빠져 나온 허리가 구부정하고 마음씨 착한 나탈리야 사비쉬나의 모습이 지금도 눈에 선하다. 그들은 한 의자에 움츠린 채로 앉아 있었는데, 두 사람 다 불편해 보였다.

나는 계속 다른 걱정은 없었고, 단지 초조할 뿐이었다. 문을 닫고 앉아 있던 10초가 내게는 한 시간처럼 여겨졌다. 마침내 모두가 자리에 일어나 성호를 긋고 작별인사를 하기 시작했다. 아빠는 엄마를 껴안고 몇 번이나 입맞춤을 했다.

"이제 그만하구려, 여보. 영영 헤어지는 것도 아니잖소."

아빠가 말했다.

"그래도 슬픈걸요!"

엄마가 눈물을 흘리며 떨리는 목소리로 말했다.

나는 엄마의 목소리를 듣고, 엄마의 떨리는 입술과 눈물로 가득 찬 눈을 보았을 때, 모든 것을 잊어버렸다. 나는 너무 슬프고 괴롭고 무서워서 엄마와 이별하는 대신 그냥 도망치고 싶어졌다. 이 순간 엄마가 아버지와 포옹하면서 우리와도 이별하고 있다는 것을 나는 알았다.

엄마는 여러 차례 볼로쟈 형에게 입을 맞추고 성호를 그었다. 나는 이제 내 차례가 되었겠거니 생각하고 엄마의 앞으로 나섰으나, 엄마는 계속 형을 축복하고 가슴에 꼭 안아주었다. 드디어 내 차례가 되어 나는 엄마를 껴안고 엄마에게 매달려 울고 또 울었다. 오직 내가 슬프다는 것, 그외에는 아무것도 생각할 수 없었다.

마차를 타러 나와 보니, 현관에는 하인들이 작별인사를 하러 나와 있었다. 그들의 "손을 잡게 해 주세요"라는 말, 어깨에 입맞추는 소리, 그들의 머리에서 나는 기름 냄새가 성미가 급한 사람들이 느끼는 고뇌에 가까운 감정을 내게 불러일으켰다. 이런 기분 탓이었는지, 나는 나탈리야 사비쉬나가 눈물 범벅이 되어 작별인사를 할 때도 아주 담담하게 그녀의 두건에 입을 맞추었다.

이상하게도 나는 하인들 모두의 얼굴이 지금도 눈앞에 있는 것처럼 선명하고, 그들 얼굴의 아주 미세한 표정까지도 다 그릴 수 있을 것만 같다. 그러나 엄마의 얼굴과 모습은 내 기억 속에서 완전히 사라져 버렸다. 아마도 당시에 내가 엄마를 쳐다볼 용기를 내지 못했기 때문일 것이다. 엄마를 보게 되면, 엄마와 내가 참을 수 있는 슬픔의 한계를 넘어설 것 같은 생각이 들었던 것이다.

  나는 제일 먼저 마차로 달려가 뒷좌석에 앉았다. 위에 쳐진 덮개 때문에 아무것도 보이지 않았지만, 나는 본능적으로 엄마가 아직 그곳에 있다는 것을 느낄 수 있었다.

  '엄마를 한번 더 볼까 말까? 마지막으로 한 번만 더 보자!' 나는 마차에서 현관 쪽으로 몸을 내밀었다. 엄마도 나와 같은 생각이었는지 마차 반대편에서 다가와 내 이름을 불렀다. 뒤에서 들려오는 엄마의 목소리에 나는 몸을 돌렸다. 그러나 급하게 돌아다보다 그만 엄마와 머리를 부딪히고 말았다. 엄마는 슬픈 미소를 지어 보이곤 마지막으로 세게, 아주 세게 입을 맞추어 주었다.

  우리가 몇 사젠* 정도 갔을 때, 나는 뒤를 돌아보았다. 엄마의 머리를 감싼 하늘색 수건이 바람에 날리고 있었다. 엄마는 고개를 숙이고 손으로 얼굴을 가린 채 현관 계단을 올라가고 있었다. 포카가 엄마를 부축하고 있었다.

  아빠는 아무 말도 하지 않고 내 곁에 앉아 있었다. 나는 눈물을 흘리며 우느라 목이 멨고, 뭔가가 내 목을 눌러서 숨이 막혀 죽을 것만 같았다…. 큰 길로 나왔을 때, 우리는 발코니에서 누가 흰 손수건을 흔드는 것을 보았다. 나도 손수건을 흔들기 시작했고, 그러자 마음이 좀 진정되었다. 나는 마차를

※ 미터법 도입 이전의 거리 단위로 1사젠은 약 2미터.

타고 가는 동안 계속 울었는데, 한편에선 내가 흘리는 눈물이 내가 감성적임을 입증해 주는 것이라는 생각이 들어 마음의 위안과 기쁨이 밀려왔다. 1베르스타$^{약\ 1킬로미터}$ 가량 달렸을 때, 나는 좀 더 편하게 자세를 고쳐 앉은 다음, 내 시야에 들어온 말의 엉덩이를 유심히 살펴보기 시작했다. 얼룩결 무늬의 이 말은 바로 내 앞에서 달리고 있었는데, 나는 이 말이 꼬리를 흔드는 모양, 한쪽 다리와 다른 쪽 다리가 부딪히는 모양, 마부가 가죽 채찍으로 말을 치면, 두 발이 동시에 뛰어오르는 모습을 지켜보았다. 그리고 말의 엉덩이 띠와 그 띠에 달린 고리들이 흔들리는 모습과 꼬리 주변의 띠가 땀으로 흠뻑 젖는 모습까지 지켜보았다. 나는 주변을 둘러보기 시작했다. 바람에 물결치는 호밀밭, 쟁기와 농부들, 말과 망아지들이 보이는 휴경지, 그리고 길거리의 이정표들이 보였다. 나는 어떤 마부가 우리 마차를 모는지 궁금해서 마부석을 쳐다보기도 했다. 내 얼굴은 여전히 눈물로 얼룩져 있었지만, 생각은 어쩌면 영원히 작별하게 될지도 모를 어머니에게서 멀어져 갔다. 그러나 지난날에 대한 모든 추억은 어머니에 대한 생각으로 이어졌다. 나는 전날 밤에 자작나무 오솔길에서 발견했던 버섯이 기억났다. 그리고 류보츠카와 카텐카가 누가 버섯을 딸 것인지 다투었던 일과 오늘 헤어지면서 누이들이 울었던 일도 떠올랐다.

　누이들이 가엾다! 나탈리야 사비쉬나도 가엾다, 자작나무 오솔길도, 포카도 가엾다! 심지어 못된 미미도 가엾다. 모든 것이, 모든 것이 가엾다! 그리고 가여운 우리 엄마는… 또다시 눈물이 고였지만, 오래가지는 않았다.

유년시절

결코 다시는 돌아오지 않을 행복하고도 행복했던 유년시절이여! 어떻게 그 시절을 사랑하지 않고, 소중하게 간직하지 않을 수 있겠는가? 이 시절의 추억들이야말로 내 영혼을 새롭게 하고 고귀하게 만든, 나의 가장 큰 기쁨의 원천이 아닐 수 없다.

실컷 뛰어놀고 나면, 나는 티 테이블 뒤 높은 안락의자에 앉아 있곤 했다. 이미 늦은 밤이었고, 한참 전에 설탕을 넣은 우유를 한 잔 마신 터라 눈꺼풀로 잠이 쏟아졌지만 나는 의자에서 일어나지 않고 계속 이야기 소리를 들었다. 어떻게 듣지 않을 수 있을까? 엄마는 누군가와 이야기를 하고 있었다. 엄마의 목소리는 달콤하고 상냥했다. 엄마의 이 목소리 하나만으로도 나는 내 심장에 너무나도 많은 말을 담을 수 있었다! 나는 졸려서 몽롱한 눈길로 엄마의 얼굴을 유심히 바라보고 있었다. 갑자기 엄마가 점점 더 작아지더니 얼굴이 단추 크기만 해졌다. 하지만 엄마의 얼굴은 여전히 선명하게 보였다. 엄마가 나를 바라보고 미소 짓는 모습이 보인다. 나는 엄마의 그런 작아진 모습이 좋았다. 더 가늘게 눈을 뜨자, 엄마는 눈동자에 비친 꼬마만큼 작아졌다. 그러나 내가 몸을 움직이자 이 환영은 깨져 버렸다. 나는 실눈을 떠 보기도 하고, 몸을 돌려 보기도 하면서 온갖 노력을 다 해보았지만 그 모습을 되돌릴 수 없었다.

나는 일어나서 다리를 올려 편안하게 안락의자에 기대어 누웠다.

"그러다 또 잠들라, 니콜렌카. 위층으로 올라가 자면 좋으련만."

엄마가 내게 말한다

"자기 싫어요, 엄마."

나는 이렇게 대답을 한다. 하지만 몽롱하고 달콤한 공상이 상상의 날개를 펴면서 건강한 아이의 잠은 눈꺼풀을 감기게 하고, 나는 곧 모든 것을 잊어버리고 사람들이 깨울 때까지 잠을 잔다. 잠결에도 누군가의 부드러운 손길이 나를 쓰다듬는 것을 느끼곤 했다. 단 한 번의 손길만으로도 나는 엄마인 걸 알고, 꿈꾸듯 잠결에 취한 채로 그 손을 내 입술에 가져다 대고 입술을 꼭꼭 눌렀다.

모두 각자의 방으로 돌아갔다. 거실에는 촛불만 타고 있었다. 엄마가 직접 나를 깨우겠다고 말했기 때문이었다. 엄마는 내가 잠들어 있는 안락의자에 걸터앉아 아주 부드러운 손길로 내 머리를 쓰다듬었다. 귀에 익은 다정한 목소리가 귓전에 울렸다.

"일어나렴, 우리 아가. 자러 갈 시간이에요."

이제 엄마는 어느 누구의 냉랭한 시선도 신경쓰지 않고, 나에게 모든 사랑과 애정을 담뿍 담아 아낌없이 쏟아부었다. 나는 일어나기는커녕 꼼짝하지 않고, 더 세게 엄마의 손에 입을 맞추었다.

"자, 일어나요, 우리 천사님."

엄마는 다른 한 손으로 내 목덜미를 붙잡고, 손가락을 빠르게 움직여 나를 간지럼 태웠다. 방은 고요하고 어두웠다. 엄마가 간지럼을 태우며 깨운 바람에 나는 온 신경이 되살아났다. 엄마는 바로 내 옆에 앉아 나를 쓰다듬어 주었다. 나는 엄마의 내음과 목소리를 듣는다. 이러한 모든 것 때문에 나는 벌떡 일어나 엄마의 목을 끌어안고 가슴에 머리를 파묻으며 숨을 크게 내쉬고 말했다.

"아아, 엄마, 사랑하는 엄마. 난 엄마가 너무너무 좋아요!"

엄마는 슬프면서도 매력적인 미소를 지으며, 두 손으로 내 머리를 감싸고 내 이마에 입을 맞춘 후 무릎에 나를 눕혔다.

"엄마가 그렇게도 좋으니?"

엄마는 잠시 말을 멈추었다 다시 말을 이어갔다.

"엄마를 항상 사랑해 주렴. 절대 잊으면 안 된다. 만약 엄마가 없더라도 엄마를 잊지 않을 거지? 잊지 않을 거지, 니콜렌카?"

엄마는 더 다정하게 내게 입을 맞추었다.

"엄마, 그만해요! 그런 말 하지 말아요, 사랑하는 엄마!"

나는 소리를 지르며, 엄마의 무릎에 입을 맞추었다. 눈에서 눈물이 샘물처럼 흘러내렸다. 사랑과 감동의 눈물이 하염없이 흘러내렸다.

그런 다음 나는 위층으로 올라가 솜을 누빈 실내복을 입고 성상 앞에 서서 "주여, 아빠와 엄마를 구원해 주소서."라고 기도를 올렸다. 그럴 때면 나는 경이로운 감정이 느껴졌다. 어린 아이의 입으로 사랑하는 엄마를 위해 더듬거리며 처음으로 한 기도를 되풀이하노라면 엄마에 대한 사랑과 신에 대한 사랑이 신기하게도 하나의 마음으로 합쳐졌다.

기도를 마치고 이불 속으로 들어가면 마음이 가볍고 밝아지고 기쁨으로 가득 찼다. 공상을 하다 보면, 하나의 공상이 또 다른 공상으로 꼬리를 물고 이어졌다. 공상들은 어떠했던가? 막연하지만, 사랑과 밝은 행복에 대한 희망으로 가득 차 있었다. 나는 내가 알고 있는 유일하게 불행한 사람, 카를 이바느이치에 대해, 그의 쓰라린 운명에 대해 생각할 때면, 그가 너무나도 가여워지고, 그에 대한 사랑이 너무나도 커지게 되어, 나의 두 눈에선 눈물이 흘러내렸다. 그럴 때면 나는 이렇게 생각하곤 했다. '주여, 그에게 행복을 주소서. 그를 돕고 슬픔을 치유할 힘을 제게 주소서. 그를 위해서라면 어떤 희생이라도 치르겠습니다.' 그런 다음 나는 내가 좋아하는 도자기 장난감 토끼나 강아지를 깃털 베개 구석에 넣어 놓았다. 그러면 이 장난감들이 베개 귀퉁이에서 아늑하고 따뜻하고 편안하게 있는 것 같아 기분이 좋았다. 그리고 모든 사람들이 행복해지길, 모든 사람들이 만족한 삶을 살기를, 그리고 내일은 산책하기에 좋은 날씨가 되기를 기도하곤 했다. 그런 다음 돌아누우면, 생각과 공상이 구분할 수 없을 정도로 뒤섞이며, 나는 눈물이 채 마르지 않은 얼굴로 평온하고도 평온하게 잠에 빠져들었다.

유년시절에 가졌던 이런 신선함, 평온함, 사랑에 대한 갈망과 믿음의 힘은 과연 다시 돌아올 수 있을까? 그리고 최고의 덕목인 순수한 즐거움과 사랑에 대한 끝없는 갈망, 이 두 가지가 삶의 유일한 동인이었던 그 시절보다 더 좋은 시절이 있을까?

그 뜨겁던 기도는 어디로 갔는가? 신이 내린 최고의 선물인 순수한 감동의 눈물은 어디로 갔는가? 위로의 천사가 날아와 미소 지으며 나의 눈물을 닦아 주었고, 순수한 어린아이의 상상에 달콤한 꿈의 날개를 달아 주었었다.

정녕 삶이 내 가슴에 무거운 흔적을 남긴 것인가? 그래서 그 눈물과 환희의 순간이 나에게서 영원히 떠난 것인가? 진정 추억만이 남은 것인가?

XVI

시

    우리가 모스크바로 온 후 거의 한 달쯤 지났을 때, 나는 할머니 집 2층의 커다란 테이블에 앉아 글을 쓰고 있었다. 내 맞은편엔 미술 선생님이 앉아 검정 연필로 그린 터번을 쓴 터키 남자의 머리를 최종 수정하고 있었다. 볼로쟈 형은 목을 길게 빼고 선생님의 어깨 너머로 그림을 쳐다보고 있었다. 이 두상 그림은 형이 검정 연필로 그린 첫 번째 작품으로, 오늘 할머니의 명명일(命名日)에 드리려 한 것이다.
    "여기에 음영을 더 넣어야 하지 않을까요?"
    볼로쟈 형은 까치발로 서서 터키 남자의 목을 가리키면서 선생님께 말했다.
    "아니, 그럴 필요 없어요."
    미닫이식의 작은 상자에 연필과 제도용 펜을 넣으며 선생님이 말했다.

"이제 아주 좋아요. 더 이상 손대지 마세요. 그런데 니콜라이!"

선생님은 자리에서 일어난 다음 터키 남자 그림을 곁눈질하며 덧붙여 말했다.

"이제 할머니께 무슨 선물을 드릴 건지, 털어놔 봐요. 실은 니콜라이도 두상화를 그려 선물하는 게 좋을 것 같은데. 그럼 다음에 만납시다."

그는 이렇게 말하고 모자와 수업표를 챙겨 나갔다.

그 순간 나는 내가 준비하고 있는 것 대신 '나도 두상화를 그리는 것이 더 낫지 않을까'라는 생각을 했다. 곧 할머니의 명명일이 다가오니 우리 모두 선물을 준비하라는 말을 듣고, 나는 할머니를 위해 시를 써드려야겠다는 생각이 들었다. 그리고 바로 그 자리에서 운율을 맞춘 시 두 행이 떠올랐고, 나머지 부분도 곧 떠오르기를 바랐다. 어떻게 어린아이가 그런 황당한 생각을 하게 되었는지는 전혀 기억나지 않지만, 나는 이 생각이 아주 맘에 들었던 걸로 기억한다. 그리고 선물에 관해 물어오는 모든 질문에, 할머니께 선물은 꼭 드리겠지만, 그게 무엇인지는 누구에게도 말해 주지 않을 거라고 대답했던 것도 기억난다.

내 기대와는 달리 모든 노력을 다 기울였는데도 나는 내가 달뜬 상태에서 지은 두 행의 시구 이외에 나머지 시구를 더 이상 지을 수가 없었다. 나는 책에 나오는 시들을 읽기 시작했다. 드미트리예프*의 시도, 데르좌빈*의 시도 도움이 되지 못했다. 도움은커녕 정반대로 나의 무능력만 더욱더 깨닫게 하였다. 나는 카를 이바느이치가 시를 옮겨 적는 것을 좋아했던 기억이 나서 그의 공책을 조용히 뒤지기 시작했고, 독일 시들 중에서 그의 자작시가 분명한 러시아어 시 한 편을 찾아냈다.

L. 페트롭스카야 양에게 (1828년 6월 3일)

가까이 있어도 기억해 주오.
멀리 있어도 기억해 주오.
나를 기억해 주오.
지금부터 영원히.
내가 죽는 날까지 기억해 주오.
내 사랑이 얼마나 진실했는가를.

— *카를 마우에르*

✱ I.I. Dmitriev(1760~1837) 러시아 고전주의 시인.
✱ G.R. Derzhavin(1743~1816) 러시아 고전주의 시인.

얇은 편지지에 둥글고 아름다운 글씨체로 쓰여진 이 시의 애틋한 감정이 내 맘에 쏙 들었다. 나는 곧바로 그 시를 외웠고, 본보기로 삼기로 하였다. 일은 아주 수월하게 풀렸다. 명명일에 드릴 12행의 축하시가 준비되었고, 나는 공부방 책상에 앉아 시를 고급 양피지에 옮겨 적고 있었다.

벌써 종이를 두 장째 망쳤다…. 시를 더 손보려고 그런 건 아니었다. 시는 정말 근사해 보였다. 그런데 셋째 줄부터 행의 끝부분이 점점 더 위쪽으로 올라가기 시작해서 멀리서 봐도 비뚤게 쓴 것이 두드러져 도무지 쓸 수가 없었다.

세 번째도 이전 것처럼 비뚤게 써졌다. 하지만 나는 다시 고쳐쓰는 건 그만두기로 결심하고, 시에 할머니께 축하인사를 쓰고 오래 건강하게 사시길 기원하면서 이렇게 끝을 맺었다.

기쁘게 해드리도록 노력하겠습니다.
그리고 사랑합니다, 우리 어머니처럼.

그다지 나쁘지는 않았지만, 마지막 시행이 이상하게도 거슬렸다.

"그리고 사―랑합니다, 우―리 어머니처럼." 나는 혼잣말로 읊어 봤다. '어머니'란 단어 대신 운율이 맞는 다른 단어는 없을까? 놀이? 잠자리? 에이, 그냥 두자! 카를 이바느이치의 시

보단 좋은걸!

 그리고 마지막 행을 썼다. 그런 다음 나는 감정을 싣고, 제스처를 섞어가며 자작시를 낭송했다. 완전히 운율이 맞지 않은 행도 있었지만, 신경 쓰지 않고 계속 낭송했다. 그런데 마지막 행이 더욱더 강하고 불쾌하게 나를 자극했다. 나는 침대에 앉아서 생각에 잠겼다….

 '왜 우리 어머니처럼이라고 썼을까? 엄마는 여기 없는데, 엄마를 이렇게 상기시킬 필요는 없었잖아. 내가 할머니를 사랑하고 존경하는 것은 맞지만, 엄마처럼은 아니지…. 내가 왜 이렇게 썼을까? 왜 거짓말을 했지? 아무리 시라곤 하지만, 그래도 그럴 필요는 없었는데.'

 바로 이 순간 재단사가 새로 만든 짧은 연미복을 들고 들어왔다.

 "그냥 두자!"

 나는 초조한 마음에 이렇게 말한 후, 짜증을 내며 베개 밑에 시를 쑤셔 넣었다. 그러곤 모스크바 풍의 옷을 입어 보러 달려나갔다.

 모스크바 풍의 옷은 정말 근사했다. 청동 단추가 달린 짧은 갈색 연미복은 몸에 딱 맞았다. 시골에서 키가 클 것을 염두에 두고 넉넉하게 만들어 입히는 옷들과는 차원이 달랐다. 검정 바지도 통이 좁아서 내 다리 근육을 잘 드러내주고 장화 속으로도 쏙 들어갔다.

'드디어 나에게도 끈 달린 바지가 생겼어. 바지 끝단을 묶을 수 있는 진짜 바지가!' 나는 기뻐서 바지를 이리저리 살펴보며 생각했다. 새 옷은 약간 작아서 불편했지만 나는 이 사실을 사람들에게 숨기고, 반대로 옷이 아주 편하고 이 옷에 단점이 있다면 약간 헐렁한 것이라고까지 말했다. 그 후 나는 오랫동안 거울 앞에 서서 포마드를 잔뜩 바른 머리를 매만졌다. 그런데 아무리 애를 써도 도저히 정수리 부분의 곱슬머리를 매끈하게 다듬을 수 없었다. 이제 가라앉았나 싶어 누르고 있던 빗을 떼면, 바로 머리가 다시 솟아올라 사방으로 뻗치는 통에 얼굴이 우스꽝스럽게 보였다.

카를 이바느이치는 다른 방에서 옷을 입고 있었다. 공부방을 지나 그에게 푸른 연미복과 연미복에 딸린 흰색 소품들이 전달되었다. 아래층으로 나 있는 문에서 하녀들 중 한 명의 목소리가 들렸다. 나는 무슨 볼일로 그녀가 찾아왔는지 알아보러 나갔다. 빳빳하게 풀을 먹인 디키*를 들고 서 있던 그녀는 카를 이바느이치에게 가져온 것이며, 시간에 맞추어 세탁하느라 밤새 한숨도 못 잤다고 말했다. 나는 디키를 카를 이바느이치에게 전해 주기로 하고, 할머니는 일어나셨는지 물어보았다.

❋ 예복용 셔츠의 앞판.

"그럼요, 벌써 커피도 드셨고, 사제장님도 오셨습니다. 도련님, 정말 멋지시네요!"

그녀가 내 새 옷을 살펴보고, 미소 지으며 덧붙여 말했다.

이 말에 나는 얼굴이 빨개졌다. 그리고 내가 얼마나 멋쟁이가 되었는지 그녀가 잘 알아볼 수 있도록 한 발로 돌면서, 손가락을 튕기며 껑충 뛰어올랐다.

나는 카를 이바느이치에게 디키를 가지고 갔다. 하지만 그는 이미 다른 것을 입고 있어 디키는 필요하지 않았다. 그는 책상 위에 놓인 작은 거울 앞에 몸을 숙이고서, 두 손으로 넥타이의 화려한 리본을 잡고 말끔하게 면도한 턱을 움직일 수 있는 여유가 있는지 확인하고 있었다. 그리고 우리 옷을 앞뒤로 살펴보더니, 니콜라이에게 자신에게도 똑같은 것을 만들어 달라고 부탁하고 우리를 할머니에게 데리고 갔다. 우리가 아래층으로 난 계단에 들어서자마자, 우리 세 사람에게서 포마드 냄새가 진동했던 것을 생각하면 지금도 웃음이 난다.

카를 이바느이치의 손에는 손수 제작한 작은 상자가, 볼로쟈 형의 손에는 그림이, 그리고 내 손에는 시가 들려 있었다. 모두 할머니께 선물을 드릴 때 함께할 축하의 말을 준비하고 있었다. 카를 이바느이치가 홀의 문을 열었을 때, 제의를 입은 사제장의 첫 기도소리가 들렸다.

할머니는 벌써 홀에 나와 계셨다. 허리를 굽히고 앞에 있는 의자 등받이에 몸을 기댄 채, 벽 옆에 서서 경건하게 기도를 드리고 있었다. 할머니 옆에는 아빠가 서 있었다. 아빠는 우리 쪽을 뒤돌아보고 미소를 지었다. 우리가 준비한 선물을 서둘러 등 뒤에 숨기고, 행여 눈치라도 챌까 문가에 서서 전전긍긍하는 모습을 본 것이었다. 깜짝 효과를 기대했던 우리의 바람은 사라지고 말았다.

사람들이 십자가에 다가가기 시작하자 나는 준비한 선물을 도저히 드리지 못할 것만 같았다. 그런 기분이 들자 나는 갑자기 몹시 부끄러워 바보가 된 것 같았다. 카를 이바느이치가 심혈을 기울여 선별한 말로 할머니께 축하인사를 건네고, 오른손에서 왼손으로 작은 상자를 옮겨 든 다음 할머니에게 명명일 선물을 드렸다. 그리고 형에게 자리를 내주기 위해 몇 걸음 뒤로 물러섰다. 나는 그런 카를 이바느이치의 등 뒤로 숨어 버렸다. 할머니는 금 테두리로 장식한 작은 상자에 감탄한 듯 온화한 미소로 감사함을 표시했다. 그러나 상자를 어디에 둬야 할지 모르셨던 모양인지 아빠에게 얼마나 솜씨가 훌륭한지 보라며 건네주셨다.

아빠는 호기심을 채우자 그 상자를 사제장에게 건넸다. 그는 이 물건이 정말 마음에 들었는지 고개를 끄덕이기도 하고 호기심 가득한 시선으로 상자를 쳐다보고, 이 훌륭한 상자를 만든 카를 이바느이치를 쳐다보곤 하였다. 형은 자신이 그린 터키남자 그림을 드렸고, 모든 사람들로부터 최고의 찬사를 받았다. 이제 내 차례가 되었다. 할머니는 격려하듯 미소를 지으며 나를 바라보았다.

 부끄러움을 경험해 본 사람들은 잘 안다. 부끄러움이란 시간에 정비례하여 커지지만, 결단력은 시간에 반비례하여 작아진다는 것을 말이다. 즉 이런 상황이 계속될수록, 그 상황은 점점 더 극복할 수 없게 되고, 결단력은 점점 더 작아지게 된다.

 나의 마지막 용기와 결단력은 카를 이바느이치와 볼로쟈 형이 선물을 드릴 때 사라졌고, 반면 부끄러움은 최고조에 달했다. 피가 심장에서 머리로 솟구치고, 얼굴이 계속 달아오르며 이마와 코에 커다란 땀방울이 맺히는 것이 느껴졌다. 양쪽 귀가 달아올랐고, 온몸이 떨리고 식은땀이 났다. 나는 머뭇거리며 그 자리에서 꼼짝도 못했다.

 "자, 니콜렌카, 네 선물을 보여다오. 상자냐? 그림이냐?"

 아빠가 내게 말했다.

 어쩔 도리가 없었다. 떨리는 손으로 나는 엉망으로 구겨진 운명의 두루마리를 건네었다. 그러나 입이 떨어지지 않아 침묵하며 할머니 앞에 그냥 서 있었다. 기대했던 그림 대신 모든 사람들 앞에서 아무짝에도 쓸모 없는 자작시와 '우리 어머니처럼'이란 그 단어를 읊조려야 한다는 생각에 제 정신이 아니었다. '우리 어머니처럼'이라니, 이 말은 마치 내가 엄마를 한 번도 사랑한 적이 없었고, 이제는 잊었다는 것을 명백하게 증명하는 것 같았다. 할머니가 내 시를 읽기 시작했을 때, 그리고 내 눈에는 그냥 시가 무슨 말인지 전혀 이해가 되지 않아 비웃는 것처럼 보이는 미소를 띠고 중간중간 아빠를 쳐다보며 시 읽기를 멈추었을 때, 내가 원하는 대로 발음하지 않았을 때, 시력이 나빠 끝까지 다 읽지 못하고 아빠에게 시를 건네주며 처음부터 다시 읽어달라고 부탁했을 때, 내가 느낀 고통을 어떻게 표현할 수 있을까? 나는 할머니가 이렇게 멍청하고 글씨까지 비뚤비뚤 쓴 시를 읽는 것이 귀찮고, 나의 비정함을 확실히 증명해 주는 마지막 시행을 아빠에게 직접 읽게 하려고 그런 것 같았다. 나는 아빠가 이 시가 적힌 종이로 내 콧등을 툭 치며 이렇게 말할 것이라고 예상했다. '바보 같은 녀석, 어머니는 잊지 말거라…. 이건 네가 한 짓에 대한 벌이다!' 그러나 그런 일은 일어나지 않았다. 오히려 시를 다 들은 후에, 할머니는 "아주 멋진 시로구나.(Charmant.)"라고 말하고 내 이마에 입 맞추었다.

작은 상자와 그림 그리고 시는 할머니가 항상 앉으시는 안락의자 옆의 협탁 위에 두 장의 얇은 마 수건과 엄마의 초상화가 그려진 담뱃갑 곁에 나란히 놓였다.

"바르바라 일리니쉬나 공작부인이 오셨습니다."

할머니의 마차를 담당하는 덩치 큰 두 명의 하인 중 한 명이 말했다.

할머니는 깊은 생각에 빠져 거북이 등껍질로 만든 담뱃갑에 그려진 엄마의 초상화를 바라보며 아무 대답도 하지 않았다.
"안으로 모실까요, 마님?"
하인이 다시 물었다.

XVII

코르나코바 공작부인

"모셔 오게."

할머니가 안락의자에 깊숙이 앉으며 말했다.

공작부인은 작은 키에 삐쩍 말랐으며 허약하고 성미가 급한 마흔 다섯 살 가량의 여자였다. 불쾌감을 주는 회녹색의 눈은 부자연스럽게 다문 귀여운 모양의 입과 사뭇 대조적이었다. 타조 깃털이 달린 빌로드 모자 아래로 밝은 붉은색 머리카락이 보였다. 눈썹과 속눈썹은 건강하지 못한 얼굴 색깔 때문에 더 밝고 붉어 보였다. 그래도 자연스러운 몸짓과 작은 손 그리고 냉담한 태도 덕분에 전체적으로 풍기는 분위기는 고상하고 활기차 보였다.

공작부인은 말이 아주 많았는데, 그 수다스러움으로 미루어 짐작해 보면, 그 누구도 말한 사람이 없는데 다른 사람들이 자기 의견에 반대하고 있는 듯이 말하는 부류의 사람이었다. 그녀는 목소리를 높였다가, 점차 낮추기도 하고, 갑자기 새로운 활기를 얻어 말하기 시작하다가 대화에 특별히 참여하지 않은 주변 사람들을 둘러보기도 하였다. 그렇게 쳐다봄으로써 자신을 지지하게 하려고 애쓰는 것처럼 보였다.

공작부인이 할머니의 손에 입을 맞추고, 연신 '인자하신 나의 숙모님(ma bonne tante)'이라고 불렀지만, 나는 할머니가 그녀를 달가워하지 않는 걸 눈치챌 수 있었다. 할머니는 미하일로 공작이 무슨 일이 있어도 축하인사를 드리러 오려 했으나 도저히 그럴 수 없었던 이유에 대한 그녀의 이야기를 들으면서 특이하게 눈썹을 추켜올렸다. 그리고 공작부인의 프랑스어 말에 러시아어로 답하였고, 꼬리를 끌며 말하였다.

"당신 배려에 아주 감사하고 있어요, 부인. 미하일로 공작께서 오시지 못했다고 그렇게 말씀하셨는데… 괜찮아요. 그는 늘 일에 파묻혀 살지 않나요? 게다가 나 같은 늙은이랑 앉아 있는 게 뭐 그리 즐거운 일이라고."

할머니는 공작부인이 자신의 말에 반박할 틈을 주지 않고 말을 계속 이어갔다.

"그래, 댁의 애들은 잘 지내지요, 부인?"

"네, 다행히 잘 있습니다, 나의 숙모님(ma tante). 잘 자라고 공부도 하고, 장난도 심해졌지요. 특히 큰 아이 에티엔은 못 말리는 장난꾸러기랍니다, 그런데 무척 영리해서 큰 기대를 걸고 있습니다.(un garçon, qui promet.) 생각해 보세요, 사촌.(mon cousin.)"

공작부인은 특별히 아빠에게 관심을 보이며 계속 말했다. 할머니는 공작부인의 아이들에겐 전혀 관심이 없었다. 자기 손자들을 자랑하고 싶어서 상자에서 조심스레 내 시가 적힌 두루마리를 꺼내 펼치기 시작했기 때문이다.

"사촌(mon cousin), 글쎄 요사이 그 녀석이 무슨 일을 저질렀는지 아세요…."

공작부인은 아빠 쪽으로 몸을 틀고 아주 신바람이 나서 뭔가를 이야기하기 시작했다. 내게는 들리지 않았던 이야기를 마치고 나서 그녀는 바로 웃기 시작하더니 아빠의 의견이 궁금하다는 듯 아빠의 얼굴을 쳐다보며 말했다.

"무슨 애가 그래요, 사촌? 그 녀석은 맞아야 했겠지요. 하지만 궁리해낸 게 어찌나 영리하고 재치 있던지 그만 용서해 주고 말았답니다, 사촌.(mon cousin.)"

그리고 나서 공작부인은 할머니를 주시하면서 아무 말도 하지 않고 계속 미소를 짓고 있었다.

"어떻게 아이들을 때릴 수가 있어요, 부인?"

할머니는 눈썹을 잔뜩 추켜올리고 '때릴 수가 있어요'라는 말을 특별히 강조하였다.

"아, 자비로운 나의 숙모님.(ma bonne tante.)"

공작부인은 아빠를 힐끗 쳐다보더니 선한 목소리로 대답했다.

"이런 문제에 대해 숙모님이 어떻게 생각하시는지 잘 알고 있어요. 하지만 이 문제만큼은 숙모님께 동의할 수 없다는 점 양해해 주세요. 이 문제로 생각도 많이 하고 책도 읽어 보고, 사람들과 상의도 많이 해보았답니다. 그런데 경험상 얻은 결론은, 아이들은 무섭고 엄하게 다루어야 한다는 거지요. 어린아이를 제대로 키우려면 엄하게 할 필요가 있어요…. 그렇지 않나요, 사촌?(mon cousin?) 아이들이 회초리보다 더 무서워하는 게 무엇인지 말씀해 주세요.(je vous demande un peu.)"

공작부인은 이렇게 말하고 나서 궁금하다는 듯 우리를 쳐다보았다. 그 순간 나는 왠지 마음이 불편했다.

"말씀해 보세요. 사내 아이들은 열두 살까지, 아니 열네 살까지도 애라니까요. 여자애들은 다르지만요."

'정말 다행이다. 내가 저 사람 아들이 아니어서.'라고 나는 생각했다.

"그래요. 좋아요, 부인."

할머니는 그런 말을 하는 공작부인은 내 작품을 들을 자격이 없다고 생각한 듯 시가 적힌 종이를 다시 말아 상자에 넣으며 말했다.

"아주 훌륭하군요. 단지 한 가지만 말씀해 주세요. 회초리를 든 후에 부인의 아이들에게서 섬세한 감정을 바랄 수가 있을까요?"

이 말을 한 후 할머니는 그녀의 논거에 반론을 제기하는 것이 불가능하다고 생각했는지, 이 대화를 중단하기 위해 이렇게 덧붙였다.

"아무튼 이 문제에 대해선 누구에게나 자기 의견이 있는 법이지요."

공작부인은 대답을 하지 않고 그냥 너그러이 미소를 지었다. 깊이 존경하고 있는 노부인이 지닌 이상한 편견을 용서하겠다는 표시를 하는 것 같았다.

"아, 숙모님의 이 어린 친구들을 소개해 주세요."

그녀는 우리를 바라보며 상냥하게 웃으며 말했다.

우리는 공작부인을 쳐다본 다음 자리에서 일어났다. 하지만 어떻게 인사를 해야 할지 전혀 몰랐다.

"공작부인의 손에 입을 맞추거라."

아빠가 말했다.

"이 나이 든 숙모를 사랑해 주렴."

공작부인이 볼로쟈 형의 이마에 입을 맞추며 말했다.

"내가 먼 친척이긴 하지만, 혈연관계보다는 친하게 지내는 것이 더 중요하다고 생각한단다."

그녀는 특별히 할머니를 염두에 두고 덧붙여 말했다. 그러나 할머니는 여전히 그녀가 못마땅한 듯 이렇게 대답하였다.
"에이, 요즘 누가 그런 친척관계를 따진답니까?"
"이 아이는 사교계의 신사가 될 겁니다."
아빠가 볼로쟈 형을 가리키며 말했다.
"그리고 이 아이는 시인이 될 겁니다."
아빠가 이렇게 덧붙였다. 그때 나는 공작부인의 작고 메마른 손에 입을 맞추며, 이 손에 들려 있을 회초리, 회초리 아래 있는 의자 등을 아주 생생하게 상상하고 있었다.
"어느 아이가요?"
공작부인이 내 손을 잡은 채 물었다.
"이 작은 아이가요. 머리털이 삐죽 선 이 아이."
아빠가 즐겁게 웃으며 대답했다.
'내 뻗친 머리털이 뭘 어쨌다고… 그렇게 할 이야기가 없으신가?'라고 생각하며 나는 구석으로 갔다.
나는 미에 대한 아주 특이한 견해를 갖고 있었다. 카를 이바느이치가 세상에서 제일가는 미남이라고 여길 정도였다. 하지만 나 자신이 그리 잘생기지 않았다는 사실은 잘 알고 있었고, 내 외모에 관해선 착각하지 않았다. 그래서 내 외모에 관한 말이 나올 때마다 나는 부끄러움을 느끼곤 하였다.
나는 지금도 아주 또렷이 기억하고 있다. 내가 여섯 살 때였던가 식사 시간에 내 외모에 대한 말이 나왔을 때, 엄마는 내 얼굴에서 뭔가 장점을 찾으려고 애쓰면서 내 눈이 영리해 보이고 웃는 게 귀엽다고 했지만, 결국 아버지의 주장과 더불어 엄연한 사실에 한발 물러나 내가 못생겼다는 것을 인정해야만 했다. 식사가 끝난 후 엄마한테 고맙다고 말씀드리자, 엄마는 내 볼을 두드리며 말했다.

"알아 둬, 니콜렌카. 네 얼굴을 보고 너를 사랑하는 사람은 없을 거야. 그러니 너는 꼭 똑똑하고 착한 소년이 되어야 한단다."

엄마의 이 말은 내가 미남이 아니라는 사실과 그래서 더더욱 반드시 똑똑하고 착한 소년이 되어야 한다는 것을 확인시켜 주었다.

그럼에도 불구하고 절망의 순간들은 자주 찾아왔다. 나처럼 이렇게 펑퍼짐한 코에, 두툼한 입술, 그리고 조그만 회색 눈을 가진 사람이 이 세상에서 누릴 행복은 없다는 생각이 들곤 하였다. 그래서 나는 하느님께 나를 미남으로 변신시키는 기적을 베풀어 달라고 빌었다. 잘생긴 얼굴을 위해서라면, 나는 현재 내가 갖고 있는 모든 것, 미래에 갖게 될 모든 것을 다 내놓고 싶었다.

XVIII

이반 이바느이치 공작

공작부인이 내 시를 듣고 나에게 칭찬을 퍼붓자, 할머니는 마음이 누그러져 부인과 프랑스어로 말하기 시작했고, 그녀를 더 이상 '당신, 부인'이라 부르지 않고, 저녁 식사 때 부인의 아이들도 데리고 오라며 저녁 식사에 초대했다. 공작부인은 초대에 응하고 조금 더 앉아 있다가 떠났다.

이날 하루 매우 많은 사람들이 축하인사를 하러 온 탓에 현관 근처 마당에는 오전 내내 마차가 몇 대씩 계속 서 있었다.

"안녕하십니까, 누님.(Bonjour, chère cousine.)"

손님들 중 한 사람이 방으로 들어와 할머니 손에 입을 맞추었다. 그 사람은 일흔 살 가량의 나이에 키가 크고 커다란 견장이 달린 군복을 입고 있었는데, 군복 옷깃 아래로는 흰색의 큰 십자가가 보였다. 얼굴 표정이 편안하고 소탈해 보였다. 자유롭고 소탈한 그의 행동은 나를 놀라게 했다. 뒤통수에는 머리카락이 절반 정도 밖에 남지 않았고, 윗입술 모양으로 보아 치아가 많이 빠진 것처럼 보였지만, 그럼에도 불구하고 그의 얼굴은 멋졌다.

이반 이바느이치 공작은 지난 세기 말에 고결한 성품과 잘 생긴 외모, 뛰어난 용기 그리고 힘 있고 명망 있는 가문, 특히 운까지 좋아 그 덕분에 이미 젊은 나이에 출세했다. 그는 계속 관직에 있었는데 얼마 안 되어 자신의 명예욕을 충족시키게 되었고, 그 방면에서 더 이상 바랄 것이 없게 되었다. 자신의 명예욕이 충족되었기 때문에, 그는 사교계에서 빛나는 자리를 차지할 준비가 되어 있는 사람답게 아주 젊은 시절부터 자신을 절제할 줄 알았다. 그 결과 사교계에서도 자리를 잘 잡을 수 있었다. 그의 빛나고 조금은 허영기 있는 삶도 다른 모든 사람이 그러하듯 실패와 좌절과 절망을 맞이할 때가 있었지만, 그는 단 한 번도 평정심을 잃지 않았고, 고상한 사고방식, 종교와 도덕의 기본 원칙에서 벗어나지 않았다. 그래서 공작은 자신의 빛나는 지위보다 일관되고 강인한 성품 때문에 모든 사람들의 존경을 받았다. 뛰어난 머리를 갖고 있진 않았지만, 삶의 모든 허영에 찬 걱정거리들에 대해 초연하게 바라볼 수 있는 이러한 지위 덕분에 그의 사고방식은 고상했다. 그는 선량하고 감성적이었지만, 사람들을 다루는 데 있어서는 차갑고 다소 오만한 면도 있었다. 이것은 그가 많은 사람들을 도와줄 수 있는 지위에 올랐고, 그의 영향력을 이용하려는 사람들의 끝없는 청탁과 아부로부터 자신을 보호하고자 냉정한 태도를 기하려고 노력했기 때문이었다. 그러나 '최상류 사교계'에 속한 사람의 관용으로써 이러한 냉정한 태도를 다소 누그러뜨렸다. 그는 훌륭한 교육을 받았고 책을 많이 읽은 사람이었다. 그러나 그의 교육은 젊은 시절, 그러니까 지난 세기 말에 받았던 그 수준에 머물러 있었다. 그는 18세기 말 프랑스에서 쓰여진 철학과 수사학 관련 명서들을 모두 읽었고, 기본적으로 프랑스 최고의 명작들을 잘 알고 있어서 라신, 코르네유, 부알로, 몰리에르, 몽테뉴, 페넬롱의 작품에 나오는 표현을 즐겨 인용했다. 또한 신화에 대해서도 높은 식견을 갖고 있었으며, 프랑스어 번역서로 고대의 기념비적 서사시들을 연구하였고, 세귀르의 저서를 통해 얻은 역사 지식도 풍부했다. 그런데 수학에 관해서는 산수 외에는 아는 것이 없었고, 물리학과 현대문학에 대해서도 지식이 전무한 상태였다. 그래서 괴테, 실러, 바이런에 대한 이야기를 나눌 때는 고상하게 침묵을 지키거나, 지극히 일반적인 몇 마디 견해만을 이야기하곤 했다. 하지만 그들의 책을 읽은 적은 없었다. 지금은 그 예를 찾아보기 힘든 프랑스 정통 교육을 받았음에도 불구하고, 그의 대화는 소박하고 단순했다. 이런 단순한 대화방식은 몇몇 분야에 대한 그의 무지를 잘 가려주었고, 그의 유쾌한 목소리 톤과 포용력을 잘 드러내주었다. 그는 모든 독창적인 것들을 크게 적대시하면서, 독창성은 어리석은 사람들의 속임수라고 말하곤 했다. 사교계는 그가 어디에 살든 그에겐 필수불가결한 것이었다. 모스크바에 살든, 해외에 나가든 그는 한결같이 개방적으로 지냈고, 어떤 날에는 도시 전체 사람들을 집으로 초대하기도 했다. 그는 도시 전체에 영향력을 끼치는 명사였기에 그의 초대장은 모든 곳으로 통하는 여권과 같았으며, 젊고 아름다운 수많은 여성들이 그가 아버지와 같은 마음으로 입 맞출 수 있도록 장밋빛 뺨을 기꺼이 내밀었다. 그리고 요직에 앉은 점잖은 사람들도 공작의 사교 모임에 들어가게 되면 말할 수 없이 기뻐했다.

할머니처럼 그와 동일한 교육을 받고, 사물에 대한 동일한 시각을 가진 동년배로서 그와 같은 그룹에 속한 사람들이 이제는 얼마 남지 않았다. 그래서 공작은 할머니와의 오랜 우정을 귀하게 여겼고 항상 할머니에게 큰 존경심을 표했다.

나는 공작을 제대로 쳐다볼 수가 없었다. 모든 사람들이 그에게 보이는 존경심, 커다란 견장들, 그를 보고 특별히 기뻐하는 할머니의 모습, 그리고 오직 그만이 할머니를 두려워하지 않고 완전히 허물없이 대하며, 심지어 '누님(ma cousine)'이라고 부르는 그 용기가 내가 평소 할머니에게 갖고 있던 존경심보다 크다고 할 수는 없지만, 그와 같은 정도의 존경심을 불러일으켰던 것이다. 내 시를 보여 주었을 때, 그가 나를 불러 말했다.

"누님(ma cousine), 어찌 알겠소? 이 아이가 제 2의 데르좌빈*이 될지."

이 말을 하면서 그는 내 볼을 아프게 꼬집었지만, 나는 애정 표현으로 여기고 소리지르지 않았다.

손님들이 떠나고, 아빠와 볼로쟈도 나갔다. 응접실에는 공작과 할머니, 그리고 나만 남았다.

"왜 우리의 사랑스러운 나탈리야 니콜라예브나는 오지 않은 건가요?"

이반 이바느이치 공작이 잠깐 침묵한 후 갑자기 물었다.

"아! 나의 친구.(Ah! mon cher.)"

할머니는 목소리를 낮추며 그의 제복 소매에 손을 올려놓고 대답했다.

"아마 그 아이도 자기가 원하는 대로 할 수 있었다면, 왔을 거라네. 그 아이가 나한테 편지를 쓰길, 피에르가 오라고 제안했지만, 올해 집에 수입이 전혀 없어 자기가 거절했다 하더군. 그리고 이렇게 썼다네. '더욱이 올해 굳이 모스크바로 이사가야 할 필요도 딱히 없어요. 류보츠카도 아직 어리고요. 하지만 남자아이들은 여기서 저와 같이 지내는 것보다 어머니

---

* G.R. Derzhavin(1743~1816) 러시아 고전주의 시인.

집에서 지내는 것이 훨씬 마음이 편해요.' 흠 잡을 것 하나 없이 훌륭해!"

할머니는 말은 이렇게 했지만, 훌륭한 구석은 전혀 찾아볼 수 없다는 말투로 말을 계속했다.

"아이들을 진작 이곳으로 보냈어야지, 교육도 시키고 사교계에도 익숙해져야 하는데. 시골에서 아이들 교육을 제대로 시킬 수나 있었겠나? 큰아이는 곧 열세 살이고, 작은아이는 열한 살이 되는데… 나의 사촌(mon cousin), 자네도 보시지 않았는가? 아이들이 얼마나 엉망진창인지…. 방에 들어올 때의 예절도 모른다네."

"하지만 저는 이해가 가지 않습니다. 왜 항상 상황이 좋지 않다는 불평만 하는 거죠? 사위에겐 재산이 많고 나탈리야는 하바롭카 영지도 있잖아요. 우리가 함께 극장에서 공연도 한 곳이지요, 저는 손바닥 보듯 그곳을 잘 알고 있습니다. 멋진 영지이지요! 많은 수입이 나올 만한 곳이에요."

공작이 대답했다.

"자네가 나의 진정한 친구이니 말해 주겠네."

할머니는 침울한 표정으로 공작의 말을 끊었다.

"사위가 이곳에서 혼자 지내면서 클럽으로, 만찬 모임으로 돌아다니며 놀기 위한 구실인 것 같네. 뭔 짓을 하는지 누가 알겠는가? 하지만 그 아이는 의심 따위는 전혀 않고 있어. 자네도 알다시피, 천사같이 착해 빠진 아이 아닌가. 남편을 철석같이 믿고 있다네. 사위가 아이들을 모스크바로 데려가야 하고 그 아인 혼자 멍청한 가정교사와 남아야 한다고 설득했겠지. 그 아인 사위를 믿고 있어. 사위가 바르바라 일리니쉬나 공작부인처럼, 매로 아이들을 훈육해야 한다고 하면 곧바로 동의할 애야."

할머니는 몹시 경멸하는 표정을 지으며 안락의자에서 몸을 돌리더니 이렇게 말했다.

"그렇다네, 나의 친구."

할머니는 잠시 말을 멈추었다가 흐르는 눈물을 닦으려고 손수건 두 개 중 하나를 손에 쥐고서, 말을 이어갔다.

"사위가 그 아이를 이해하지 못하고 있고, 그 아이의 가치를 제대로 알지 못한다는 생각을 자주 한다네. 그 아이가 워낙 선하여 남편에 대한 사랑으로 자기 슬픔을 감추려고 애를 쓰고 있지만, 난 잘 알고 있다네. 그 아인 제 남편과 행복하지 않다는 것을. 내 말을 기억하게, 만약 그가…"

할머니는 손수건으로 얼굴을 가렸다.

"에이, 나의 좋은 친구.(Eh, ma bonne amie.)"

공작이 질책하는 투로 말했다.

"누님 분별력이 좀 흐려진 것 같습니다. 항상 상상 속에 있는 슬픔에 상심하고 눈물을 흘리고 계시니, 부끄럽지 않으세요?

전 사위분을 오래전부터 알고 있어요. 그는 신중하고 선량한 성품이 좋은 남편이에요. 그리고 중요한 것은 고결한 사람이고 매우 훌륭한 남자(un parfait honnête homme)라는 겁니다."

 들어서는 안 될 대화를 예기치 않게 들은 나는 몹시 당황해서 까치발을 하고 방에서 빠져 나왔다.

XIX

이빈 형제들

"볼로쟈 형! 형! 이빈 형제들이 왔어."

나는 창문으로 세 소년을 보고 소리 질렀다. 그들은 비버털 옷깃과 주름 장식이 달린 파란 외투를 입고 있었고, 멋쟁이 젊은 가정교사를 따라 맞은편 보행로에서 우리 집 쪽으로 건너오고 있었다.

이빈 형제들은 친척이었고, 우리 또래였다. 우리가 모스크바에 도착한 후 곧 알게 되었고 친해졌다.

이빈 형제 중 둘째 세료쟈는 얼굴이 거무스름한 곱슬머리 소년이었고, 단단하고 작은 들창코와 앞으로 약간 튀어나온 하얀 윗니를 완전히 가리지 못하고 살짝 벌어진 선홍 빛깔 입술, 어두운 하늘 빛깔의 아름다운 눈, 그리고 활기 찬 표정을 짓고 있었다. 그는 결코 미소를 짓는 법이 없었다. 아주 진지하게 바라보거나, 그렇지 않으면 가식이라곤 찾아볼 수 없는 낭랑하고 호탕하면서 몹시 매력적인 웃음을 웃곤 하였다. 나는 그를 처음 본 순간부터 그의 독특한 아름다움에 매료되고 말았다. 나는 그에게서 숨길 수 없는 끌림을 느꼈다. 그저 그를 보는 것만으로도 나는 충분히 행복했다. 그리고 어느 순간은 내 온 마음이 그를 보고 싶다는 열망에 쏠리기도 했다. 그를 보지 못하고 사나흘이 지나면 나는 슬슬 지루해지기 시작하고 우울해져 눈물이 날 정도였다. 자나 깨나 온통 그에 대한 생각뿐이었다. 잠자리에 들면서도 그의 꿈을 꾸길 바랐다. 눈을 감으면 그의 얼굴이 떠올랐고, 나는 이 환상을 가장 큰 기쁨으로 간직했다.

나에게 세료자는 세상 어느 누구에게도 이 감정을 털어놓지 않겠다고 결심할 정도로 아주 많이 소중했다. 자기를 끈질기게 쳐다보는 내 불안한 눈길이 부담스러웠던 걸까, 아니면 단지 나한테는 전혀 호감 같은 것을 느끼지 못했던 걸까. 그는 나보다는 볼로쟈 형과 이야기하고 노는 것을 훨씬 더 좋아했다. 하지만 나는 만족스러웠고 아무것도 바라거나 요구하지 않았다. 그를 위해서라면 언제든 희생할 준비가 되어 있었다. 그가 나에게 주었던 열정적인 끌림 외에도, 그가 함께 있다는 건 내게서 그 끌림에 버금가는 또 하나의 강력한 감정을 불러일으켰다. 그것은 그를 슬프게 하거나, 모욕을 주는 것은 아닐까, 그의 맘에 들지 않는 것은 아닐까 하는 두려움이었다. 어쩌면 그의 얼굴 표정이 오만해서였을 수도 있고, 혹은 내가 내 자신의 외모는 비하하면서 다른 사람의 아름다움은 지나치게 과대평가했기 때문일 수도 있다. 혹은 좀 더 정확하게 말하면, 이것은 사랑과 같은 감정의 필연적인 징조였을 것이다. 나는 그에게서 사랑만큼이나 두려움도 느꼈다. 세료쟈가 내게 처음으로 말을 건넸을 때, 나는 예상치 못한 행복에 당황한 나머지, 얼굴이 창백해졌다 빨개지면서 아무 대답도 하지 못했다. 그에겐 골똘히 생각할 때면 시선을 한곳에 고정시키고 눈을 계속 깜박거리면서 코와 눈썹을 찡긋거리는 좋지 않은 습관이 있었다. 모두들 이 버릇 때문에 얼굴이 망가진다고 말했지만, 나는 그것조차도 좋아 보였는지, 나도 모르게 그를 똑같이 따라 하고 있었다. 그를 알게 된 지 며칠이 지나 할머니는 내가 부엉이처럼 눈을 깜박인다며 눈이 아픈 거 아니냐고 물었다. 우리 사이에 좋아한다는 말이 오간 적은 없었지만 그는 나에 대한 자신의 지배력을 느끼고 있었고, 무의식적이지만 폭군처럼 우리 관계에서 그 지배력을 행사했다. 나는 마음속에 있는 것을 다 말하고 싶었지만, 그렇게 솔직하기엔 그가 몹시 두려웠다. 나는 그에게 무심해 보이려고 노력했고, 군말 없이 그에게 복종하였다. 때론 그의 영향력 아래 있는 것이 힘들고 견딜 수 없었지만, 내 힘으로는 그에게서 벗어날 수 없었다.

끝없이 순수했던 사랑의 신선하고 아름다운 그 감정이 표출되지도 공감을 얻지도 못하고 사라져 버린 것을 떠올리니, 슬퍼진다. 어린아이일 때는 그토록 어른이 되려고 애를 쓰다가, 어른이 되어선 왜 그리 자주 어린아이로 돌아가길 바라는 건지 참으로 이상한 일이다. 세료자와의 관계에서 나는 어린아이처럼 보이고 싶지 않다는 열망에 사로잡혀, 표출하고 싶은 감정을 억누르고 위선적으로 행동하였다. 너무나 간절히 원했지만, 감히 그에게 입을 맞추고, 손을 잡고, 만나게 되어 기쁘다는 말을 할 용기가 없었다. 심지어 '세료자'라는 애칭은 불러본 적조차 없고, 무조건 '세르게이'라고 불렀다. 우리 사이는 그랬다. 모든 감성적 표현이란 유아기에 머물러 있음을 증명하는 것이었으며, 또한 그런 표현을 하는 사람은 아직 '아이'임을 증명하는 것이었다. 어른들은 인간 관계에서 쓰라린 경험을 하고 나서 신중함과 냉정함을 갖게 되지만, 우리는 단순히 '어른들'을 모방하겠다는 단 하나의 열망 때문에 어린 시절 그 고운 사랑의 순수한 기쁨을 스스로 잃어버린 것이다.

나는 하인 방에서 이빈 형제들을 만나 인사를 나눈 뒤, 부리나케 할머니에게 달려갔다. 나는 할머니도 기뻐할 거라는 확신에 찬 표정으로 할머니에게 이빈 형제가 왔다는 소식을 전했다. 그다음에 세료자에게서 눈을 떼지 않고 그의 뒤를 따라 응접실로 가서 모든 행동을 주시했다. 할머니가 세료자에게 많이 컸다고 말하고 찬찬히 살펴볼 때, 나는 존경하는 심사위원으로부터 자신의 작품에 대한 평가를 기다리는 예술가처럼 두려움과 기대의 감정을 체험했다.

 이빈 형제의 젊은 가정교사 헤르 프로스트는 할머니의 허락을 받고 우리와 함께 집 앞 작은 정원으로 나왔다. 그는 녹색 벤치에 앉아 다리를 멋지게 꼬더니, 다리 사이에 청동 손잡이가 달린 지팡이를 끼어 세운 다음 자신의 행동에 지극히 흡족해하는 모습으로 담배를 피우기 시작했다. 헤르 프로스트는 독일인이었다. 하지만 우리의 선량한 카를 이바느이치와는 전혀 다른 사람이었다. 첫째, 그는 러시아어를 정확하게 구사했으며, 프랑스어는 그럭저럭 했다. 그래서 그는 대체적으로 특히 부인들 사이에서 매우 학식 있는 사람이라는 평판을 얻었다. 둘째, 그는 붉은 콧수염을 기르고 있었으며, 커다란 루비 핀을 꽂은 검정 공단 목도리를 두르고, 그 끝부분을 멜빵 밑에 끼워 고정한 데다, 바짓단을 매는 끈이 달린 광택 있는 하늘색 바지를 입고 있었다. 셋째, 그는 젊었고, 스스로 만족할 만큼 잘생긴 외모에다 무엇보다도 근육질의 다리가 멋졌다. 특히 이 마지막 장점은 그 스스로도 자랑스럽게 생각한 것이 틀림없었다. 그는 자신의 근육질 다리가 특히 여성들에게는 거부할 수 없는 매력이라 생각하고 그들이 자신의 다리를 가장 잘 볼 수 있는 곳에 다리를 두려고 애를 썼다. 그리고 자리에 앉거나, 서거나 항상 자신의 장딴지를 움직였다. 이 사람은 잘생긴 호색한이 되고 싶어하는 러시아화된 젊은 독일인의 전형이었다.

우리는 정원에서 무척이나 즐겁게 놀았다. 강도 놀이는 더할 나위 없이 최고였지만, 하마터면 한 가지 사건 때문에 이 모든 즐거움을 망칠 뻔하였다. 강도 역할을 하던 세료자가 행인들을 뒤쫓아 가다가 넘어졌는데, 나무에 무릎을 어찌나 세게 부딪혔는지 나는 뼈가 부러진 줄 알았다. 나는 헌병이어서 강도인 세료자를 체포해야 할 의무가 있었지만, 오히려 그에게 다가가 안쓰러워하며 아프지 않느냐고 물었다. 세료자는 나에게 화를 벌컥 내었다. 그러곤 주먹을 불끈 쥐고 발을 구르며, 심한 통증이 고스란히 묻어나는 목소리로 소리를 질렀다.

"뭐 하는 짓이야? 이렇게 하면 놀이를 할 수 없잖아! 왜 나를 잡지 않는 거냐? 왜 잡지 않냐고?"

세료자는 행인 역을 맡아 길을 따라 펄쩍펄쩍 뛰어가고 있던 볼로쟈 형과 자기 형을 곁눈질로 쳐다보면서, 내게 몇 번이나 소리쳤다. 그러더니 갑자기 소리를 지르고 큰 소리로 웃으며 그들을 잡으러 달려갔다.

그의 이러한 영웅적인 행동이 나를 얼마나 매료시키고 사로잡았는지는 말로 다 표현할 수 없을 것 같다. 극심한 통증에도 불구하고 그는 울기는커녕 아픈 내색 한번 없이 단 한 순간도 놀이를 잊지 않았던 것이다.

이 일이 있은 직후 일렌카 그라프가 우리와 합류하여 위층에 올라가 식사 전까지 함께 놀았다. 이때 세료쟈가 다시 한 번 놀라운 용기와 강인한 성격으로 나를 더욱 매료시키고 사로잡는 일이 벌어졌다.

일렌카는 예전에 우리 할아버지댁에 살았던 가난한 외국인의 아들이었다. 그 아이의 아버지는 할아버지에게 신세를 진 터라 자기 아들을 우리 집에 자주 보내는 것이 그의 도리라고 여겼다. 하지만 우리와 어울리는 것이 자신의 아들에게 영예와 만족을 줄 거라고 생각했다면, 그것은 완전히 오산이었다. 왜냐하면 우리는 일렌카와 친하지도 않았을뿐더러, 그 아이를 놀리고 싶을 때만 그 아이에게 관심을 가졌기 때문이다. 일렌카는 열세 살 가량의 키가 크고 마른 소년이었다. 새를 닮은 창백한 얼굴에 착하고 순한 표정을 짓고 있었다. 옷차림은 남루했고, 항상 머리에 포마드를 잔뜩 바르고 다녀서, 우리는 햇볕이 화창한 날이면 그 포마드가 녹아 외투 속으로 흘러내릴 것이라고 확신했다. 지금 회상해 보면, 그는 매우 친절하며 조용하고 착한 소년이었다. 그러나 그 당시 나에게 일렌카는 불쌍하게 여기거나, 생각할 가치도 없는 그런 하찮은 존재처럼 여겨졌다.

강도놀이를 하고 나서, 우리는 위층으로 올라가 떠들며 장난치고 서로 갖은 체조 묘기를 자랑하기 시작했다. 일렌카는 놀라서 수줍은 미소를 띠고 우리를 쳐다보고 있었다. 우리는 그 아이에게 우리처럼 해보라고 권했지만, 그 아이는 힘이 없다며 사양했다. 세료쟈는 놀라울 정도로 멋졌다. 얼굴과 눈이 붉게 상기된 그는 재킷을 벗어 버리고, 계속 하하거리며 새로운 장난을 궁리해 내었다. 일렬로 세워둔 의자 세 개를 한번에 뛰어넘는다든지, 바퀴처럼 온 방안을 굴러 다닌다든지, 방 한가운데에 타티셰프의 프랑스어 사전을 가져다 놓고, 그것을 받침대 삼아 물구나무를 선 채 다리로 우스꽝스러운 묘기를 부리기도 하여, 우리는 웃지 않을 수 없었다. 마지막 묘기가 끝난 후 세료쟈는 잠시 생각에 잠겼다가 눈을 깜박거리더니, 갑자기 아주 심각한 얼굴로 일렌카에게 다가가 "너도 한번 해봐. 이거 어렵지 않아."라고 말했다. 일렌카는 모든 사람의 시선이 자기에게 쏠리고 있는 것을 느끼고, 얼굴이 빨개져 거의 들릴락말락한 목소리로 자기는 그런 건 도저히 못하겠다고 딱 잘라 말했다.

"정말 이럴 거야? 대체 왜 아무것도 안 하려고 하지? 계집애도 아니고…. 물구나무 서기 정도는 무조건 해야지!"

세료쟈가 일렌카의 팔을 잡았다.

"어서 해, 어서 해, 물구나무!"

우리는 그 순간 놀라서 얼굴이 창백해진 일렌카를 둘러싸고 소리를 질렀고, 그의 팔을 잡고 사전이 놓여 있는 쪽으로 끌고 갔다.

"이거 놔, 할게! 이러다 옷 찢어지겠어!"

불쌍한 희생양이 소리쳤다. 하지만 이러한 절망적인 비명 소리는 우리를 더욱더 흥분시킬 뿐이었다. 우리는 재미있어 죽겠다며 웃어제꼈다. 일렌카의 초록색 재킷이 찢겨져 너덜거렸다.

볼로쟈 형과 이빈네 맏형이 일렌카의 머리를 숙여 사전 위에 올려 놓았다. 나와 세료쟈는 사방으로 발버둥치는 이 불쌍한 소년의 깡마른 다리를 붙잡고, 바지를 무릎까지 걷어 올린 다음, 큰 소리로 웃으며 그 아이의 두 다리를 위로 올려 세웠다. 이빈네 막내는 일렌카가 균형을 잡도록 몸통을 잡고 있었다.

큰 소리로 웃다 말고 우리는 갑자기 침묵하기 시작했다. 방 안이 어찌나 조용한지 불쌍한 일렌카의 힘겨운 숨소리만 들릴 뿐이었다. 이 순간 나는 이렇게 하는 것이 아주 재미있고, 즐거운 일이라고 확신을 가지고 말할 자신이 없었다.

"자, 이제 멋진 사나이가 되었어."

세료쟈가 그 아이를 손으로 툭 치고 나서 말했다.

일렌카는 침묵했다. 그리고 우리들의 손아귀에서 벗어나려고 발버둥치며 애를 썼고, 필사적으로 반항을 하다가 구두 뒤축으로 세료쟈의 눈을 아프게 차버리고 말았다. 그 순간 세료쟈는 잡고 있던 일렌카의 다리를 놓고 자기도 모르게 눈물이 흐르는 눈을 감싸 쥐고, 있는 힘껏 일렌카를 밀쳐냈다. 그 바람에 우리는 더 이상 그 아이를 붙잡고 있을 수 없었고, 일렌카는 무생물처럼 바닥으로 쿵 하고 떨어졌다. 그리고 눈물을 흘리며 간신히 이렇게 말했다.

"너희들, 왜 나를 괴롭히는 거야?"

눈물범벅이 된 얼굴, 헝클어진 머리, 걷어 올려진 바지, 그 밑으로 보이는 더러운 장화… 가여운 일렌카의 비참한 몰골은 우리를 놀라게 했다. 우리는 모두 침묵했고, 억지로 웃으려 했다.

제일 먼저 정신을 차린 사람은 세료쟈였다.

"이런 계집애 같은 녀석, 울보! 장난도 못 치냐… 자, 됐어, 그만 일어나."

세료쟈는 그 아이를 발로 살짝 건드리며 말했다.

"그래서 내가 너한테 나쁜 놈이라고 하는 거야."

일렌카는 악에 받쳐 이렇게 말하고, 얼굴을 획 돌렸다. 그러곤 큰 소리로 울부짖었다.

"아하! 구두 뒤축으로 치더니 이젠 욕까지 하네!"

세료쟈가 사전을 손에 집어 들고, 불쌍한 그 아이 머리에 대고 흔든 후 소리를 질렀다. 그 아이는 방어할 생각도 못하고, 그저 팔로 얼굴을 감쌌다.

"이걸로 그냥 이 녀석을! 이걸로 확 그냥! 장난도 이해 못하는 녀석은 내버려 두고… 아래층으로 내려가자."

세료쟈는 억지로 웃으며 말했다.

나는 동정의 눈길로 가여운 일렌카를 바라보았다. 그 아이는 바닥에 누워 사전에 얼굴을 파묻고 울고 있었다. 이렇게 더 울다가는 온몸에 경련이 나서 죽을 것만 같았다.

"이봐, 세르게이! 왜 그랬어?"

나는 세료자에게 물었다.

"그렇담 좋아! 나는 오늘 뼈가 부러질 정도로 다릴 다쳤어. 그래도 울지 않았어."

'그래, 맞아, 일렌카는 한낱 울보에 불과하지만, 세료쟈는 멋진 사나이야…. 멋진 사나이!' 라고 나는 생각했다.

그 가여운 아이가 운 것이 육체적인 고통보다는 자신이 좋아하는 다섯 명의 아이들이 아무 이유 없이 자기를 미워하고 괴롭혔다는 생각 때문이라는 것을 그땐 알지 못했다.

나는 지금도 내 행동의 잔혹성에 대해 분명하게 설명할 수 없다. 왜 나는 그 아이에게 다가가지 않았고, 그 아이를 보호하고 위로해 주지 않았을까? 둥지에서 떨어진 새끼 까마귀, 울타리 밖에 버려진 강아지, 혹은 수프를 만들기 위해 요리사가 데리고 가는 닭을 보고도 울었던 나의 동정심은 어디로 갔던 걸까?

이러한 고귀한 감정이 세료쟈에 대한 애정, 그 앞에서 나도 그처럼 멋진 사나이라는 것을 보여주고 싶은 열망 때문에 묻혀 버렸던 걸까? 그에 대한 애정과 멋진 사나이로 보이고 싶은 열망이란 얼마나 하찮은 것이었던가! 이 일들은 나의 유년 시절 기억의 저편에서 유일한 오점으로 남아 있다.

손님들이 오다

저녁 무렵 많은 손님들이 올 모양이다. 식당이 눈에 띄게 분주히 돌아가고, 화려한 조명이 우리에게 익숙한 응접실이나 홀의 물건들에 새로운 축제 분위기를 만들고, 이반 이바느이치 공작이 일부러 자기 악단을 보내준 것 등을 미루어 짐작해 보면 그렇다.

마차 지나가는 소리가 날 때마다 나는 창가 쪽으로 달려가, 두 손바닥을 양미간과 창 유리에 대고 호기심을 참지 못하고 거리를 내다봤다. 그러고 나자 처음에는 어둠 속에 가려져 있던 창밖의 모든 사물이 서서히 보이기 시작했다. 오래전부터 익숙한 등이 달린 맞은편의 작은 가게가 보였고, 그 옆으로는 아래쪽 두 개 창문에 불이 켜져 있는 큰 집이 보였다. 길 한가운데에는 두 사람이 타고 있는 가두마차와 집으로 천천히 돌아가고 있는 빈 마차가 지나가고 있었다. 바로 그때 현관 계단

쪽으로 사륜마차가 도착했다. 나는 이들이 일찍 오겠다고 약속을 한 이빈 형제들이라고 굳게 확신하고, 그들을 맞이하려고 서둘러 현관으로 달려나갔다. 제복을 입은 하인이 열어준 문 뒤에서 이빈 형제들이 아닌 두 명의 귀부인이 모습을 드러냈다. 그중 한 부인은 체격이 크고 깃에 흑담비 털이 달린 푸른색 외투를 입고 있었고, 또 다른 부인은 체격이 작고 녹색 숄로 온몸을 감싸고 있었는데 털 부츠를 신은 작은 발만 보였다. 나는 이 귀부인들이 들어왔을 때, 인사하는 것이 나의 의무라 생각하였지만, 체구가 작은 귀부인은 현관에 있는 나의 존재는 신경도 쓰지 않은 채 아무 말 없이 체구가 큰 부인 쪽으로 다가가 그 앞에 멈춰 섰다. 체구가 큰 부인이 작은 부인의 머리 전체를 싸고 있던 숄을 풀어주고 외투 단추를 끌러주었다. 제복을 입은 하인이 그녀의 물건을 받아 든 후, 털 부츠를 벗겼다. 숄을 벗자 귀부인인 줄 알았던 그녀는 예쁜 열두 살 소녀가 되었다. 소녀는 어깨가 드러난 짧은 모슬린 드레스에 하얀 드로즈를 입고, 자그마한 검정 구두를 신고 있었다. 새하얀 목에는 검정색의 빌로드 리본이 달려 있었다. 또한 검은 아마빛이 감도는 고수머리는 앞에서 보나 뒤에서 보나 예쁜 얼굴과 하얗게 드러낸 목덜미랑 아주 잘 어울렸다. 누군가 그런 머리를 만들기 위해 아침부터 『모스크바 통보』 신문을 잘라 머리카락을 말고 뜨거운 쇠 고데기로 지졌을 거라고 말한다면, 설령 그 누군가가 카를 이바느이치라 해도 나는 그 말을 믿지 않았을 것이다. 내게는 그 아이가 날 때부터 그런 머리였던 것 같았기 때문이다.

그 아이의 얼굴은 부어서 반쯤 감긴 듯 보이면서도 아주 큰 눈과 앙증맞은 작은 입이 이상하면서도 보기 좋은 대조를 이루고 있는 것이 매력이었다. 꼭 다문 입술과 진지하게 사물을 바라보는 눈길 때문에, 도무지 미소를 기대할 수 없을 것 같은 인상이어서 그랬는지 그 아이의 미소는 더욱더 매력적으로 보였다.

나는 다른 사람들 눈에 띄지 않도록 애쓰면서, 서둘러 홀 안으로 들어갔다. 그리고 홀 안을 이리저리 걸어다니며 뭔가 골똘히 생각에 잠기어 두 사람이 온 것을 전혀 알아차리지 못한 척할 필요가 있다고 생각했다. 그 두 여자 손님이 홀 중간까지 들어왔을 때, 나는 그제서야 그들이 온 것을 알아차린 듯 발을 뒤로 빼며 인사하고, 할머니께서는 응접실에 계시다고 말했다. 발라히나 부인의 얼굴은 아주 마음에 들었다. 특히나 그녀의 딸 소네츠카와 빼닮아서 더욱 그랬다. 부인은 내게 다정하게 고개를 숙여 인사했다.

할머니는 소네츠카를 만나서 무척 기뻐 보였다. 할머니가 그 아이를 가까이 불러 이마에 흘러내린 머리카락을 매만져 주면서 그윽한 눈길로 그 아이의 얼굴을 쳐다보고 말했다.

"정말 매력적인 아이로구나!(Quelle charmante enfant!)" 소네츠카가 미소를 지었다. 아이의 얼굴이 빨갛게 물들었다. 그 모습이 사랑스러워서 바라보고 있던 나도 얼굴이 빨개졌다.

"얘야, 기왕 왔으니, 재미있게 지내다 가면 좋겠구나."

할머니가 소네츠카의 턱을 살짝 들어 올리며 말했다.

"맘껏 즐겁게 놀고, 춤도 추렴. 자, 이제 숙녀 한 분에 신사 두 분이네."

할머니는 나를 쓰다듬으며, 발라히나 부인을 바라보며 덧붙여 말했다.

소네츠카와 알게 되어 너무나도 기쁜 나머지, 나는 또다시 얼굴이 빨개졌다.

점점 더 격하게 몰려드는 부끄러움에 몸둘 바를 모르는데 마침, 또 다른 마차가 도착하는 소리가 들렸다. 나는 자리를 피해야겠다는 생각이 들었다. 그리고 현관에서 아들 한 명과 몇 명인지 모를 딸들을 데리고 온 코르나코바 공작부인을 만났다. 딸들은 한결같이 공작부인을 닮아서인지 못생겨서 한 명도 내 관심을 끌지 못했다. 그들은 외투와 털 목도리를 벗고 나서, 갑자기 자기들끼리 재잘거리고 분주히 돌아다니다가 무슨 이유에서인지 깔깔거렸다. 아마도 자기들 수가 많아서인 것 같았다. 에티엔은 열 다섯 살 가량의 키가 크고 몸에 통통하게 살집이 붙은 소년이었다. 얼굴은 야위었고, 움푹 꺼진 눈에 눈 밑엔 푸른빛이 돌았다. 그리고 나이에 비해 손발이 컸다. 그 아이는 아둔한 행동에 목소리가 좋지 않고 거칠었으나, 스스로는 별로 불만이 없는 것 같았다. 회초리를 맞아도 될 법한 아이라는 생각이 들었다.

우리는 꽤 오래 마주 보고 서서, 아무 말도 하지 않고 찬찬히 서로를 살펴보았다. 그런 다음 가까이 다가가서 입맞춤으로 인사를 하려다 서로 눈을 한 번 쳐다본 후 무슨 이유에서인지 둘 다 생각을 바꾸었다. 우리 옆에서 그 아이 누이들의 드레스 스치는 소리가 났고, 나는 뭔가 대화를 시작해 보려고 마차가 좁지는 않았는지 물었다.

"몰라."

그는 건성으로 대답했다.

"나는 마차 안에는 타지 않아. 앉기만 하면 금방 속이 울렁거려서. 엄마도 잘 알고 계셔. 그래서 저녁에 외출할 때, 난 항상 마부석에 앉아. 그게 훨씬 기분이 좋아. 뭐든 다 볼 수 있거든. 필립이 말을 몰게도 해줘서 가끔 내가 채찍을 휘두르기도 하지. 지나가는 사람들에게 채찍을 휘두를 때도 있어. 그거 진짜 재미있다!"

"도련님, 필립이 채찍을 어디에 두셨냐고 묻습니다요."

하인이 현관으로 들어오며 말했다.

"어디에 두었냐고? 줬는데."

"받지 못했다고 하는데요."

"그럼, 마차 등(燈)에 걸어 두었겠지."

"필립 말로는 거기에도 없다고 합니다. 도련님께서 가져갔다가 잃어버렸다고 말씀하시는 편이 나을 것 같습니다요. 안 그러면, 필립이 도련님 장난 때문에 자기 돈으로 변상해야 하니까요."

화가 난 하인은 점점 더 열을 내며 말했다.

얼핏 보기에도 다른 하인들의 존경을 받고 있는 것 같은 무뚝뚝한 하인은 열렬히 필립 편을 들면서, 어떻게든 이 일을 해결하려 했다. 나는 눈치 빠르게 아무것도 모르는 양 한쪽으로 비켜 있었다. 하지만 그 자리에 있던 하인들은 모두 나와는 전혀 다르게 행동했다. 그들은 나이 든 하인을 지지하듯 바라보면서, 더 가까이 다가갔다.

"뭐, 내가 잃어버렸다니 잃어버린 거겠지."

에티엔은 더 이상의 설명을 회피하면서 말했다.

"채찍 값이 얼만데 그래? 내주면 될 거 아냐?"

에티엔이 내게 다가와 나를 응접실로 이끌며 말했다.

"안 됩니다요, 도련님. 무슨 돈으로 내주시겠다는 겁니까? 저는 도련님이 어떻게 돈을 물어 주실지 잘 알고 있습니다요. 마리야 바실리예브나에게도 빌린 20코페이카를 여덟 달째 갚지 않고 계시고, 또 제 돈도 이 년째 갚지 않고 계시잖습니까? 페트루쉬카에게도…"

"그만 입 다물지 못해! 전부 다 말해 버리기 전에!"

화가 나서 얼굴이 창백해진 젊은 공작이 소리쳤다.

"그럼 다 말씀하시던가요, 전부 다 말씀하시지요! 도련님, 그러시는 것 아닙니다!"

우리가 홀로 들어가는데 하인은 그렇게 의미심장하게 말을 던진 다음, 여성용 외투들을 모아 들고 옷장 쪽으로 갔다.

"그렇지, 그렇고 말고!"

우리 뒤편 현관 쪽에서 누군가 동조하는 목소리가 들려왔다.

할머니는 남다른 재능을 갖고 있었다. 2인칭 대명사 단복수 '너'와 '당신'을 특별한 상황에 특별한 톤을 사용하여, 사람들에 대한 자신의 견해를 피력하곤 하였다. 그럴 때 할머니는 '너'와 '당신' 호칭을 일반적인 관례와 정반대로 사용하였다. 그래서 할머니의 입에서 나오는 말의 뉘앙스에는 전혀 다른 의미가 실리곤 하였다. 젊은 공작이 할머니에게 다가가자, 할머니는 그를 '당신'이라는 호칭으로 부르며 몇 마디 말을 건넸지만, 할머니의 표정엔 경멸이 서려 있었다. 만약 내가 그의 입장이었다면, 나는 몹시 당혹스러워했을 것이다. 그러나 그는 그런 부류가 아니었다. 그는 할머니의 그러한 응대에 전혀 신경을 쓰지 않을 뿐만 아니라, 심지어 할머니의 신분에도 개의치 않았다. 그는 능숙하진 않았지만, 꽤나 거리낌 없이 모든 사람들에게 인사를 했다. 나의 온 관심은 소네츠카에게 가 있었다. 나는 지금도 기억한다. 에티엔과 볼로쟈 형 그리고 나 이렇게 셋이 홀에서 이야기를 나누었는데, 그곳에서는 소네츠카가 보였고, 그녀 또한 우리를 보고 우리 이야기를 엿들을 수 있었다. 그래서 나는 신이 나서 이야기를 했었다. 재미있거나 멋진 말이라는 판단이 서면, 더욱 크게 말하면서 응접실 문 쪽을 쳐다보곤 했다. 그러다가 우리는 거실 쪽에서 보면 우리가 보이지도, 말소리가 들리지도 않는 다른 장소로 옮겼다. 그때부터 나는 입을 다물었고, 더 이상 대화의 흥미를 찾지 못했다.

점점 더 많은 손님들이 몰려오면서 응접실과 홀 안도 점점 사람들로 가득해졌다. 개중에는 아이들의 파티에서 항상 그러하듯, 즐겁게 놀고 춤출 기회를 놓치지 않으려는 다 큰 아이들 몇 명이 있었는데, 그들은 안주인에게 기쁨을 주기 위해 참석한 것처럼 행동했다.

이빈 형제들이 도착했을 때, 나는 세료쟈를 만나면 평소 느끼는 기쁜 마음 대신에, 그 아이가 소네츠카를 볼 것이고 소네츠카도 그 아이를 보게 될 것이라는 생각 때문에 왠지 모르게 애가 탔다.

XXI

마주르카를 추기 전에

"아! 이제 곧 무도회가 시작될 거야. 장갑을 껴야지."

세료쟈가 응접실에서 나오더니, 주머니에서 새끼염소 가죽으로 만든 새 장갑을 꺼내면서 말했다.

'어떻게 하지? 우리는 장갑이 없는데, 위층에 올라가서 찾아 봐야지.' 나는 속으로 생각했다.

그런데 서랍장을 모두 다 뒤졌는데도, 한곳에서 외출용 녹색 벙어리장갑과 다른 한곳에서 새끼염소 가죽 장갑 한 짝을 찾았을 뿐 아무것도 찾을 수 없었다. 그러나 찾아낸 장갑조차 첫째, 심하게 낡고 더러웠고, 둘째, 내겐 너무 컸기 때문에 아무짝에도 쓸모가 없었다. 이마저도 가운데 손가락이 잘려 나가고 없다는 게 문제였다. 아마도 아주 오래전에 카를 이바느이치가 손가락이 아팠을 때 잘라 놓은 모양이었다. 그러나 나는 이 장갑 한쪽을 끼고, 잉크로 항상 더럽혀져 있는 가운데 손가락을 유심히 살펴보았다.

"나탈리야 사비쉬나가 있었더라면 분명 장갑을 찾아 주었을 텐데. 이런 꼴로는 내려갈 수 없어. 왜 춤을 안 추냐고 사람들이 물어보면, 뭐라 대답하지? 여기 있어도 안돼. 곧 나를 찾아낼 거야. 어떻게 하지?"

나는 두 팔을 흔들며 혼잣말했다.

"너 여기서 뭐해? 춤 신청하러 가야지. 이제 곧 무도회가 시작될 거야."

볼로쟈 형이 뛰어 들어오며 말했다.

"형!"

나는 더러운 장갑 밖으로 튀어나온 손가락 두 개를 보여주며, 절망의 기색이 역력한 목소리로 말했다.

"형! 이건 생각하지 못했지?"

"뭐?"

형이 재촉하는 투로 말했다.

"아! 장갑 말이구나. 없는데…. 할머니께 여쭤봐야겠다…. 할머니께서 뭐라 하실까?"

그는 내 손을 보고서도 아무렇지도 않은 듯 덧붙였다. 그리고 지체하지 않고 바로 아래층으로 달려 내려갔다.

나에겐 너무나도 중요해 보였던 상황에 대해 대수롭지 않게 말하는 형의 냉철함 덕분에 나는 마음이 좀 편해졌다. 그래서 나는 나의 왼손에 끼고 있는 볼품 없는 장갑은 잊기로 하고, 서둘러 응접실로 갔다.

나는 할머니가 앉아 있는 안락의자로 조심스럽게 다가가, 할머니의 망토를 살짝 건드리며 속삭였다.

"할머니! 우리 어떻게 해요? 장갑이 없어요!"

"뭐라고, 우리 아가?"

"우린 장갑이 없어요."

나는 할머니에게 좀 더 가까이 다가가 의자 팔걸이에 두 손을 올려 놓고 아까 한 말을 되풀이했다.

"이게 뭐냐?"

할머니는 갑자기 내 손을 잡더니 말했다.

"이것 좀 보세요, 부인.(Voyez, ma chère.)"

할머니는 발라히나 부인 쪽을 쳐다보며, 계속 말했다.

"이 꼬마 신사가 부인의 딸과 춤을 추려고 얼마나 멋을 부렸는지 좀 보세요.(voyez comme ce jeune homme s'est fait élégant pour danser avec votre fille.)"

할머니는 내 손을 꼭 잡고서, 모든 손님들의 궁금증이 풀려서 한꺼번에 웃음을 터트릴 때까지 진지하고도 미심쩍은 눈길로 사람들을 바라보았다.

내가 부끄러워서 얼굴을 찌푸리고 손을 빼려고 하는 모습을 세료쟈가 보았더라면 몹시 낙담했을 것이다. 그러나 나는 소네츠카 앞에선 전혀 창피하지 않았다. 소네츠카가 눈에 눈물까지 그렁그렁하며 빨갛에 달아오른 조그만 얼굴 위로 고수머리가 마구 흐트러질 정도로 깔깔대고 웃고 있었던 것이다. 웃음 소리가 아주 크고 자연스러워서, 나를 놀리는 것 같지 않았다. 오히려 우리는 서로 쳐다보고 함께 웃었고, 그래서 좀 더 그 아이와 가까워진 기분이 들었다. 장갑 사건은 불쾌하게 끝날 수도 있었지만, 내게 행운을 가져다 주었다. 내겐 항상 가장 두려운 공간이었던 응접실을 자유롭게 드나들 수 있게 되었고, 홀에서도 조금도 부끄러움을 느끼지 않게 되었다. 부끄러움을 많이 타는 사람들의 고통은 다른 사람들이 자신을 어떻게 생각하는지 모르는 데서 비롯된다. 그들의 생각이 어떠하든, 그것을 분명하게 알고 나면 고통은 중단된다.

내 맞은편에서 아둔한 젊은 공작과 프랑스의 카드릴*을 추는 소네츠카의 모습은 얼마나 사랑스럽던가! 또 셰네(chaîne)를 추며 내게 손을 내미는 그 아이의 미소는 또 얼마나 사랑스러웠던가! 그녀의 아마빛 고수머리가 박자에 맞춰 사랑스럽게 찰랑거리고, 앙증맞은 발로 제테-아상블레(jeté-assemblé) 동작을 하는 모습은 또 얼마나 천진난만하던지! 다섯 번째 턴을 할 때, 내 파트너가 다른 쪽으로 가고, 내가 박자를 세며 솔로를 준비하고 있을 때, 걱정이 되었는지 소네

✽ 방형꼴로 네 사람이 짝을 지어 추는 춤.

츠카가 입을 꼭 다물고 옆을 쳐다보기 시작했다. 그러나 그런 걱정은 필요가 없었다. 나는 과감하게 샤세 앙 아방(chassé en avant), 샤세 앙 아리에르(chassé en arrière), 글리사드(glissade)를 추었다. 그리고 소네츠카에게 다가가서 손가락 두 개가 삐져나온 장갑을 장난스럽게 보여주었다. 소네츠카는 큰 소리로 웃고, 앙증맞은 발로 더 사랑스럽게 종종걸음을 걸으며 마루 위를 돌았다. 나는 지금도 기억한다. 우리가 둥글게 원을 만들고 서로 손을 잡았을 때, 그 아이가 내 손을 빼지 않은 채 작은 머리를 숙여 장갑에 코를 문질렀던 것을. 이 모든 광경이 지금 내 눈앞에 보이는 듯하다. 그리고 이 모든 일이 벌어지는 순간 울렸던 카드릴 곡 '다뉴브 강의 아가씨'의 선율이 아직도 귓전에 울리는 듯하다.

두 번째 카드릴이 시작되었다. 이번 카드릴은 나와 소네츠카가 춤을 추게 될 차례였다. 순서를 기다리려 그 아이의 옆에 앉자, 나는 너무나도 어색한 나머지 무슨 이야기를 해야 할지 몰랐다. 침묵이 오래 길어지자, 나는 그 아이가 나를 바보라고 생각할까 봐 걱정되기 시작했다. 나는 어떻게 해서든지 그 아이가 나를 그렇게 오해하게 두지는 않으리라 결심했다.

"계속 모스크바에 살았어요?(Vous êtes une habitante de Moscou?)"

나의 질문에 그렇다는 그 아이의 대답을 들은 후 나는 계속 말을 이어갔다.

"나는 한 번도 수도를 방문한 적이 없어요.(Et moi, je n'ai encore jamais fréquenté la capitale.)"

나는 특히 방문하다(fréquenté)라는 단어의 효과를 기대하며 말했다. 그러나 시작은 화려했고, 나의 출중한 프랑스어 실력을 충분히 증명했지만, 그런 분위기로 계속 대화를 끌고 가기엔 상황이 불리했다. 아직도 한참을 기다려야 우리가 춤출 차례가 되는데, 또다시 침묵이 시작되었던 것이다. 나는 소네츠카가 나에 대해 어떤 인상을 받았는지를 알고 싶었고, 또 그 아이의 도움으로 이 상황을 넘기길 기대하면서, 불안스레 소네츠카를 바라보았다. "어디서 그런 우스운 장갑을 찾았어요?" 갑자기 소네츠카가 질문을 던졌다. 이 질문은 내게 큰 만족감과 안도감을 주었다. 나는 이 장갑이 카를 이바느이치의 것이라 설명하고, 바로 그에 대해 다소 풍자적으로 장황하게 말했다. 그가 붉은 모자를 벗으면 우스워진다는 이야기며, 녹색 외투를 입고 말에서 곧바로 웅덩이로 떨어진 이야기 등을 하는 사이 어느덧 카드릴이 끝났다. 모든 것이 아주 좋았다. 하지만 나는 왜 카를 이바느이치에 대해 조롱하는 투로 말했을까? 평소 내가 카를 이바느이치에게 느낀 사랑과 존경심에 대해 말했더라면, 그 아이의 호감을 잃어버렸을까?

카드릴이 끝났을 때, 소네츠카는 내가 감사인사를 받아

마땅한 사람인 것처럼 사랑스러운 표정으로 내게 "고마워요.(merci.)"라고 말했다. 나는 감동하여 기쁨을 주체할 수 없었고, 정신을 차릴 수 없었다. 어디서 이런 용기와 확신, 심지어 뻔뻔함이 나왔던 것일까? '나를 당황하게 만들 것은 없어!' 나는 한껏 여유로운 마음으로 홀을 거닐며 이렇게 생각했다. '나는 모든 준비가 다 되어 있어!'

세료쟈가 내게 비자비(vis-à-vis)*를 추자고 제안했다.

"좋아. 지금은 파트너가 없지만, 찾아볼게."

내가 말했다.

나는 결연한 눈빛으로 홀을 둘러보았다. 응접실 문 옆에 서 있는 키 큰 아가씨 한 명을 제외하고는 모든 여자에게 파트너가 있었다. 키 큰 청년 한 명이 그 아가씨에게 다가가고 있었는데, 춤을 청하러 가는 거라는 생각이 들었다. 그는 그녀에게서 두 발자국 정도 떨어진 곳에 있었고, 나는 홀 반대편 끝에 서 있었다. 하지만 나는 눈 깜짝할 사이에 마룻바닥을 우아하게 미끄러지며 그녀와 나 사이의 공간을 날아가듯 달려가, 다리를 살짝 뒤로 빼며 의연한 목소리로 콘트르 춤*을 청했다. 키 큰 아가씨는 생색을 내듯 미소 지으며 손을 내주었고, 그 청년은 파트너 없이 혼자 남게 되었다.

※ 커플끼리 마주 보고 추는 춤.

※ 18세기에 프랑스에서 유행한 사교춤. 4~8쌍의 남녀가 4분의 2 박자 또는 8분의 6 박자로 명랑하게 추는 춤.

나는 내 능력에 확신이 있었기에, 그 청년의 분노에 신경도 쓰지 않았다. 나중에 알게 되었지만, 그 청년은 난데없이 튀어나와 자기 코앞에서 파트너를 빼앗아간 머리카락이 삐죽 선 꼬마 녀석이 누구냐며 묻고 다녔다고 한다.

XXII

마주르카

　내게 파트너를 뺏긴 청년은 마주르카에서 첫 번째 커플로 춤을 추었다. 그는 자리에서 벌떡 일어나 파트너의 손을 잡고, 미미가 우리에게 가르쳐 준 파 드 바스크(pas de Basques)※ 동작을 하는 대신 그냥 앞으로 달려나갔다. 그리고 구석까지 달려가 멈추더니 다리를 벌리고 구두 뒤축으로 바닥을 치고 나서, 빙그르 돈 다음 펄쩍 뛰면서 다시 앞으로 달려 나갔다.

　나는 마주르카를 함께 출 파트너가 없어서 할머니의 높은 안락의자 뒤쪽에 앉아 춤추는 모습을 지켜보고 있었다.

　'대체 무슨 춤을 추는 거지?' 나는 생각에 잠겼다. '미미가 우리에게 가르쳐 준 춤과는 완전 딴판인걸. 마주르카는 모든 사람이 원을 그리며, 경쾌하게 다리를 벌리고 발끝으로 추는 춤이라고 미미가 그랬는데…. 전혀 그렇게 추고 있지 않잖아.

※ 바스크풍(스페인 지방)의 군무(群舞). 세 번째 박자에서 스텝이 변하는 춤.

이빈 형제도, 에티엔도, 다들 춤을 추는데, 아무도 파 드 바스크(a pas de Basques) 동작을 하고 있지 않네. 볼로쟈 형도 새로운 방식으로 추고 있어. 나쁘지 않군! 그런데 소네츠카는 어쩜 저렇게 예쁠까?! 저기서 춤을 추고 있네…' 나는 정말 즐거웠다.

마주르카가 끝나가고 있었다. 몇 명의 나이 든 남자와 부인들이 할머니께 작별 인사를 하고 떠났다. 하인들이 춤추고 있는 사람들을 피해 조심스럽게 뒷방으로 식기를 나르고 있었다. 할머니는 피곤한 기색이 역력했고, 아주 느릿느릿 손님들에게 간신히 말하고 있었다. 악사들이 같은 곡을 서른 번째 연주하기 시작했다. 나와 춤을 추었던 키 큰 아가씨는 나를 알아보고 의뭉스러운 미소를 지으며, 분명히 할머니에게 잘 보이고 싶어서인 듯 소네츠카와 많은 공작 영애들 중 한 명을 데려왔다.

"장미꽃 아니면 엉겅퀴?(Rosé ou hortie?)"

그녀가 내게 말했다.

"아, 너 여기 있었구나! 가서 춤을 추어라, 아가야. 가렴."

할머니가 안락의자에서 몸을 돌리며 말했다.

이 순간 나는 춤을 추러 나가느니 차라리 할머니의 안락의자에 머리를 숙이고 숨고 싶었지만, 어떻게 거절할 수 있겠는가? 나는 일어서서 "장미(rose)."라고 말하고 수줍게 소네츠카를 쳐다보았다. 하지만 정신을 차릴 틈도 없이 하얀 장갑을 낀 손이 내 손을 잡았다. 공작 영애가 환한 미소를 지으며 앞으로 나왔다. 내가 춤 스텝을 어떻게 밟아야 하는지 모른다는 것을 조금도 의심하지 않은 듯했다.

나는 파 드 바스크(pas de Basques) 동작이 내게 맞지도 않고 어울리지도 않을뿐더러, 심지어 나를 바보처럼 보이게 할 수도 있다는 것을 알았다. 하지만 마주르카의 익숙한 선율이 내 청각을 자극하여 음향 신경계에 신호를 보냈고, 그다음 바로 내 발로 전달되었다. 내 발은 저절로 나도 모르게 발뒤꿈치를 들고 둥근 원을 그리며 경쾌하게 스텝을 밟기 시작하여 보는 모든 사람들을 놀라게 했다. 나는 우리가 직선으로 나갈 때는 그럭저럭 넘어갔지만, 방향을 바꿀 때는 내 나름의 조치를 취하지 않으면 나 혼자 대열을 벗어나게 되리라는 걸 눈치챘다. 이런 불상사를 피하기 위해서 첫 번째 커플의 청년이 멋지게 해낸 그 춤 동작을 똑같이 해보려고 잠시 멈춰 섰다.

그러나 다리를 벌리고 뛰어오르려는 그 순간, 공작 영애가 성급하게 내 주위를 돌며 멍청한 호기심과 놀라움이 가득한 표정으로 내 발을 쳐다보았다. 이 시선이 나를 망하게 했다. 나는 너무나 당황한 나머지 춤을 추는 대신, 박자도 무시하고 아주 이상한 어정쩡한 모습으로 제자리에서 발을 굴렸다. 그리고 끝내 멈춰서고 말았다. 모두가 나를 쳐다보았다. 누군가는 놀라서, 누군가는 호기심으로, 누군가는 조롱하며, 누군가는 동정심으로… 할머니 혼자만 아무렇지 않은 듯 나를 쳐다보았다.

"춤을 출 줄 모르면 시작을 말아야지!(Il ne fallait pas danser, si vous ne savez pas!)"

아빠의 화난 목소리가 들렸다. 아빠가 나를 살짝 밀치고, 내 파트너의 손을 잡고서 옛날 식으로 한 바퀴 춤을 추며 돌았다. 그리고 관객들의 뜨거운 환호를 받으며, 그녀를 제자리에 데려다 주었다. 바로 그 순간 마주르카는 끝이 났다.

'신이시여! 어찌하여 제게 이토록 무서운 형벌을 내리시나이까?'

모든 사람들이 나를 경멸하고, 영원히 경멸할 것이다…. 이제 우정과 사랑 그리고 명예로 가는… 모든 길이 막혀 버린 것이다. 모든 것이 사라졌다! 왜 볼로쟈 형은 모든 사람들이 다 보는 데서 나에게는 전혀 도움이 되지 않는 신호를 보낸 것일까? 왜 저 못생긴 공작 영애는 내 발을 쳐다본 것일까? 왜 소네츠카는… 예쁘긴 하지만, 이 순간 미소를 짓고 있는 걸까? 왜 아빠는 얼굴이 빨개져서 내 손을 잡았을까? 아빠도 정말 나 때문에 창피했던 걸까? 아, 진짜 끔찍하다! 이 자리에 엄마가 계셨더라면, 당신의 니콜렌카 때문에 얼굴이 빨개지지는 않았을 거야…. 나의 상상은 엄마의 다정한 모습을 따라 멀리 날아갔다. 나는 추억했다. 시골집 앞의 초원, 정원의 키 큰 보리수 나무, 맑은 연못과 그 위를 날고 있는 제비, 투명한 흰 구름이 피어나는 푸른 하늘, 향기 나는 신선한 건초 더미… 그리고 무지개 빛의 잔잔한 많은 추억들이 상처받은 내 마음을 스쳤다.

XXIII

마주르카가 끝난 후

저녁 식사시간에, 마주르카 춤에서 첫 번째 커플로 춤을 추었던 청년이 우리 아이들 식탁에 앉아 내게 특별한 관심을 보였다. 그 불행한 사건 이후 내가 뭘 좀 느낄 만한 마음의 여유가 있었다면, 그의 이런 태도는 내 자존심을 적잖이 세워주었을 것이다. 그는 아마도 내 마음을 풀어주려고 한 것 같다. 내게 장난을 걸고 나를 멋진 사나이라고 부르기도 하고, 어른들이 보지 않을 때 여러 술병들 가운데 포도주를 한 잔 따라주고 마시라고 권하기도 했다. 식사가 끝날 무렵, 집사가 냅킨으로 감싼 샴페인을 사분의 일만큼만 따라 나에게 건네주었을 때, 청년은 그 잔을 가득 채우라고 했고, 그런 다음 나에게 한번에 다 마시라고 했다. 나는 온몸으로 퍼지는 기분 좋은 온기를 느꼈고, 나의 유쾌한 보호자에게 특별한 호의를 느끼며 괜히 깔깔대며 웃었다.

갑자기 홀에서 그로스파테르*의 선율이 울리자, 사람들이 식탁에서 일어나기 시작했다. 그 순간 나와 그 청년과의 우정은 끝났다. 청년은 어른들 쪽으로 가버렸고, 나는 그를 감히 따라가질 못하고 발라히나 부인과 딸이 나누는 이야기가 궁금해서 그 쪽으로 다가갔다.

"30분만 더 있다 가요."

소네츠카가 애원하며 말했다.

"안돼요, 우리 천사."

"제발요, 저를 위해서요."

소네츠카가 응석을 부리며 말했다.

"내일 내가 아프기라도 하면, 그래도 네가 즐거울 것 같아?"

발라히나 부인은 이렇게 말하며 무심결에 웃고 말았다.

"그럼 허락하신 거예요! 조금 더 있어도 되는 거죠?"

소네츠카가 기쁨에 겨워 깡충깡충 뛰면서 말했다.

"너를 어쩌겠니? 가서 춤추렴… 여기 너의 기사님도 있구나."

부인은 나를 가리키며 말했다.

소네츠카가 나에게 손을 내밀었고, 우린 홀로 달려갔다.

단숨에 들이킨 포도주와 내 곁에서 즐거워하는 소네츠카 덕분에 나는 마주르카의 불행한 기억을 완전히 잊어버렸다.

※ 독일 춤으로 4분의 3박자의 느린 부분과 4분의 2박자의 빠른 부분으로 구성됨.

나는 두 발로 아주 우스꽝스러운 장난을 쳤다. 말을 흉내내면서 두 발을 자신만만하게 높게 들어올리고, 빨리 달려보기도 하고, 개를 보고 화를 내는 양처럼 제자리에서 발을 구르기도 하였다. 마음껏 큰 소리로 웃으며, 다른 사람들이 어떻게 생각하는지는 조금도 개의치 않았다. 소네츠카도 웃음을 멈추지 않았다. 우리 둘이 손을 잡고 빙글빙글 도는 것에도 웃었고, 또한 연로한 신사가 천천히 발을 올려 손수건을 건너 뛰면서 이것조차 그에게는 아주 힘겹다는 시늉을 하는 걸 보고도 까르르 웃었다. 그리고 내가 민첩성을 자랑하기 위해 천장에 거의 닿을 정도로 뛰어올랐을 때도, 그녀는 웃겨 죽겠다는 듯 웃어 댔다.

할머니의 서재를 지나가며, 나는 거울 속에 비친 내 모습을 보았다. 얼굴은 땀범벅이었고, 머리카락은 엉망으로 헝클어졌고, 정수리의 삐친 머리는 그 어느 때보다도 위로 솟구쳐 있었다. 하지만 얼굴 표정만은 즐겁고 선하고 건강해 보여서 마음에 쏙 들었다.

'늘 지금 같은 모습이면, 사람들이 나를 더 좋아할 텐데.' 나는 생각했다.

다시 소네치카의 아름다운 얼굴을 쳐다보니, 그 아이의 얼굴에 내 얼굴에서 내가 마음에 들어했던 즐거움, 건강함과 평온함 외에도 우아하고 부드러운 아름다움이 가득했다. 그래서 나는 나 자신에게 화가 났고, 이 아름다운 소녀에게 관심받기를 기대하는 나 자신이 얼마나 어리석은지를 깨달았다.

소네츠카 역시 나를 좋아하리라는 것은 기대할 수도 없었고, 그런 생각도 할 수 없었다. 그럼에도 불구하고 내 영혼은 행복감으로 가득 찼다. 내 영혼을 가득 채운 이 사랑의 감정이 영원히 끝나지 않았으면 좋겠다는 바람 밖에 나는 알지 못했고, 그보다 더 큰 행복을 요구하고 다른 무엇을 더 바란다는 건 생각하지도 못하였다. 나는 이대로도 좋았다. 심장이 비둘기처럼 뛰었다. 그리고 피가 계속 심장으로 흘러들어 오는 통에 나는 거의 울 지경이 되었다.

소네츠카와 함께 복도를 지나가며, 나는 계단 아래 어두운 창고 쪽을 쳐다보며 생각했다. '저 어두운 창고 속에서 이 아이와 평생 살 수 있다면, 얼마나 행복할까! 그리고 우리가 그곳에 살고 있는 것을 아무도 모른다면.'

"오늘 정말 즐겁지 않았나요?"

나는 조용하고 떨리는 목소리로 말했다. 그리고 내가 했던 말보다 하려는 말 때문에 놀라 빨리 걸음을 옮겼다.

"재미있었어요… 정말로요!"

소네츠카가 작은 얼굴을 내 쪽으로 돌리며, 착하고 솔직한 표정으로 대답해 준 덕분에 두려움이 싹 사라졌다.

"특히 저녁 식사 후에 더 재미있었어요…. 그런데 당신이 곧 떠나고, 더 이상 보지 못할 거라 생각하니 얼마나 아쉬웠는지 (슬프다고 말하고 싶었으나, 그럴 용기가 없었다) 당신은 모를 거예요."

"보지 못하긴 왜 못 봐요?"

그 아이는 제 구두코를 뚫어져라 쳐다보며, 우리가 지나가는 곳에 세워진 격자무늬 병풍을 손가락으로 문지르며, 말했다.

"매주 화요일과 금요일에 엄마랑 저는 트베르스카야 거리를 산책한답니다. 당신은 산책 안 하세요?"

"화요일에 꼭 산책 나가자고 청해 볼게요. 만약 허락하지 않으면, 모자 따위 챙기지 않고 혼자서라도 나갈게요. 길은 알고 있으니까요."

"그거 아세요?"

소네츠카가 갑자기 말했다.

"난 우리 집에 놀러 오는 남자 아이들과 이야기할 땐 항상 '너'라고 불러요. 우리도 '너'라고 부를까요? 그럴래?"

소네츠카가 고개를 들고는 내 눈을 똑바로 보며 말했다.

우리가 홀로 들어서는 순간에 그로스파테르 가운데 활기찬 대목이 새롭게 시작되었다.

"그러자---고요."

음악과 소음이 내 말을 삼켜버리는 듯했다.

"'그러자'라고 해야지. '그러자고요'는 또 뭐야."

소네츠카가 내가 한 말을 고쳐 말하더니, 웃음을 터트렸다.

그로스파테르가 끝났다. 나는 '너'라는 대명사가 여러 번 반복되는 구절들을 계속 생각했지만, '너'라는 말을 한 번도 입 밖에 내지 못했다. 그럴 용기가 부족했다. '그럴래?', '그러자'라는 그 아이의 말들이 귓전에 쟁쟁 울리며 정신이 몽롱했다. 소네츠카 외에는 그 누구도, 그 무엇도 보이지 않았다. 그 아이가 고수머리를 올려 귀 뒤로 넘겼다. 그러자 지금까지 보지 못했던 이마와 관자놀이가 모습을 드러냈다. 소네츠카가 코끝만 보이게 초록색 숄로 몸을 꼭 감싸는 모습을 보았다. 그 아이가 장밋빛 손가락으로 입 주위에 작은 틈새를 만들지 않았더라면, 숨이 막혀 버렸을 거라는 생각이 들 정도였다. 소네츠카는 자기 어머니를 따라 계단을 내려가다 말고, 재빨리 우리 쪽으로 몸을 돌려 고개를 끄덕이고는 문 뒤로 사라지는 것이 보였다.

볼로쟈 형과 이빈 형제, 젊은 공작 그리고 나, 우리는 모두 소네츠카에게 빠져 있었다. 그래서 다들 계단에 서서 그 아이를 눈으로 배웅하고 있었다. 그 아이가 특별히 누구에게 고개를 끄덕인 것인지 모르지만, 그 순간 나는 나를 위해 그렇게 한 것이라고 굳게 확신했다.

이빈 형제들과 작별인사를 하면서, 나는 아주 여유롭게, 심지어 차갑게 보인다 싶게 세료쟈와 이야기를 나누고 악수를 건넸다. 만약 세료쟈가 그날부터 그에 대한 나의 사랑과 나에 대한 그의 지배력을 잃어버린 것을 알았더라면, 내색은 하지 않아도 아마 몹시 서운했을 것이다.

나는 생애 처음으로 사랑을 배신했고, 처음으로 사랑이라는 이 감정의 달콤함을 느꼈다. 이미 시들어 버린 헌신의 감정을 비밀스럽고 신비로움으로 가득한 신선한 사랑의 감정으로 바꾼 것이 나는 정말 기뻤다. 게다가, 옛사랑을 버리고 동시에 새로운 사랑을 시작한다는 것은 전에 비해 갑절은 더 강렬하게 사랑할 준비가 되었음을 의미한다.

XXVI

침대에서 나눈 대화

'나는 어떻게 그렇게 열정적으로, 그토록 오랫동안 세료쟈를 사랑할 수 있었을까?' 침대에 누운 채 나는 생각했다. '그래! 그는 내 사랑을 전혀 이해하지 못했고, 소중하게 여기지도 않았어. 세료자는 내 사랑을 받을 자격이 없어…. 그럼 소네츠카는? 정말 매력적인 아이지! '그럴래?', '네가 시작해.'라며 말을 놓았지.'

나는 침대에서 벌떡 일어났다가, 그 아이의 작은 얼굴을 생생하게 떠올리며, 다시 침대에 누워 이불을 머리부터 발끝까지 뒤집어쓰고 틈바구니 하나 없이 바짝 당겨 몸 밑에 쑤셔 넣었다. 그리고 기분 좋은 온기를 느끼며, 달콤한 공상과 기억 속으로 빠져들었다. 누빔 솜이불 안감에 시선을 고정시키고, 바로 한 시간 전의 그녀의 모습을 선명하게 그려 보았다. 나는 마음속으로 그녀와 대화를 나누었다. 별 의미도 없는 대화였지만, 내겐 형용할 수 없는 기쁨을 주었다. '너', '너에게', '너와 함께', '너의' 같은 말들이 끊임없이 등장했기 때문이다.

공상들이 모두 너무 선명하여, 나는 달콤한 설렘에 사로잡혀 잠을 잘 수가 없었다. 그래서 나는 누군가와 이 넘쳐나는 행복을 나누고 싶었다.

"귀여운 소녀야!"

나는 반대쪽으로 돌아누우며, 조그맣게 말했다.

"형, 자?"

"아니, 왜?"

볼로샤 형이 졸린 목소리로 대답했다.

"형, 나 사랑에 빠졌어. 나 소네츠카에게 푹 빠졌어."

"그래서 어쩌라고?"

그가 기지개를 펴며 대답했다.

"아! 형! 나에게 무슨 일이 일어났는지 상상도 못할 거야…. 지금 이불을 뒤집어쓰고 누워 있는데도, 그 아이가 아주 생생하게 보이고, 심지어 이야기도 나누었어. 놀랍지 않아? 그리고 말이야. 이렇게 누워서 그 아이를 생각하고 있으려니, 왠지 모르게 슬프고 울고 싶어져."

볼로샤 형이 몸을 살짝 움직였다.

"지금 내가 바라는 건 딱 한 가지밖에 없어. 그 아이와 함께 있으면서 언제까지나 그 아이를 바라보는 거야. 그 이상은 바라지도 않아. 그런데 형도 사랑에 빠진 거야? 사실대로 고백해 봐, 형!"

나는 계속 말했다.

묘하게도 나는 모두가 소네츠카와 사랑에 빠지고, 모두가 그렇다고 말하길 바라고 있었다.

"네가 무슨 상관이야? 어쩌면, 그럴지도 모르지."

볼로쟈 형이 내 쪽으로 얼굴을 돌리며 말했다.

"형도 자기 싫지? 자는 척하는 거잖아!"

반짝이는 형의 눈을 보고 나는 형이 전혀 잠잘 생각이 없다는 것을 눈치챘다. 그리고 큰 소리로 말하며 이불을 걷어찼다.

"소네츠카 이야기 좀 하자, 형. 그 애 정말 매력적이지 않아? 만약 그 애가 나한테 '니콜라샤, 창문으로 뛰어내려, 아니면 불 속으로 뛰어 들어가.'라고 말한다면, 그럼 난 맹세할 수 있어! 당장 뛰어내릴 거야, 기꺼이."

내가 말했다.

"정말 매력적이야."

나는 소네츠카를 생생히 떠올리며, 그 아이의 모습을 감상하고 싶어서 재빨리 다른 쪽으로 돌아누우며 베개 밑에 머리를 집어넣었다.

"정말 참을 수 없을 정도로 울고 싶어, 형!"

"멍청하긴!"

볼로쟈 형이 씨익 미소를 짓더니, 잠시 침묵하다가 말했다.

"난 너랑 완전히 달라. 할 수만 있다면 나는 그 아이와 나란히 앉아서 이야기를 나눌 거야…."

"아! 그럼 형도 사랑에 빠진 거구나?"

나는 형의 말을 툭 자르고 끼어들었다.

"그런 다음에는…"

형이 부드럽게 미소 지으며 말을 이어갔다.

"그다음에는 그 아이의 손가락, 눈, 입술, 코, 발에 입을 맞출 거야. 모든 곳에 입을 맞출 거야…."

"바보 같은 소리!"

나는 베개 밑에서 소리쳤다.

"네가 뭘 알겠냐."

형이 나를 얕보듯이 말했다.

"아니야. 형이야말로 아무것도 모르면서 바보 같은 소릴 하고 있잖아."

나는 눈물을 글썽이며 말했다.

"울 필요까진 없잖아. 계집애처럼 굴기는!"

XXV

편지

내가 맨 앞에서 언급한 날로부터 거의 여섯 달이 지난 4월 16일, 아버지는 우리가 수업을 하고 있는 위층으로 올라와서는 오늘 밤 우리가 아버지와 함께 시골로 내려가야 한다고 말했다. 이 말을 듣자, 왜 그랬는지 나는 가슴이 아려왔고, 그 순간 나의 생각은 엄마에게로 향했다.

이렇게 예기치 않게 출발한 까닭은 다음 편지 때문이었다.

페트롭스코예, 4월 12일

바로 지금, 밤 10시에 4월 3일에 당신이 보낸 반가운 편지를 받았어요. 저의 평소 습관대로 곧바로 답장을 씁니다. 표도르가 어제 시내에서 당신의 편지를 가져왔지만, 너무 늦은 시각이어서 오늘 아침에야 그 편지를 미미에게 전했답니다. 미미는 제가 건강이 좋지 않고 심란해하고 있다는 이유로 종일토록 편지를 전해 주지 않았어요. 미열이 좀 났어요. 사실대로 당신께 고백하면, 벌써 나흘째 건강이 그리 좋지 못해 침대에서 일어나질 못하고 있어요.

부디 놀라지 마시길 바라요, 내 사랑. 기분은 상당히 괜찮아요. 이반 바실리예비치가 허락하면 내일은 툭툭 털고 일어날 생각이에요.

지난주 금요일에 아이들과 마차를 타고 외출했었어요. 그런데 큰길 초입 근처 늘 제가 무서워하던 그 작은 다리 옆에서 말들이 진창에 빠졌어요. 날씨가 아주 좋아서, 마차를 끌어내는 동안 큰길까지 걸어가도 되겠다 싶었어요. 하지만 예배당에 도착했을 때 저는 매우 지쳐 있었고, 그래서 쉬려고 앉아 있었답니다. 그런데 사람들을 불러 모아 마차를 꺼내는데 30분이나 걸렸고, 그사이에 몸에 한기가 들기 시작했어요. 특히 발이 시렸어요. 밑창이 얇은 장화를 신고 있어서 다 젖어 버렸거든요. 식사 후 오한과 열이 났지만 일정대로 계속 걸어 다녔어요. 그리고 차를 마시고 류보츠카와 함께 피아노를 연주하려고 앉았지요. (그 아이의 피아노 연주 실력이 얼마나 늘었는지 모를 거예요!) 그런데 제가 박자를 세지 못하고 있다는 것을 깨달았을 때, 얼마나 놀랐는지 몰라요. 몇 번을 박자를 세보려고 했으나 머릿속이 뒤죽박죽 되었고, 귀에선 이상한 소음이 들렸어요. 하나, 둘, 셋 세다가, 갑자기 여덟, 열 다섯 이렇게 세고 있는 거예요. 중요한 것은 틀린 것을 알았지만, 도저히 다시 고쳐 셀 수 없었다는 거예요. 마침내 미미가 저를 도우러 와서 억지로 침대에 눕혔어요. 내 사랑! 제가 어떻게 병이 났고, 제가 무슨 잘못을 했는지 당신에게 자세히 보고하려는 거예요. 다음 날 저녁에는 고열이 심하게 났고, 우리의 선량하고 연로한 이반 바실리예비치가 왔지요. 그때 와서 지금껏 우리 집에 머물면서 곧 회복시켜 주겠다고 약속했어요. 이반 바실리예비치는 정말 좋은 사람이에요! 제가 열이 나고 헛소리를 할 때마다 밤새 뜬눈으로 제 침대 곁에 앉아 지키고 있답니다. 지금도 제가 편지를 쓰고 있는 걸 알고, 아이들과 소파에 앉아 있어요. 아이들에게 독일의 옛날 이야기를 들려주고 있어요. 아이들이 그의 이야기를 들으며 자지러지게 웃는 소리가 침실까지 들리네요.

당신이 플라망드의 미녀(La belle Flamande)라고 불렀던 아가씨가 2주째 우리 집에 머물고 있어요. 그녀의 어머니가 어디론가 훌쩍 떠났기 때문이지요. 그녀는 깊은 배려와 진정한 사랑을 보여주고 있어요. 그녀는 저에게 마음속의 비밀을 모두 털어놓았어요. 얼굴도 예쁘고 심성도 착하고 아직 젊어서 좋은 보살핌을 받는다면, 여러모로 훌륭한 아가씨가 될 것 같은데요. 그녀의 이야기를 들어보니까, 그녀가 처한 환경이 그녀를 완전히 파멸시키고 있더군요. 제게 자식들이 이렇게 많지 않았다면 그 아가씨를 거두어 좋은 일을 하고 싶다는 생각도 들었지요.

류보츠카가 당신에게 직접 편지를 쓰고 싶다고 하더니, 벌써 세 장째 망쳐서 찢어 버리고 이렇게 말했어요. "난 아빠가 사람들을 놀리기 좋아하시는 걸 잘 알아요. 만일 제가 실수 하나라도 하면, 아빠 모두에게 말할 거예요." 카텐카는 여전히 예쁘고, 미미도 여전히 착하지만 따분해요.

이젠 심각한 이야기를 좀 할까 해요. 당신이 편지에서 올 겨울에 일이 잘 안 풀려서, 하바롭카 영지에서 나온 돈을 쓸 수밖에 없다고 말씀하셨잖아요. 그런 일에 제 동의를 구하다니 당치 않아요. 제가 소유하고 있는 것이 곧 당신 것이 아니던가요?

내 사랑, 착한 당신은 내가 상심할까 봐 걱정되어 당신이 현재 처한 상황을 숨기고 있지만, 전 짐작하고 있어요. 아마도 당신은 도박으로 돈을 많이 잃었겠지요. 그런데 당신께 맹세하건대, 전 그런 일에는 아무런 실망도 하지 않아요. 그러니 그 일이 잘 수습된다면, 제발 그 일일랑 더 이상 괘념치 말고, 쓸데없이 자신을 괴롭히지 마세요. 전 아이들을 위해 당신이 도박으로 딴 돈이나, 죄송하지만, 당신 재산조차도 전혀 쓸 생각이 없어요. 당신이 도박으로 돈을 잃었다 해도 실망하지 않는 것처럼, 당신이 도박으로 돈을 땄다 해도 기쁘지 않아요. 다만 당신의 도박에 대한 그 불행한 열정이 저를 슬프게 합니다. 그 열정이 제게서 당신의 다정한 사랑을 앗아가고, 지금처럼 당신에게 이런 쓰라린 진실을 말하도록 하고 말았지요. 제 마음이 얼마나 아픈지 하느님은 아실 거예요! 제가 하느님께 늘 기도하는 것은 단 하나, 우리를 벗어나게 해달라는 거예요…. 가난에서가 아니라 (가난이 무슨 문제겠어요?), 이 끔찍한 상황에서요. 제가 반드시 지켜야 하는 아이들의 이익과 우리의 이익이 충돌하는 그런 끔찍한 상황에서 벗어나게 해달라고 간구하지요. 지금까지는 주님께서 저의 기도를 들어 주셨어요. 아직까지는 당신이 우리 것이 아닌, 우리 아이들에게 속한 재산을 희생해야 하는 선은 넘지 않았으니까요. 하지만… 생각만 해도 끔찍하군요. 이 끔찍한 불행이 늘 우리를 위협하고 있어요. 그래요. 이것은 주님이 우리 두 사람에게 내린 무거운 십자가예요!

또한 당신은 아이들에 관해 쓰면서, 우리의 오래된 논쟁거리를 다시 꺼내셨어요. 당신은 제가 아이들을 교육기관에 보내는 것에 동의해 달라고 하셨지요. 그런 교육에 제가 반대하고 있다는 것을 잘 알고 있을 텐데 말예요….

내 사랑, 당신이 제 생각에 동의해 줄지는 모르지만, 어떤 경우라도 당신께 간청하고 싶어요. 저에 대한 사랑으로 제게 약속해 주세요. 제가 살아 있는 동안 그리고 제가 죽은 후에도, 설령 신이 우리를 갈라놓는다 할지라도, 그런 일은 절대 없게 해 주세요.

일이 있어 페테르부르크에 다녀와야 한다고 편지에 쓰셨더군요. 그리스도가 당신과 함께 하시길. 내 사랑, 빨리 다녀 오세요. 당신이 없으면 우리 모두는 무척 외로울 거예요! 봄은 기적처럼 아름다워요. 발코니 문을 떼었어요. 온실로 가는 샛길도 나흘 전에 완전히 말랐어요. 사방에 복숭아 꽃들이 만발했어요. 군데군데 눈이 남아 있긴 하지만, 제비가 날아다녀요. 그리고 오늘 류보츠카가 처음 핀 봄꽃을 제게 가져다 주었어요. 의사가 하는 말이 사흘쯤 지나면 제가 완쾌되어 신선한 공기를 마셔도 되고, 사월의 햇볕을 쬐어도 된대요. 내 사랑, 이제 작별인사를 해야겠네요. 제발 걱정하지 마세요. 제 병도, 당신이 도박에서 잃은 돈도요. 볼일 빨리 마치고 아이들 데리고 이곳에 와서 여름을 보내요. 제가 여름을 보낼 멋진 계획을 세우는 중이거든요. 그 멋진 계획을 실행하려는데 당신만 없네요.

다음 편지는 다른 작은 종이 조각에 프랑스어로 들쭉날쭉 휘갈겨 쓴 것이었다. 그 편지를 단어 하나하나 옮겨 보았다.

제가 병에 대해 썼던 말을 곧이곧대로 받아들이고 믿거나 하지는 마세요. 아무도 제 병이 얼마나 심각한지는 알지 못해요. 제가 단 한 가지 알고 있는 것은 더 이상 침대에서 일어날 수 없다는 것입니다. 1분도 지체하지 마시고 지금 당장 아이들을 데리고 와주세요. 아마도 당신을 다시 한번 안고, 아이들을 축복할 시간은 있겠지요. 이것이 저의 유일한 마지막 소원이에요. 당신에게 끔찍한 충격이라는 것을 알고 있어요. 하지만 늦든 빠르든, 당신은 저 아니면 다른 사람에게서라도 아무튼 이 소식을 듣게 되겠죠. 우리 신의 자비에 대한 굳건한 믿음과 희망을 갖고 이 불행을 이겨 내도록 노력해봐요. 그리고 신의 뜻에 따르기로 해요.

제가 쓰고 있는 말이 아픈 사람이 지레 상상하여 내놓는 헛소리라고 생각하지 마세요. 그와는 정반대로 이 순간 제 의식은 아주 또렷하고, 아주 평온합니다. 제 이야기가 나약한 영혼의 거짓되고 불확실한 예감에 불과할 거라는 희망으로 괜히 스스로를 위안하지 마세요. 아니에요. 저는 느끼고, 저는 알고 있어요. 신이 제게 남은 날이 길지 않다는 것을 깨우쳐 주셨기에⋯.

제 삶이 끝난다고 당신과 아이들에 대한 제 사랑이 끝날까요? 그건 불가능하다는 것을 압니다. 그 사랑이 없다면 존재를 이해할 수도 없지요. 그 감정이 언젠가 때가 되면 사라질 그런 감정일 거라고는 꿈에도 생각할 수 없을 만큼, 지금 이 순간 저는 그 사랑을 아주 강렬하게 느끼고 있어요. 당신과 아이들에 대한 사랑 없이 제 영혼은 존재할 수 없어요. 그리고 제 사랑이 언젠가 사라질 그런 감정이었다면, 처음부터 생겨나지도 않았겠죠. 그 이유 하나만으로도 저는 알아요. 제 사랑이 영원하리라는 것을⋯.

저는 이제 당신과 아이들이랑 함께하지 못할 거예요. 하지만 저의 사랑은 언제나 당신과 아이들을 떠나지 않으리라 굳게 믿어요. 이 생각이 제 마음을 행복하게 하네요. 그래서 저는 다가올 죽음을 평온하게, 그리고 두려움 없이 기다리고 있어요.

제 마음은 평온해요. 제가 죽음을 더 나은 삶으로 가는 길이라고 항상 생각해 왔고, 지금도 그렇게 생각하고 있다는 것을 신께선 알고 계시겠지요. 그런데 왜 눈물이 앞을 가리는 걸까요… 왜 우리 아이들이 사랑하는 엄마를 잃어야 하는 걸까요? 왜 당신에게 이렇게 예기치 않은 힘든 충격을 주어야 하는 걸까요?

신의 거룩한 뜻이겠지요.

저는 눈물이 나서 더 이상 편지를 쓸 수가 없어요. 어쩌면, 당신을 보지 못할 수도 있을 거예요. 나의 더없이 소중한 당신, 이 세상에서 당신 덕분에 느꼈던 모든 행복에 대해 고마움을 전해요. 저세상에 가면, 당신에게 상을 내려 달라고 신께 간청할게요. 안녕히, 내 사랑. 기억해 주세요. 제가 없더라도, 제 사랑은 언제 어디서나 당신을 떠나지 않는다는 것을…. 안녕, 볼로쟈, 안녕, 나의 천사, 안녕, 베냐민 – 나의 니콜렌카.

아이들은 언젠가 결국 저를 잊게 되겠죠?!

이 편지에는 미미가 프랑스어로 쓴 다음과 같은 내용의 쪽지가 함께 들어 있었다.

마님이 나리께 말씀하신 슬픈 예감이 사실이라는 것을 의사도 확실히 확인해 주었습니다. 어젯밤에 마님께서 바로 편지를 부치라고 하셨지만, 저는 마님이 정신이 혼미하신 중에 내리신 분부라 생각하고, 오늘 아침까지 기다렸다가 편지를 개봉했습니다. 제가 편지를 개봉하자마자, 마님께서 편지를 어떻게 했는지 물으시더니 아직 보내지 않았으면 불태워 버리라고 하시더군요. 마님은 계속 편지에 관해 말씀하시며, 이 편지가 나리를 고통스럽게 할 거라고 확신하고 계십니다. 이런 천사 같은 마님이 우리 곁을 떠나기 전에 만나시려면, 지체 말고 출발하시기 바랍니다. 두서 없는 글을 용서하세요. 사흘 밤을 새웠답니다. 제가 마님을 얼마나 사랑하는지 나리도 잘 아시지요!

4월 11일 밤, 엄마 침대 곁에서 밤새 간호를 했던 나탈리야 사비쉬나가 나에게 말하길, 그날 밤 엄마는 편지의 첫 대목만 쓰고 옆 탁자에 편지를 올려놓고 주무셨다고 한다.
"실은 제가…"
나탈리야 사비쉬나가 말했다.
"고백하자면, 안락의자에서 졸았답니다. 양말이 손에서 떨어지는 바람에 비몽사몽지간에 무슨 소리를 듣게 되었지요. 한 12시나 지났을까. 마님이 뭐라 말씀하시는 것 같았답니다.

눈을 떠서 보았지요. 마님이, 저의 소중한 마님이 침대에 앉아 두 손을 이렇게 모으고 눈물을 하염없이 줄줄 흘리고 계셨어요. '이렇게 모든 것이 끝나는 것인가?' 이렇게 말씀하시더니 두 손으로 얼굴을 가리셨어요. 제가 벌떡 일어나 여쭈어 봤지요. '마님, 무슨 일이세요?'"

"아, 나탈리야 사비쉬나, 내가 지금 누구를 보았는지, 당신이 안다면…"

"제가 아무리 여쭈어 봐도, 마님은 아무 말씀도 하지 않고, 탁자를 가져오라고만 하셨지요. 그리고 뭔가를 더 쓰시더니, 제가 보는 앞에서 편지를 봉하고 당장 보내라고 말씀하셨어요. 그러고 나선 상태가 더욱더 악화되었지요."

XXVI

시골에서 우리를 기다리고 있는 것

4월 18일, 우리는 페트롭스코예 저택의 현관 앞에 다다라 마차에서 내렸다. 모스크바에서 출발하면서부터 아빠는 내내 생각에 잠겨 있었다. 볼로쟈 형이 엄마가 많이 아프냐고 물었을 때도 아빠는 슬픈 눈으로 형을 바라보며 말없이 고개를 끄덕였다. 시골로 내려가는 동안 아빠는 많이 진정된 듯 보였다. 그러나 집이 가까워져 오자, 온 얼굴에 슬픈 기색이 점점 더 짙어졌다. 그리고 마차에서 내리자마자 숨을 헐떡이며 달려온 포카에게 물었다.

"나탈리야 니콜라예브나는 어디 계시는가?"

아빠의 목소리는 흔들렸고 눈에는 눈물이 고였다.

착한 노인 포카가 조심스럽게 우리쪽을 쳐다보더니 고개를 푹 숙였다. 그러곤 뒤돌아서서 현관문을 열며 대답하였다.

"벌써 엿새째 침실에서 나오지 못하고 계십니다."

밀카가 아빠를 보고 반갑게 달려오더니 컹컹 짖으며 뛰어올랐다. 그러고는 아빠의 손을 마구 핥았다. 나중에 들은 이야기지만 밀카는 엄마가 몸져누운 날부터 애처롭게 계속 울어댔다고 한다. 아빠는 밀카를 떼어 놓고 응접실을 지나 소파가 있는 방으로 갔다. 그 방 문을 열면 바로 침실이었다. 침실로 가까이 다가갈수록 힘겹게 움직이는 아빠를 보니, 아빠의 불안감이 점점 더 커지는 걸 알 수 있었다. 소파가 있는 방으로 들어간 아빠는 발끝으로 걸어가, 닫혀 있는 문을 열려고 손잡이를 잡기 전 심호흡을 하고 성호를 그었다. 이때 헝클어진 머리에 울어서 눈이 퉁퉁 부은 미미가 복도에서 뛰어나왔다.

"아! 표트르 알렉산드르이치!"

그녀는 절망에 찬 표정으로 속삭이듯 말했다. 그리고 아빠가 문 손잡이를 돌리려는 것을 보고 들릴 듯 말 듯한 소리로 덧붙여 말했다.

"이쪽으로는 들어가실 수 없어요. 하녀 방을 통해 가셔야 합니다."

아! 이 모든 장면이 무서운 예감 때문에 슬픔에 잠겨 있던 내 어린 마음에 얼마나 큰 고통을 주었는지!

우리는 하녀 방으로 갔다. 가는 도중 복도에서 바보 아킴을 만났다. 그는 항상 자신의 찡그린 얼굴로 우리를 웃기곤 하였다. 하지만 지금 이 순간만큼은 그가 하는 짓이 전혀 웃기지 않았고, 오히려 그의 생각 없는 무심한 얼굴 표정이 더없는 아픔으로 다가왔다. 하녀 방에는 두 명의 아가씨들이 앉아서 일을 하고 있다가 우리에게 인사를 하려고 일어났다. 그들의 슬픈 표정에 나는 무서워졌다. 미미의 방을 지나 아빠는 침실 문을 열었고, 우리는 방으로 들어갔다. 문 오른편에 커튼이 쳐진 두 개의 창문이 있었다. 한쪽 창문 옆에 나탈리야 사비쉬나가 앉아서 코에 안경을 걸치고 양말을 뜨고 있었다. 그녀는 평소와 달리 우리에게 입맞춤도 해 주지 않고, 엉거주춤 일어서서 안경 너머로 우리를 바라보았다. 그녀의 눈에서 눈물이 우박처럼 떨어졌다. 나는 사람들이 우리를 만나기 전까진 아주 침착하게 있다가, 우리를 보는 순간 갑자기 울기 시작하는 것이 영 마음에 들지 않았다.

문 왼편에 병풍이 서 있었다. 병풍 뒤로 침대, 탁자, 약 서랍장과 커다란 안락의자가 있었다. 안락의자에선 의사가 졸고 있었다. 침대 옆에 하얀색 실내복을 입은 밝은 금발의 아주 아름다운 젊은 아가씨가 서 있었다. 그녀는 소매를 살짝 걷어 올리고 엄마의 머리에 얼음 찜질을 해 주고 있었다. 그 순간에도 엄마의 모습은 보이지 않았다.

바로 이 아가씨가 엄마가 편지에 썼던 플라망드의 미녀(la belle Flamande)로, 훗날 우리 가족 모두의 삶에서 아주 중요한 역할을 하게 된 사람이었다. 우리가 들어서자마자 그녀는 엄마의 머리에서 손을 떼고 입고 있던 실내복 가슴 부분의 주름을 바로잡고 나서 나지막한 목소리로 말했다.

"의식이 없으세요."

이 순간 나는 깊은 슬픔에 빠져 있었지만, 무의식적으로 사소한 모든 것을 포착했다. 방 안은 어두컴컴하고 더웠다. 그리고 박하와 오드콜로뉴, 카모마일, 그리고 호프만 물약* 냄새가 함께 뒤섞여 진동했다. 그 냄새에 얼마나 놀랬는지, 그 냄새를 맡을 때뿐만 아니라 냄새에 대해 생각만 해도, 나의 상상력은 순식간에 나를 그 암울하고 숨 막히는 방으로 데리고 가서 그 끔찍한 순간의 사소한 모든 것들을 세세하게 되살려내곤 한다.

엄마는 눈을 뜨고 있었지만, 아무것도 보지 못했다…. 아, 그 무서운 시선은 절대로 잊지 못할 것이다! 너무나도 많은 고뇌를 담고 있던 그 눈!

사람들이 우리를 방 밖으로 내보냈다.

나중에 엄마의 마지막 순간에 대해 나탈리야 사비쉬나에게 물었을 때, 그녀는 나에게 이렇게 말했다.

"도련님들이 나간 후, 마님은, 나의 소중한 마님은 한참 동안 몸부림치셨어요. 꼭 뭔가가 마님을 누르는 것 같았어요. 그런 후 머리를 베개에서 떨구고 잠이 드셨어요. 아주 조용히,

---

✻에틸에테르와 포도주, 또는 알코올을 1 대 3의 비율로 혼합한 물약.

평온하게, 꼭 하늘나라 천사처럼요. 물약을 가져오지 않았나 살펴보려고 잠깐 나갔다 들어왔더니, 마님이, 나의 사랑하는 마님이 주변에 있는 물건을 막 내던지면서 혼신의 힘을 다해 주인 나리를 자기 쪽으로 부르고 계셨어요. 나리가 마님께 다가가 귀를 기울이셨지만, 마님은 말할 기운 조차 없는 듯했어요. 겨우 입술을 열어 간신히 이렇게 말씀하시기 시작했어요. "나의 하느님! 주님! 아이들을! 아이들을!" 도련님들을 부르러 달려 나가려 했지만, 이반 바실리이치가 저를 멈춰 세우며 이렇게 말했어요. "마님을 더 불안하게 할 테니 부르지 않는 게 좋겠어." 그런 다음 나의 소중한 마님께선 손을 들어 올렸다가 다시 내려놓으셨어요. 마님이 무엇을 하려고 하셨는지는 하느님만이 아시겠지요. 제 생각으론, 마님께서 도련님들이 그 자리에 없어도 축복을 빌어주려고 하셨던 것 같았어요. 아마도 주님께서 임종 직전에 마지막으로 자식들을 보도록 인도하시진 않았나 봐요. 그 후 나의 소중한 마님께서 몸을 조금 일으키시더니 두 손을 이렇게 하시고, 갑자기 "성모님! 아이들을 버리지 말아 주소서!"라고 말하기 시작하셨어요. 지금 그 목소리는 기억나지 않아요. 그 순간 바로 심장에 통증이 왔던 것 같아요. 불쌍한 마님께서 끔찍한 고통을 겪고 계신 것이 보였어요. 마님께선 베개 위로 쓰러지시더니 이빨로 침대보를 악무셨어요. 그리고 하염없이 눈물을 흘리셨답니다."

"그래서, 그다음은?"

내가 물었다.

나탈리야 사비쉬나는 더 이상 말을 하지 못했다. 그녀는 고개를 돌리고 비통하게 울기 시작했다.

엄마는 끔찍한 고통 속에서 세상을 떠난 것이다.

XXVII

슬픔

다음 날 늦은 저녁, 나는 엄마가 한번 더 보고 싶었다. 그리하여 내 의지와 상관없이 올라오는 두려움을 떨쳐버리고, 조용히 문을 열고 발뒤꿈치를 든 채 홀로 들어갔다.

방 한가운데 세워둔 탁자 위에 관이 놓여 있었다. 관 주위에 높은 은 촛대가 있었고, 그 위에 다 타 버린 양초가 꽂혀 있었다. 저 한쪽 구석에는 견습 사제가 앉아 조용하고 단조로운 목소리로 시편을 읽고 있었다.

나는 문 옆에 서서 그곳을 바라보았다. 하지만 너무 울어서 눈이 퉁퉁 부은 데다 마음이 어지러워서 주변을 제대로 알아볼 수 없었다. 모든 물체가 이상하게도 하나로 합쳐졌다. 등불, 금실로 짠 비단, 벨벳, 커다란 촛대, 레이스 달린 장밋빛 베개, 화관, 리본 달린 모자 그리고 밀랍 빛깔의 투명한 뭔가가 있었다. 나는 엄마의 얼굴을 보기 위해 의자 위에 올라섰다. 그러나 엄마의 얼굴이 있던 자리에, 또다시 아까처럼 창백하고 누르스름한 투명한 물체가 보였다. 도저히 엄마의 얼굴이라 믿을 수 없었다. 나는 그것을 더 자세히 쳐다보기 시작했고, 그 속에서 익숙하고 사랑스러운 모습을 찾아볼 수 있었다. 엄마라는 확신이 들자, 두려움에 온몸이 떨려왔다. 그런데 왜 감은 눈이 저렇게 움푹 꺼진 걸까? 얼굴은 왜 저렇게 무섭도록 창백하고, 한쪽 뺨의 투명한 피부 아래 보이는 저 거무스름한 반점은 왜 있는 걸까? 왜 얼굴 전체 표정이 저렇게 엄하고 차가운 걸까? 왜 입술은 저렇게 창백하고 입술 모양은 저토록 아름답고 장엄하면서 저토록 천상의 평온함을 담고 있는 건지, 그 모습을 보고 있자니 등과 머리카락에 차가운 전율이 흘렀다.

 나는 그 어떤 알 수 없고 거역할 수 없는 힘이 내 눈을 이 생명 없는 얼굴로 이끄는 것을 보았고 느꼈다. 나는 눈을 떼지 못한 채, 생명과 행복이 피어나는 그림을 상상 속에서 그려 보았다. 나는 내 앞에 놓여 있고, 나의 추억과는 아무 상관없는 물체처럼 내가 무의미하게 바라보고 있는 저 시신이 엄마라는 사실을 잊었다. 나는 활기차고 즐겁게 미소 짓고 있는 다른 모습의 엄마를 상상했다. 그러나 갑자기 창백한 얼굴이 시선 속에 들어왔을 때 나는 화들짝 놀라고 말았다. 나는 끔찍한 현실을 떠올리며 몸서리쳤지만, 계속 엄마를 바라보았다. 그러자 또다시 공상이 현실을 대신했고, 이어서 현실에 대한 인식이 또다시 공상을 무너뜨렸다. 결국엔 상상이 힘이 빠졌다. 상상은 더이상 나를 기만하지 못했다. 현실에 대한 인식 또한 사라졌다. 그리고 나는 내 자신마저 완전히 잊게 되었다. 이런 상태로 시간이 얼마나 흘렀는지 모른다. 어떤 상태였는지도 모른다. 단지 내가 알고 있는 한 가지는 한동안 내가 내 존재를 전혀 인식하지 못하고, 뭔가 지고하고 설명할 수 없는 기쁘면서도 슬픈 행복감을 느꼈다는 것이다.

어쩌면, 슬픔을 간직한 아름다운 엄마의 영혼이 더 좋은 세상으로 날아가다가 우리가 남아 있는 이 세상을 돌아본 것일지도 모른다. 하늘에서 엄마가 내 슬픔을 보았고, 그 슬픔을 애달프게 여겨 나를 위로하고 축복해 주려고 사랑의 날개를 달고 동정 어린 천상의 미소를 지으며 이 땅에 내려왔던 것 같다.

삐걱거리는 문 소리가 나더니, 다른 견습사제가 교대하러 방으로 들어왔다. 이 소리에 나는 정신이 들었다. 그러고 나서 처음 든 생각은 울지도 않고 아무런 슬픈 내색도 하지 않은 채 의자에 서 있는 나를 보고 견습사제가 호기심이나 연민 때문에 의자에 올라간 인정머리 없는 꼬마라고 생각할지도 모른다는 것이었다. 그래서 나는 성호를 긋고, 허리 굽혀 인사를 올리고 울기 시작했다.

지금 그때의 느낌을 회상해 보면, 자기 망각에 빠져 있던 그 한 순간만이 진정한 슬픔의 시간이었다고 생각한다. 장례식을 치르기 전이나 후에도 난 계속 울었고 슬퍼했다. 하지만 그 슬픔을 떠올리면 부끄러워진다. 그 슬픔에는 자기애적인 감정이 섞여 있었다. 내가 어느 누구보다도 가장 슬퍼한다는 것을 보여주고 싶은 바람, 혹은 내가 다른 사람들에게 주는 인상에 대한 걱정, 혹은 미미의 두건과 참석한 사람들의 얼굴을 관찰하려 했던 쓸데없는 호기심 등이 뒤섞여 있었으니 말이다. 나는 오직 슬픔이라는 단 한 가지의 감정에만 집중하지 못한 내 자신을 경멸하며, 다른 모든 감정들은 드러나지 않도록 숨기려 노력했다. 그 때문에 나의 슬픔은 진실하지 못했고 자연스럽지 못했다. 더욱이 나는 내가 불행하다는 사실에 일종의 행복을 느꼈다. 그래서 나는 불행하다는 생각을 더 떠올리려 했고, 다른 무엇보다 이런 이기적인 감정들이 내 안에서 진정한 슬픔을 사라지게 하였다.

커다란 슬픔을 겪은 후엔 늘 그렇듯이, 그날 밤 나는 깊고 편안한 잠을 잤다. 깨었을 땐 마음도 진정되었고 눈물도 말라 있었다. 10시에 우리는 출관(出棺) 전에 치르는 추도식에 불려 나갔다. 방은 하인들과 농민들로 가득했다. 모두들 눈물을 흘리며 주인 마님께 작별인사를 고하러 온 것이다. 추도식 동안 나는 적당히 울었고, 성호를 긋고 절을 했다. 그러나 진심으로 기도하지 않았고, 상당히 냉정한 상태로 있었다. 새로 맞춘 짧은 연미복의 겨드랑이가 조이는 것을 걱정하는 한편, 어떻게 하면 무릎을 꿇었을 때 바지가 심하게 더러워지지 않을까를 생각했고, 참석한 모든 사람들을 몰래 관찰하고 있었다. 아버지는 관 머리맡에 서서 하얀 손수건처럼 창백한 얼굴로 어렵사리 눈물을 참고 있었다. 검은 연미복을 입은 훤칠한 모습에 만감이 교차하는 듯한 창백한 얼굴을 한 채, 성호를 긋고 바닥에 손을 대고 절을 하고 사제의 손에서 초를 받거나 관으로 다가갈 때도 언제나처럼 우아하고 확신에 찬 동작이었다. 이 모든 것이 상당히 감동적이었다. 그러나 이 순간에도 아버지가 그렇게 감동적으로 보일 수 있다는 바로 그 점이 나는 마음에 들지 않았다. 미미는 벽에 기대어 간신히 서 있는 것 같았다. 그녀의 드레스는 잔뜩 보풀이 인 채 엉망으로 구겨져 있었고, 두건은 비뚜름하게 옆으로 돌아가 있었다. 부어 오른 눈은 충혈되어 있었고, 머리를 떨고 있었다. 그녀는 계속 가슴을 쥐어뜯는 것 같은 목소리로 통곡하며, 계속해서 손과 손수건으로 얼굴을 가렸다. 나한테는 그녀가 이렇게 하는 것이 다른 사람들의 눈을 피해 잠시 동안이나마 거짓 통곡을 멈추고 쉬려고 그러는 것처럼 여겨졌다. 나는 그 전날 미미가 아버지에게 한 말을 기억하고 있다. 엄마의 죽음이 그녀에게는 도저히 견딜 수 없는 끔찍한 충격이며, 자신은 가진 걸 전부 잃었고, 이 천사님(그녀는 엄마를 이렇게 불렀다)께서 죽음 직전에도 자신을 잊지 않고 그녀와 카텐카의 미래를 영원히 책임지길 원했다고 말했다. 그녀는 이 이야기를 하면서 쓰라린 눈물을 흘렸다. 어쩌면 그녀의 슬픈 감정이 진심이었을지는 몰라도, 순수하거나 각별함에서 우러난 것은 아니었던 것 같다. 류보츠카는 상장(喪章)이 달린 검정 드레스를 입고 얼굴이 온통 눈물범벅이 되어 머리를 숙이고 있다가 가끔씩 관을 쳐다보았다. 그때마다 어린아이의 두려움이 드러났다. 카텐카는 제 엄마의 옆에 서서 슬픔에 찬 표정을 짓고 있었지만, 얼굴은 언제나처럼 장밋빛이었다. 볼로쟈 형의 개방적인 천성은 슬픔을 표현하는 데도 그대로 나타났다. 그는 어떤 물체를 가만히 응시하며 생각에 잠겨 서 있다가 갑자기 입을 비쭉거리며 서둘러 성호를 긋고 절을 했다. 장례식에 참석한 모든 사람들이 나를 참을 수 없게 했다. 아버지에게 위로한답시고 엄마가 하늘나라에서 더 편안할 거라는 말, 엄마는 워낙 선량하여 이 세상엔 어울리지 않았다는 등의 말에 나는 화가 치밀어 올랐다.

그들에게 엄마에 대해 말하고 울 수 있는 어떤 권리가 있단 말인가? 그들 중 몇 사람은 우리에 대해 말하면서, 우리를 '고아'라고 불렀다. 엄마 없는 아이들을 그렇게 부른다는 것을 그들이 말하지 않으면, 정녕 우리가 모르겠는가! 사람들이 보통

막 결혼한 아가씨를 제일 처음 부인(madame)이라고 서둘러 부르듯이, 그들은 우리를 가장 먼저 그렇게 부른 것에 대해 흡족해하는 것 같았다.

홀의 저쪽 한쪽 구석, 문이 열린 식기장 뒤편에서 허리가 굽은 백발의 노파가 거의 몸을 숨기시다시피 하고 무릎을 꿇고 앉아 있었다. 그녀는 두 손을 모으고 하늘을 쳐다보며, 우는 대신 기도를 하고 있었다. 그녀는 영혼 깊이 신을 향해 간구하며, 그녀가 이 세상에서 가장 사랑했던 사람과 만나게 해달라고 신에게 청하고, 곧 그리 될 것이라고 굳게 믿는 모습이었다.

'엄마를 진심으로 사랑한 사람은 저기 있었구나!' 마음속으로 생각하면서 나는 내 자신이 부끄러워졌다.

추도식이 끝났다. 고인의 얼굴이 공개되었다. 참석한 모든 사람들이 우리를 제외하고 한 사람씩 관으로 다가가 마지막 입맞춤을 하기 시작했다.

마지막으로 다섯 살 정도의 귀여운 여자아이를 안은 농부의 아낙이 고인과 작별인사를 하기 위해 다가왔다. 그녀가 무슨 연유로 아이를 이곳에 데려왔는지는 아무도 모른다. 그때 나는 우연히 내 젖은 손수건을 떨어뜨려 그것을 집어 올리려 했다. 내가 몸을 굽히는 바로 그 순간, 귀청을 찢는 듯한 공포로 가득 찬 섬뜩한 비명소리가 나를 놀라게 했다. 내가 백 년을 산다 해도 결코 잊지 못할 그런 소리였다. 그리고 그 기억을 떠올릴 때마다, 항상 차가운 전율이 내 몸에 흐른다. 나는 머리를 들었다. 바로 그 농부 아낙이 관 옆 의자 위에 서서 간신히 힘겹게 여자아이를 안고 있었다. 아이는 작은 팔을 버둥거리고 있었다. 그리고 놀란 얼굴을 뒤로 젖힌 채, 두 눈을 부릅뜨고 고인의 얼굴에서 눈길을 거두지 못하며 자지러지는 목소리로 끔찍하게 비명을 지르고 있었다. 나는 나를 놀라게 한 그 목소리보다 더 끔찍한 소리로 비명을 지르고 방에서 뛰쳐나왔다.

  그때 그 순간에야 나는 왜 그 강렬하고 역겨운 냄새가 향냄새와 뒤섞여서 방을 가득 채우고 있는지를 깨달았다. 그리고 며칠 전까지만 해도 아름다움과 다정함이 넘쳐나던 얼굴이, 내가 이 세상에서 가장 사랑했던 사람의 얼굴이 공포를 불러일으킬 수도 있다는 생각이 처음으로 밀려오면서 쓰라린 진실을 깨닫게 되었다. 내 영혼은 절망으로 가득 차고 말았다.

XXVIII

마지막 슬픈 기억들

 엄마는 이제 이 세상에 없다. 그리고 우리의 하루하루는 이전처럼 흘러갔다. 우리는 같은 방에서 같은 시각에 자고 일어났다. 아침저녁으로 마시는 차, 점심 식사, 저녁 식사 등 모든 것을 평상시와 같은 시간에 했다. 탁자와 의자들도 같은 자리에 있었다. 우리 집과 생활 방식, 그 어떤 것도 변하지 않았다. 다만 엄마만 없을 뿐이었다.
 나는 그런 불행한 일이 있고 난 후에는 분명 모든 것이 변하리라고 생각했다. 평소와 다름 없는 방식에 따라 흘러가는 우리의 일상생활이 나에겐 엄마와의 추억을 모독하는 것처럼 느껴졌고, 엄마의 부재를 너무나 생생하게 상기시켰다.
 장례식 전날, 식사 후에 나는 잠자고 싶어져서 나탈리야 사비쉬나의 방으로 갔다. 그녀의 침대에서, 부드러운 깃털 이불, 솜을 누빈 따뜻한 담요를 덮고 누워 있고 싶었다. 내가 들어갔을 때, 나탈리야 사비쉬나는 침대에 누워 있었다. 잠자던 중이었던 같았다. 그녀는 내 발소리를 듣고 몸을 일으키며, 파리가 앉지 못하도록 머리에 쓰고 있던 양모 수건을 벗더니, 곧바로 실내모를 쓰고 침대 끝에 걸터앉았다. 예전에도 식사가 끝나면 그녀의 방으로 자러 가곤 했기 때문에, 그녀는 내가 왜 왔는지 짐작하고 침대에서 몸을 일으키며 말했다.

"왜요? 우리 도련님, 쉬러 오셨어요? 어서 누우세요."

"나탈리야 사비쉬나, 무슨 소리예요?"

나는 그녀의 손을 잡으며 말했다.

"그러려고 온 거 아니에요…. 그냥 왔어요…. 피곤한 사람은 할멈이에요, 어서 누워요."

"아니에요, 도련님. 저는 실컷 잤답니다."

그녀가 내게 말했다. (나는 그녀가 사흘 밤을 꼬박 새웠다는 것을 알고 있었다.)

"이제는 잠도 안 오네요."

그녀가 깊은 탄식을 하며 말을 이어갔다.

나는 우리의 불행에 대해 나탈리야 사비쉬나와 이야기하고 싶었다. 나는 그녀의 진실됨과 사랑을 알고 있기에 그녀와 함께 울 수 있다는 게 기뻤다.

"나탈리야 사비쉬나, 이렇게 될 줄 예상했어요?"

나는 잠시 침묵한 후 침대에 걸터앉으며 말했다.

노파는 호기심 어린 표정으로 의아해하며 나를 바라보았다. 왜 그런 질문을 하는지 이해를 못한 것 같았다.

"이렇게 될 줄 예상했냐고요?"

내가 반복하여 말했다.

"아, 나의 도련님!"

그녀는 다정하기 그지 없는 연민의 눈빛으로 나를 보며 말했다.

"예상은커녕, 지금도 믿기지 않아요. 저같은 늙은이야말로 오래전에 늙은 몸뚱이를 묻고 저세상으로 갔어야 했는데… 뭣 때문에 이렇게 살아 있는 건지. 영원히 기억에 남을 도련님의 할아버지이신 니콜라이 미하일로비치 공작님, 두 형제 분들, 누이이신 안누쉬카님 모두를 다 저보다 앞서 보내드렸지요. 저보다 다 젊으셨는데요. 도련님! 그리고 이제 마님을 떠나 보내고 나니, 모든 게 다 제가 죄가 많아서 그런 것 같아요. 마님을 보내고도 더 살아야 하다니요. 하느님의 성스러운 뜻이겠지요! 하느님이 보시기에 마님이 합당한 사람이어서 데려갔겠지요. 하늘나라에도 선한 사람들이 필요했겠지요."

이 순박한 생각이 나를 기쁘게 하여서 나는 나탈리야 사비쉬나 곁으로 더 가까이 다가갔다. 그녀는 가슴에 두 손을 얹고 위를 쳐다보았다. 그녀의 움푹 파이고 젖은 두 눈이 크고도 잔잔한 슬픔을 보여주고 있었다. 그녀는 굳게 믿고 있었다.

하느님께서 그녀가 그토록 오랜 세월 온 마음을 바쳐 사랑한 사람과 그리 오래 헤어져 있게 하지는 않으실 것이라고….

"그래요, 도련님. 제가 마님을 돌보고 기저귀를 갈아주고 하던 시절, 그리고 마님이 저를 냐샤라고 불렀던 시절이 저에겐 엊그제 일만 같아요. 한 날은 어린 마님이 제게 달려와 작은 손으로 꼭 껴안고 입을 맞추며 이렇게 말씀하셨지요. '나의 냐샤, 나의 예쁜이, 나의 귀여운 칠면조.' 그러면 저는 농담을 하곤 했죠. 이렇게 말이에요. '거짓말이지요, 아씨. 아씨는 저를 사랑하지 않아요. 이 다음에 커서 결혼하시게 되면, 저 같은 사람은 잊어버리실 거예요.' 그러면 어린 마님은 잠시 생각에 잠겼다 이렇게 말씀하셨지요. '아니야. 만약 냐샤를 데리고 갈 수 없다면, 난 차라리 결혼을 하지 않겠어. 난 절대로 냐샤를 버리지 않을 거야.' 그런데 저를 버리고 먼저 떠나셨네요. 저를 그토록 사랑해 주셨는데! 그런데 사실 마님이 사랑하지 않은 사람은 아무도 없었지요. 도련님, 어머님을 절대 잊으시면 안 돼요! 마님은 사람이 아니라 하늘나라의 천사였답니다. 마님의 영혼이 하늘나라에 가면, 그곳에서도 도련님을 사랑하고 도련님 모습에 기뻐하실 거예요."

"나탈리야 사비쉬나, 왜 '하늘나라에 가면'이라고 하신 거예요?"

내가 물었다.

"내 생각엔 엄마가 벌써 하늘나라에 계신 것 같은데."
"아니에요, 도련님!"
나탈리야 사비쉬나는 목소리를 낮추고 내게 바싹 다가앉으며 말했다.
"마님의 영혼은 여기 있답니다."
그렇게 말하고 그녀는 위를 가리켰다. 그녀가 속삭이는 듯한 목소리로 아주 확신에 차서 말하는 바람에, 나는 나도 모르게 눈을 들어 천장 벽을 보며 무엇이 있는지 찾아보았다.
"믿음이 신실한 자의 영혼은 천국에 가기 전에, 40일 동안 이 세상에 머물면서 40가지 고난을 겪는답니다. 그리고 자기 집에 머무를 수도 있대요…."
그녀는 이런 류의 이야기를 한참 동안이나 더 했다. 그 누가 들어도 일말의 의심도 하지 않을 정도로 아주 일반적인 이야기를 하듯, 그리고 자기가 직접 본 마냥 아주 순박하면서도 자신에 차서 이야기를 해 주었다. 나는 숨을 죽이고 그녀의 이야기를 들었다. 그녀가 하는 말을 전부 이해하지는 못했어도 나는 그녀의 말을 철석같이 믿었다.
"그래요, 도련님. 마님은 지금 이곳에 머무시면서 우리를 바라보고 우리가 하는 이야기를 듣고 계실 거예요."
나탈리야 사비쉬나가 이야기를 마쳤다. 그리고 고개를 떨군 후, 아무 말도 못하고 침묵하기 시작했다. 그녀의 뺨을 타고 하염없이 눈물이 흘러내리자, 그녀는 눈물을 닦을 손수건을 가지러 자리에서 일어섰다. 그리고 내 얼굴을 똑바로 쳐다보고 흥분이 가시지 않아 떨리는 목소리로 말했다.

"주님은 이번 일로 저를 당신 계신 곳으로 더 가까이 다가가도록 인도하셨어요. 이제 저한테 무엇이 남았나요? 제가 누구를 위해 살아야 하나요? 누구를 사랑해야 하나요?"

"그럼 우린 사랑하지 않는다는 거예요?"

나는 겨우 눈물을 참으며 질책하듯이 말했다.

"제가 도련님을, 나의 소중한 도련님들을 얼마나 사랑하는지는 하느님께서 다 아시지요. 하지만 어느 누구도 마냠을 사랑한 것처럼은 아니에요. 그렇게 사랑할 수는 없어요."

그녀는 더 이상 말을 잇지 못하고 얼굴을 돌리더니 큰 소리로 목 놓아 울기 시작했다.

자려던 마음은 진즉 달아나 버렸다. 우리는 말없이 마주 보고 앉아 함께 울었다.

포카가 방으로 들어왔다. 그는 우리의 상황을 알아차리고 방해하지 않으려는 듯이 머뭇거리며 말없이 문 옆에 서 있었다.

"무슨 일이에요, 포카?"

나탈리야 사비쉬나가 손수건으로 눈물을 닦으며 물었다.

"쿠티야*를 만드는 데 필요한 건포도 1푼트 반$^{약\ 600그램}$, 설

✱ 추도식 후에 먹는 꿀 죽.

탕 4푼트[약 1600그램], 사라친 산(産) 수수 3푼트[약 1200그램]가 필요하답니다."

"알았어요. 지금 바로 주지요."

나탈리야 사비쉬나가 말했다. 그녀는 급히 코담배 냄새를 맡은 후 종종걸음으로 궤짝 쪽으로 다가갔다. 우리 대화 도중 생긴 슬픔의 마지막 흔적은 그녀가 중요하다고 생각하는 자신의 책무를 시작하면서 사라졌다.

"왜 4푼트나 필요하대요?"

그녀가 설탕을 가져와 저울에 달면서 투덜대며 말했다.

"3푼트 반이면 쓰고도 남을 텐데."

그러고 나서 그녀는 저울에서 설탕 몇 조각을 덜어 냈다.

"이게 어떻게 된 일이죠? 바로 어제 수수 8푼트를 주었는데, 또 달라고 하니. 포카 데미드이치, 당신이 달라고 해도, 수수는 더 이상 내어 주지 않겠어요. 지금 집안이 어수선하니까 반카가 신이 났군요. 그는 아무도 모를 거라고 생각하겠지만, 어림없어요. 나리 재산을 빼돌리려 한다면, 제가 가만두지 않을 거예요. 이렇게 훤히 알고 있는데, 8푼트라니?"

"어쩌란 말입니까? 그가 다 썼다고 하는데요."

"자, 여기 가져가요, 자! 가져가라고요!"

나와 얘기할 때 그토록 애틋한 감정을 보이던 그녀가 태도를 바꾸어 사소한 것까지 일일이 따지면서 까탈스럽게 구는 모습을 보고 나는 상당히 놀랐다. 나중에 그 일을 생각해 보니, 그녀는 속 마음이 문드러지는 한이 있더라도 자신이 맡은 일을 할 수 있는 힘이 충분히 있었으며, 습관의 힘이 평소 하던 일을 하게 했던 것 같다. 슬픔에 너무 크게 사로잡힌 나머지, 자신에게 그토록… 소중했던 마님의 상중에도 사소한 일을 챙길 경황이 있다는 것을 감출 필요가 있다는 걸 미처 생각하지 못한 것이었다. 그녀는 그런 생각을 왜 해야 하는지조차 이해하지 못했을 것이다.

허영은 진정한 슬픔과 가장 어울리지 않는 감정이다. 뿐만 아니라 이 허영이라는 감정은 너무나 깊게 인간 본성에 자리 잡고 있어서, 가장 강렬한 슬픔조차도 이 감정을 쉽게 몰아내지 못한다. 슬픔에 대한 허영은 슬퍼 보이거나, 불행해 보이거나, 혹은 강해 보이려는 열망으로 표출된다. 그래서 이 저급한 열망을 우리는 인정하고 싶지 않지만, 심지어 가장 슬픈 순간에도 우리를 떠나지 않고 슬픔의 힘과 가치 그리고 진정성을 앗아가 버린다. 나탈리야 사비쉬나는 마음속에 단 한 점의 희망도 남아 있지 않을 정도로 자신의 불행을 사무치게 느꼈지만, 그냥 습관대로 살아갈 뿐이었다.

나탈리야 사비쉬나는 포카에게 필요한 물품을 내준 후, 성직자들에게 대접할 피로그를 준비할 것을 상기시킨 다음 그를 내보냈다. 그리고 뜨개질하던 양말을 들고 다시 내 옆에 앉았다.

 같은 이야기로 다시 대화가 시작되었고, 우리는 다시 한번 울었고 다시 한번 눈물을 닦았다.

 나탈리야 사비쉬나와의 대화는 매일 반복되었다. 그녀의 조용한 눈물과 평온하고 경건한 말들은 내게 기쁨과 위안을 주었다.

 하지만 나는 그녀와 곧 이별을 맞았다. 장례식이 끝나고 사흘 후, 우리 모두 모스크바로 돌아왔던 것이다. 그 뒤로 나는 그녀를 영원히 보지 못하게 되었다.

 할머니는 우리가 도착한 뒤에야 끔찍한 소식을 전해 들었다. 할머니의 슬픔은 이루 말할 수 없었다. 할머니는 일주일 내내 의식이 없었고, 의사들도 할머니의 생명이 위독하다고 걱정할 정도여서 우리는 할머니를 볼 수도 없었다. 더욱이 할머니는 모든 약을 거부했고, 아무하고도 말하지 않았으며, 잠도 자지 않고, 어떤 음식도 입에 대지 않았다. 가끔 방에서 홀로 안락의자에 앉아 있다가, 갑자기 웃기 시작하거나, 눈물 없이 통곡을 하고, 경련을 일으키기도 했다. 그리고 광기 어린 목소리로 의미 없고 끔찍한 단어들을 큰 소리로 내뱉었다. 엄마의 죽음은 할머니를 놀라게 한 가장 큰 슬픔이었고, 이 슬픔은 할머니를 절망의 나락으로 이끌었다. 할머니는 자신의 불행에 대해 누군가를 비난해야만 했다. 그래서 무서운 말들을 쏟아내고, 놀라운 힘으로 누군가를 위협하고 안락의자에서 벌떡 일어나 빠르고 큰 걸음으로 방안을 돌아다니다 의식을 잃고 쓰러지곤 했다.

이 기간 중 할머니의 방에 한 번 들어간 적이 있었다. 할머니는 평소와 다름 없이 안락의자에 앉아 있었고, 편안해 보였다. 하지만 할머니의 시선을 본 나는 놀라고 말았다. 할머니는 눈을 뜨고 있었지만, 눈의 초점이 분명하지 않고 흐렸다. 분명 나를 보고 있는데, 보지 않는 것도 같았다. 할머니의 입가에 천천히 미소가 번지는가 싶더니, 할머니가 부드럽고 애처로운 목소리로 말하기 시작했다.

"이리 오렴, 아가. 이리 오렴, 나의 천사."

나는 할머니가 나를 부르는 것으로 생각하고, 가까이 다가갔다. 하지만 할머니는 나를 바라보고 있지 않았다.

"아아, 사랑하는 내 딸, 아마도 너는 모를 거다. 내가 얼마나 괴로웠는지, 네가 와서 지금 얼마나 기쁜지를…"

나는 할머니가 엄마의 환영을 보고 있음을 깨닫고 자리에 멈춰 섰다.

"사람들은 이제 네가 없다고 말하더구나."

할머니는 얼굴을 찡그리며 말을 이어갔다.

"말도 안 되는 소리! 네가 어떻게 나보다 먼저 죽을 수 있겠니?"

그러고는 무섭고 히스테릭한 소리로 웃기 시작했다.

강렬히 사랑할 수 있는 자만이 강렬한 슬픔을 느낄 수 있는 법이다. 또 한편으로는 사랑에 대한 강렬한 요구가 그들이 슬픔을 극복할 수 있게 해 주고, 그들의 슬픔을 치료해 준다. 이 때문에 인간의 정신적 본성은 육체적 본성보다 더 생명력이 강하다. 슬픔은 절대로 인간을 죽이지 못한다.

일주일이 지나자 할머니는 그제야 울 수 있었고, 상태가 호전되었다. 제정신으로 돌아온 뒤 할머니는 가장 먼저 우리를 생각했다. 우리에 대한 할머니의 사랑은 더더욱 커졌다. 우리는 할머니의 안락의자 곁을 떠나지 않았다. 할머니는 소리 없이 눈물 지으며 엄마에 대해 이야기했고, 우리를 다정하게 보듬어 주었다.

할머니의 슬픔을 대하면 그 어느 누구도 할머니가 슬픔을 과장하고 있다고 생각하지 못할 것이다. 그 슬픔의 표현은 강하고 애틋했다. 그러나 그 까닭은 모르겠으나, 나는 나탈리야 사비쉬나에게 더 동정심을 느꼈다. 나는 지금까지도 순박하고 정이 넘치는 그녀만큼 그렇게 엄마를 진실하고 순수하게 사랑하고 애닯게 생각한 사람은 없었다고 확신한다.

엄마의 죽음과 함께 나의 행복했던 유년시절이 끝나고, 새로운 시대, 소년시절이 시작되었다. 하지만 내 감수성 형성과 발달에 그토록 강하고 선한 영향을 미쳤던, 그리고 이제는 더 이상 볼 수 없는 나탈리야 사비쉬나에 대한 기억이 이 유년시절에 속하므로, 그녀와 그녀의 죽음에 대한 이야기를 좀 더 하고자 한다.

시골에 남아 있던 사람들이 나중에 내게 해준 이야기에 따르면, 우리가 떠난 후 그녀는 일이 없어서 매우 쓸쓸해했다고 한다. 여전히 모든 궤짝을 관리했고, 쉬지 않고 그것들을 뒤지고, 옮기고, 걸어 놓고, 정리하는 것을 멈추지 않았지만, 어린 시절부터 익히 보아온 주인 나리들이 살던 시골집의 떠들썩함과 번잡함이 그리웠던 모양이다. 슬픔, 생활 방식의 변화, 무료한 일상이 이미 진행 중이던 그녀의 노환을 더 빨리 악화시켰다. 엄마가 세상을 떠난 지 정확히 일 년 후 그녀는 수종에 걸렸고 몸져누웠다.

내가 생각하기에, 나탈리야 사비쉬나는 사는 것이 힘들었을 것 같다. 그리고 친척도, 친구도 없이 그 커다랗고 텅 빈 페트롭스코예의 집에서 홀로 죽어가는 건 더더욱 힘들었을 것이다. 모든 집안 사람들이 나탈리야 사비쉬나를 좋아하고 존경했다. 하지만 그녀는 누구와도 우정을 나누지 않았고, 이런 자신에 대해 자부심을 갖고 있었다. 그녀는 주인 나리의 신뢰를 받으며 전 재산이 든 수많은 궤짝을 관리하는 위치에 있는 사람으로서, 누군가와 우정을 나눈다면 자신이 불공정한 일을 하게 되고, 잘못된 선심을 쓸 수도 있다고 생각했다. 그 때문인지, 혹은 다른 하인들과는 전혀 공통점이 없었기 때문인지, 그녀는 모든 사람들과 거리를 두었다. 그리고 그녀는 자신에게는 대부도 없고, 인척도 없으니, 주인 나리의 재산을 넘보는 사람에게는 버리는 이삭 하나도 내주지 않을 거라고 말하곤 했다.

그녀는 뜨겁게 기도하는 가운데 자신의 감정을 신에게 고백하며 위안을 구하고, 또 위안을 찾곤 하였다. 그러나 가끔 우리 모두가 그러하듯, 살아 있는 생명체의 눈물과 공감이 최고의 위로가 될 정도로 약해지는 순간이 찾아올 때면, 그녀는 침대에 자신의 강아지 모시카를 올려놓고, (강아지는 노란 눈으로 그녀를 보면서, 그녀의 손을 핥곤 하였다) 강아지를 쓰다듬으면서, 조용히 강아지와 이야기를 하거나, 소리 없이 눈물 짓곤 했다. 모시카가 애처롭게 짖기 시작하면, 그녀는 강아지를 진정시키며 말했다.

"됐어, 네가 그러지 않아도 내가 곧 죽을 거라는 거 나도 안단다."

죽기 한 달 전, 그녀는 자기 궤짝에서 흰색 옥양목, 흰색 모슬린, 장밋빛 리본을 꺼냈다. 하녀의 도움을 받아 자신이 입을 흰색 드레스와 두건을 만들었고, 자신의 장례식에 필요한 모든 것을 세세한 것까지 다 준비해 놓았다. 또한 그녀는 주인 나리의 궤짝들을 정리하여, 아주 정확한 목록을 만들어

집사 부인에게 전달했다. 그다음 할머니가 그녀에게 선물했던 두 벌의 실크 드레스와 낡은 숄, 그리고 이제는 완전히 그녀의 소유가 된 금실로 수놓은 할아버지의 군복을 꺼냈다. 그녀가 정성껏 보관해 둔 덕분에 군복의 자수와 금실은 완전히 새것 같았고, 천도 전혀 좀 슬지 않았다.

임종 전에 그녀는 자신의 바람을 남겼다. 볼로쟈 형에게 두 벌의 드레스 중 장밋빛 드레스를 실내복이나 속옷을 만들라며 주고, 내게도 같은 용도로 쓰도록 적갈색 체크 무늬 드레스를, 류보츠카 누이에게는 숄을 주라고 했다. 군복은 우리 중 커서 먼저 장교가 되는 사람에게 주라는 유언을 남겼다. 장례식과 추도식 비용으로 남겨둔 40루블을 제외한 남은 재산과 돈은 남동생에게 전해달라 했다. 오래전 자유의 몸이 된 그녀의 남동생은 멀리 떨어진 현에 살면서 몹시 방탕한 생활을 하고 있었다. 그래서 그녀는 생전에 동생과 연락을 끊고 지냈었다.

나탈리야 사비쉬나의 남동생이 유산을 받으러 나타났을 때, 그는 고인의 전 재산이 고작 25루블이라는 사실을 믿으려 하지 않았다. 부유한 집에서 60년을 모든 살림을 관리하고 살았는데, 평생을 아끼면서 걸레 쪼가리 하나에도 벌벌 떨었던 노인네가 이렇게 아무것도 남기지 않았을 리 없다고 했다. 하지만 실제로 그녀가 남긴 건 그것이 전부였다.

나탈리야 사비쉬나는 두 달 동안 병으로 고통 받았으나, 신실한 기독교인의 인내심으로 그 고통을 견디었다. 불평하지도, 고통을 호소하지도 않았고, 오로지 자신의 습관대로 신께 간구했다. 죽기 한 시간 전 그녀는 차분하고 기쁜 마음으로 고해성사를 했고, 성찬을 받고, 도유식(塗油式)을 거행했다.

그녀는 집안 사람들 모두에게 자신이 저지른 잘못에 대해 용서를 구했다. 그리고 자신의 고해성사를 맡은 바실리 사제에게 우리가 베푼 은혜에 대해 어떻게 감사해야 할지 모르겠다는 말을 우리 모두에게 전해 달라고 청했다. 그리고 자신의 어리석음으로 누군가를 슬프게 했다면, 용서해 달라고도 부탁했다. 그리고 "결코 한 번도 도둑질을 한 적이 없습니다. 나리의 실 한 오라기도 취하지 않았습니다."라고 말했다. 이것이 그녀가 자신을 두고 평가한 그녀 자신의 품성이었다.

그녀는 미리 준비해 놓은 실내복을 입고 두건을 쓰고, 베개에 팔을 괸 채, 마지막까지 사제와 계속 이야기를 나누었고, 가난한 사람들에게 아무것도 남기지 않은 것을 기억하여 10루블을 꺼내서 그의 교구 사람들에게 나누어 줄 것을 청하였다. 그리고 성호를 긋고 누운 다음, 신의 이름을 부르며 기쁜 미소를 지은 채, 마지막 숨을 거두었다.

그녀는 후회 없이 삶을 다했다. 죽음도 두려워하지 않고, 축복으로 받아들였다. 종종 그렇게 말들은 하지만, 실제로 두려움 없이 죽음을 축복으로 받아들인다는 것이 얼마나 어려운 일인가! 나탈리야 사비쉬나는 굳건한 믿음을 갖고 복음서의 계율을 지키며 죽었기에, 죽음을 두려워하지 않을 수 있었다. 그녀의 전 생애는 순수하고 순결한 사랑과 자기 희생의 삶이었다.

그렇다! 만약 그녀의 신앙이 보다 더 고결했더라면, 그녀의 삶은 보다 더 높은 목표를 지향했을 것이다. 하지만 그렇지 않았다고 하여 이 순수한 영혼이 사랑과 경탄을 받기에 부족했단 말인가?

그녀는 이번 생애에서 가장 훌륭하고 위대한 일을 마쳤다. 후회와 두려움 없이 죽음을 맞이했다.

그녀의 바람대로 그녀는 어머니의 묘지가 있는 예배당 근처에 묻혔다. 그녀가 누워 있는 작은 언덕에는 엉겅퀴와 우엉이 무성하게 자라 있었고, 검정 울타리가 둘러쳐져 있었다. 나는 예배당에 갈 때면 그 울타리로 다가가 큰절하기를 한번도 잊은 적이 없다.

가끔 나는 예배당과 검정 울타리 사이에 말 없이 멈춰 서곤 한다. 그러면 내 마음속에 힘겨운 기억들이 갑자기 깨어난다. 그리고 이런 생각을 하곤 한다. 나와 이 두 사람이 인연을 맺은 것은 그들을 영원히 추억하도록 하기 위한 신의 섭리가 아니었을까?…

인생 여정의 시작에 선 레프 톨스토이

「레프 톨스토이 22권 전집」 해설 중

출처 :「레프 톨스토이 22권 전집」(모스크바, 1979) 중 1권 393~398면
원제 : Комментарий к т. 1 Собр. соч. Л. Н. Толстого в 22 т.

"『유년시절』을 쓸 때, 나는 유년시절의 매력과 시적 미학을 깨닫고 그것을 표현한 사람이 그때까지 아무도 없었다고 여겼다."[1] 이 말은 톨스토이가 세상을 뜨기 2년 전, 즉 『유년시절』을 쓴 지 56년이 지난 시점에 한 말이다. 이는 매우 엄격한 작가에게 이 작품이 얼마나 소중했는지를 보여준다.

표현의 사실성, 도덕적, 사회적으로 비판적인 태도, 매우 평범한 시각으로 사물을 볼 수 있는 완벽한 능력 등, 톨스토이의 첫 작품에서 독자를 기쁘게 하는 이 모든 것은 한마디로 '유년시절의 시적 미학'이다.

유년시절의 시적 미학은 평온했던 순간뿐만 아니라 이분된 감정이 공존했던 순간, 복합적인 감정이 혼재했던 순간조차 생동감 넘치는 감정들 속에 존재한다는 점이다. 실상 기쁨도 슬픔도 떨리는 풍성한 울림으로 표출되고, 자연현상은 밖에서 인지되지 않고 어린아이의 영혼 속으로 성큼성큼 들어와 그 속에서 살고 있으니 말이다.

『유년시절』은 군 생활을 하며 전투에 참여한 24세 생도가 내놓은 첫 작품으로 시학적인 측면에서 매우 완벽하다.

이 작품을 읽어 보면, 이 작품이 인내력을 요구하는 길고도 힘든 작업의 결과물임을 알 수 있다. 그 당시의 일기에서 톨스토이는 일에 있어서의 인내와 끈기는 날마다 발전시켜야만 하는 자질이며, 그렇게 하지 않고는 아무것도 이룰 수 없다는 점을 스스로에게 주입시켰다. 그래서 그는 한 행 한 행을 고치고 다시 쓰면서, 슈제트와 의미, 표현 방식을 철저히 변경하며 『유년시절』의 편집본을 초본에서 4차 최종본까지 차례차례 완성해 갔다.

이 편집본들은 최종본까지 잘 보존되어 비교 및 대조가 가능하다. 초본은 내용이 풍부하고 독창적이다. 거기에는 불우한 가정사, 즉 아버지의 '혼외' 자녀들에 관한 이야기, 자신의 자녀들이 사람들에게서 곱지 못한 시선을 받게 될 운명에 처해 있음을 자각한 어머니의 비극이 실려 있다. 또한 이 초본에서 이미 감정의 과도기적 현상이 나타나는데, 눈에 띄려고 허세를 부리는 마음, 이기심의 밑바닥, 의심 등의 감정이 매우 강하게, 때로는 최종본보다 더 많이 나타나지만, 많은 면이 아직 다듬어지지 않았고 예술적 완성도와도 거리가 멀었다.

이미 초본에서 외면적 특징을 통해 인간 성격의 내면적인 본질이 두드러지게 나타나는데, 이것으로 보아 작가가 이런 종류의 세부묘사에 각별한 애정을 갖고 임했음을 알 수 있다. 그러나 작가는 여전히 다음과 같이 불분명하고, 많은 분량의 불필요한 세부 사항을 열거한다: "이는 고르지 않고 드문드문 있었지만 희고… 귀는 중간 크기이고, 손과 발은 길쭉하고 말랐다… 평균 여자 키에, 윗입술에 솜털이 있다." 그런가 하면 외모와 성격 사이의 연관성에 대한 일반적인 법칙을 세우려는 시도도 하였다: "다소 두껍고 촉촉한 입술은 그녀의 주된 성격인 감수성을 나타낸다." 또는 "두툼한 가슴은 선량하고 열정이 많은 사람을 나타낸다. 울퉁불퉁 튀어나온 등뼈는 잔인하고 비밀스러운 성격의 사람이다…."[2]

작가는 이런 류의 단호한 판단을 추후 수정한다. 편집을 거듭한다는 것은 단지 텍스트의 문체적 개선만을 의미하진 않는다. 편집작업을 거치는 동안 인간의 본성에 대한 작가의 견해가 바뀌고 젊은 작가는 원시적이고 잘못된 개념, 인위적인 연결에서 벗어나게 된다. 파악하기 어렵고 생생하고 자연스런 모순과 음영이 담긴 각 인물에 대해 입체적으로 이해하기 시작한 것이다.

초본에서 4차 최종본이 나오기까지의 모든 과정을 통해 작가는 초본과 달리 명확하고 표현이 풍부한 세부사항만 유지하거나 다시 추가하였다. 독자는 차를 따르고 있는 주인공의 어머니를 본다. "어머니는 거실에 앉아 차를 따르고 있었다. 한 손에는 찻주전자를 들고, 다른 한 손으로는 사모바르의 수도꼭지를 돌려 찻물을 받고 있었다. 끓는 물이 찻주전자에 넘쳐 쟁반으로 흘러내렸지만, 어머니는 그 모습을 계속 보면서도 전혀 눈치채지 못했을 뿐 아니라 우리가 들어온 것도 알아차리지 못했다."

어머니가 평온하고 침착한 모습을 보이면서, 다른 사람들을 걱정하고, 아이들과 남편의 행복을 위한 자잘한 경제적인 문제들에 대해 끊임없이 걱정하고 있는 것과 대조적으로, 찻주전자에서 쟁반으로 흘러내리는 물이 그녀가 남몰래 겪고 있는 혼란과 다가올 이별의 종말에 대한 예감을 표현한다.

다음과 같이 기술된 부분도 유지되거나 추가된 세부묘사 가운데 하나로 꼽을 수 있다: "그가 손가락을 재빨리 움직이는 것을 보고 나는 그가 아빠의 말에 반박하려 한다는 것을 알아챘다." 아버지가 말하는 것과 말 없이 정중하게 귀를 기울였던 모든 것을 반박하려는 듯한 집사 야코프의 분주한 손가락 동작에 관한 묘사 등이다.

또는 '검정색의 동그란 담뱃갑'과 카를 이바느이치 주변의 다른 물건들이 깨끗하게 정돈되어 있는 것을 묘사한 부분은 그의 양심이 깨끗하다는 것을 증명해준다. 또한 엄마에 관한 아름답고 시적인 이미지를 만들어 내는 데 있어 작가는 마치

화가가 지나치게 두껍고 무겁게 칠해진 물감을 긁어내고, 그 자리에 하늘하늘 가벼운 색깔을 입히듯 시적 이미지를 구현해냈다.

S.A.톨스타야는 톨스토이가 두 살이 되던 해, 어머니가 돌아가셔서 그가 어머니를 기억하지 못할 것이므로, 『유년시절』의 어머니는 "완전한 허구"라고 간주했다.[3] 유명한 역사가이자 문학 이론가인 D.N.옵샤니코-쿨리콥스키는 어머니의 이미지에 대해 근거가 없으므로, 생기가 없는 것이라고 썼다.[4] 그러나 톨스토이는 전 생애 동안 어머니를 깊이 추모했으며, 친척과 하인들의 이야기를 통해 어머니에 대해 많은 것을 알게 되었고, 공작 영애 마리야의 이미지를 만들어 내면서 어머니를 회상할 수 있었다. 동시에, 『유년시절』에 나타난 어머니의 이미지는 그 당시 러시아 여성의 본질에 대한 작가의 생각을 표현한 것이다.

이 이미지의 시학적인 구체성은 『유년시절』의 기타 이미지들과는 다르다. 완전히 밝고 맑은 이 이미지는 투르게네프의 소설에 등장하는 여성의 이미지[5]처럼, 그리고 키프렌스키[6] 초상화 속의 사려 깊은 여성(라스톱치나야)[7]이나, 트로피닌[8] 초상화 속의 예술가 어머니[9]의 이미지처럼, 삶을 향한 진실한 아름다움으로 가득 차 있다. 이는 헌신과 영적인 아름다움을 지닌 러시아 여성의 삶의 깊이에서 나온 이미지이다.

어머니의 편지에 드러난 문체는 매우 완벽하고 현실적인 성격을 띠며, 표현이 아주 구체적이고 완성도가 있다. 그녀는 남편이 도박에서 돈을 잃은 것에 슬퍼하지도 않고, 돈을 따는 것에도 기뻐하지 않았으며, 다만 사랑하는 남편이 도박에 빠져드는 무분별한 정신 상태에 처한 것을 생각하며 괴로워했다. 이면에 숨겨진 그녀의 인격을 고스란히 드러내는 대목이라 할 수 있다. 그녀는 질투심에 괴로운 것이 아니라 남편이 방탕으로 빠지는 것에 대해 힘들어한다. 이 편지는 섬세하고 적극적인 감정으로 가득 차 있다.

『유년시절』에서는 모든 것이 동적(動的)이고, 존재하던 모든 것이 곧바로 끝을 향해 달린다. 시골에서의 마지막 날, 카를 이바느이치와 마지막 수업, 고향을 떠나기 직전의 사냥, 어머니와의 영원한 이별, 집사와 그리샤를 대할 때의 아버지의 이미지, 식사 시간, 사냥 중 어머니와 대화를 나누던 아버지의 이미지, 그리고 모스크바에서의 에피소드의 경우 '손님들이 오다', '마주르카를 추기 전에', '마주르카', '마주르카가 끝난 후', '침대에서 나눈 대화' 등 각 장들의 역동적인 제목들에서 동적이며 바로 끝을 향해 달리는 듯한 이러한 특징이 잘 나타나 있다고 볼 수 있다.

하지만 경쾌한 춤곡 이후 다른 분위기의 음악이 연주되고, 아이들의 사랑에는 또 다른 종류의 모티프가 숨겨져 있다.

"그녀를 생각하면, 왠지 나도 모르게 슬프고, 울고 싶어져." 그리고 '편지', '시골에서 우리를 기다리고 있는 것', '슬픔' 등에서 갑자기 이 비밀스런 멜로디가 타격을 가한 듯 강렬하게 커진다. 그리고 '마지막 슬픈 기억들'은 가장 슬프고 가장 마음을 사로잡는 노래처럼, 놀라우리만치 유년시절과의 이별을 잘 표현하고 있다. 100여 쪽에 이르는 총 28장의 각 장마다 빠르게 움직이면서도 변함이 없는 삶의 모습이 잘 투영되어 있다.

『유년시절』의 원판 편집을 하면서, 작가는 최대한 생생하게 보존되었다가 성인이 된 주인공의 훗날 기억과 합쳐지는 어린 아이의 지각이나 경험과 모순되는 모든 것들을 본문에서 삭제하였다.

『유년시절』에는 작가의 개인적인 기억과 그를 둘러싼 환경을 관찰한 내용이 서로 결합되어 있다. 특히 이런 종류의 관찰 대상으로 이슬레니예프의 가족[10]을 꼽을 수 있다.

『유년시절』에 나오는 아버지의 이미지는 이슬레니예프의 성격과 유사하고, 톨스토이 자신의 아버지를 그린 초상화가 아니다. 어머니의 이미지는 톨스토이가 어머니에 관해 들은 이야기와 다양한 삶의 감동과 연결되어 있다. 그러나 나탈리야 사비쉬나, 카를 이바느이치, 볼로쟈와 그외의 인물들은 있는 그대로 직접적으로 묘사되었다. 지주 사회에 대한 비판적 태도도 여러 모습으로 나타난다. 이는 엄격한 시각으로 기술한 장 '나의 아버지는 어떤 사람이었는가?'에서 특히 그렇다. 이슬레니예프는 자신이 이러한 이미지임을 인정했지만 여전히 이는 특정한 한 인물의 초상화는 아니다. "아버지는 지난 세기의 사람이었다. 그 시대의 젊은이들이라면 공통적으로 갖고 있던 기사도 정신과 진취성, 자부심, 친절함과 방탕함 등을 고루 지닌 묘한 성격의 소유자였다." 이 장의 첫 행부터 주인공의 아버지는 특정 시대의 귀족의 한 단면으로서 기술된다. 그리고 자신의 어린 시절을 회상하는 니콜렌카의 목소리는 들리지 않고 작가의 목소리가 단호하게 들린다. 아버지는 투르게네프의 소설 『첫사랑』에 등장하는 같은 연배의 아버지와 놀라울 정도로 닮아 있다. 아마도 투르게네프가 후기작에서 『유년시절』의 영향을 받았기 때문이 아니라, 두 작가 모두 같은 시기의 동일한 사회상을 묘사했기 때문이다. 외부로부터 받은 교육에 극단적인 자기애가 결합된 사람은 모든 것을 개인적 이익과 편의의 잣대에 따라 측정한다. 이러한 절묘한 이기주의자의 유형은 그의 아내와의 가벼운 충돌에서, 겨울 동안 아내를 시골에 남겨 두는 데서, 그에 대한 할머니의 비판적인 생각에서 아주 명료하게 나타난다. 초기 버전에서 아버지의 특징을 기술할 땐 보다 거친 특성들이 나타났지만, 이러한 특성들은 청년 작가의 첫 소설의 맑고 밝은 그림과는 일치

하지 않았다.

할머니 집을 방문한 상류사회의 손님들 - 코르나코바 공작부인, 이반 이바느이치 공작 - 의 모습 역시 정교하게 그려지고 있다. 특히 젊은 공작 에티엔 코르나코프가 그의 하인들과 언쟁을 하면서 그들을 완전히 경멸하는 에피소드는 상류사회의 모습을 그리는 데 있어서 주목할 만하고 전형적이다. 그리고 이때 상류사회에 대한 묘사와 더불어 나탈리야 사비쉬나, 포카, 마부 필립, 가련한 카를 이바느이치의 이미지에는 농노 노예들, 불쌍한 일꾼들에 대한 깊은 동정심이 반영되어 있다.

따라서 러시아 최초의 데카브리스트 혁명가[11]에 대한 톨스토이의 명언은 인상적이다. "그들은 우리와 마찬가지로 유모, 마부, 사냥꾼을 사랑했고, 이와 같이 민중을 사랑했다."[12]

『유년시절』속의 모든 인물들, 특히 니콜렌카 그 자신은 지속적인 내면의 변화를 겪고, 고결한 감정과 비천한 감정, 기쁜 감정과 슬픈 감정, 그리고 전면에 표출되기도 하고 숨겨져 있기도 한 감정의 변화를 느낀다. 이러한 내면의 변화하는 특징은 극단성의 대치를 통해서 잘 표현되고 있다.

특히, 도덕적 감정의 변증법은 『유년시절』의 작가를 사로잡는다. 이 모든 것들은 극단성의 극복에 있다. 우둔하여 조롱의 대상이 되곤 하던 그리샤는 그의 거대한 육신과 그가 지닌 힘(능력)으로 감동을 준다. 때문에 "창고에 들어올 때 기대했던 즐거움과 웃음 대신 심장이 떨리고 멎는 것 같았다." 또한 소년들이 괴롭혔던 일렌카 그라프와의 에피소드도 마찬가지이다. 또래 소년들과 함께 장난기에서 시작한 행동이었지만, 어린 작가는 불현듯 이 행동이 전혀 즐겁지 않은 놀이임을 인식하게 된다.

『유년시절』 최종 편집본의 첫 행부터 감정의 분열과 모순을 표현하기 위하여, 톨스토이는 복문을 기초로 하여 러시아 문학에 있어 완전히 새로운 분석적 구문 구조를 사용한다. 서로 연결되어 있고, 구체화시키고 대조시키는 종속절과 형동사, 부동사 구문이 풍부하게 등장한다.

마음 상태, 즉 '너덜너덜해진' 감정을 생생하고 정확하게 의미하는 형용사들이 등장하는가 하면, 대립되면서도 병존이 가능한 형용사들의 결합이 한 사람의 얼굴을 표현할 때, 심지어 완전히 반대되는 하나의 특징을 표현할 때도 나타난다. '아름답고 단조로운 미소로'라는 표현을 예로 들 수 있겠다. 또한 동일한 한 여성을 표현하는 데 있어서도 '젊다', '건강하다', '화려하게 옷을 입다', '명랑하다'와 '젊지 않다', '생기가 없다', '우울하다', '단정치 못하다', '권태를 느끼다' 등 상반된 특징을 나타내는 형용사들의 결합이 나타난다.

톨스토이가 첫 행부터 푸쉬킨과 투르게네프의 언어 구조와 확연히 다른 언어와 사고 구조로 작품의 문체를 구사한 것은 경이로운 일이다. 이는 톨스토이의 모든 후기작의 특징이 되었다.

마음 상태가 정반대 방향으로 빠르게 변하는 모습은 소설의 처음 두 페이지에 잘 나타나고 있다. "… 내가 놀라서 잠이 깬 것을 뻔히 보고서도 못 본 척 시치미를 떼고 있잖아…. 정말 마음에 안 들어! 실내복에, 모자에, 모자 술 장식까지, 꼴사납게 저게 다 뭐람.", "정말 좋은 분이야. 게다가 우리를 이렇게나 사랑하시는데…. 나는 부끄러웠다. 왜 방금 전까지 카를 이바느이치를 싫어했는지, 그리고 그의 실내복, 모자 그리고 모자의 술 장식까지 꼴 보기 싫어했는지 이해할 수 없었다. 지금은 아까와 반대로 모든 것이 매우 사랑스럽게 여겨졌다." 소설의 첫 행부터 작가는 독자들이 자주 모순적인 감정의 동요와 변화를 인지하는데 익숙하도록 만든다. 그리고 이러한 감정의 동요 속에 사랑하는 어머니를 잃는 슬픔이 나타난다. 니콜렌카의 이러한 슬픈 감정 역시 불안정하고 지속적이지 못한 상태로 혼재되어 있으며, 허영심, 호기심 그리고 두려움 같은 완전히 다른 종류의 감정들에 의해 가려져 있다.

끊임없이 바뀌는 다양한 종류의 감정 혼합엔 항상 긍정적이거나 부정적인 도덕적 의미가 내포되어 있다. 니콜렌카는 자신이 깊은 슬픔에 빠진 자의 연기를 하는 것을 깨닫고, 자신을 강하게 책망한다.

그는 할머니의 명명일에 시를 쓰면서, 운율에 맞추어 다음과 같이 마지막 시행을 추가한다. "그리고 우리 어머니처럼 사랑합니다."라고. 그러나 그는 이것을 거짓으로 여긴다. 어쩌면 이것은 무고한 거짓말이 아닐까? 아니다. 이것은 거짓말의 가장 나쁜 종류 중 하나인 왜곡되고 과장된 거짓말이다. 이러한 양심의 고통이야말로 레프 톨스토이의 첫 작품의 주된 아름다움이다.

루소와 달리 톨스토이는 어린 시절을 이상화하지 않았다. 그에게 어린 시절은 밝고 시적으로 아름답게 비쳐진 시기였지만, 그럼에도 불구하고 그는 악한 감정, 귀족들의 모습, 거친 감성의 폭발, 게으름, 수치 그리고 거짓 … 그 어느 것도 숨기지 않았다. 체르느이솁스키가 강력하게 주장한 바, "도덕적 감성의 순수성"은 주인공의 완전 무결한 결백에 있는 것이 아니라, 명료한 자의식, 그의 내면에서 진행되는 도덕적 투쟁, 모든 악에 대해 점점 더 강렬해지는 저항력, 그리고 그의 영혼의 변증법 속에 담겨 있는 것이다.

1 불가코프 발렌틴 표도로비치의 기록, 『생애 마지막 해의 톨스토이』, 모스크바, 고슬리티즈다트 출판사, 1960, 162면.
2 『레프 톨스토이 90권 전집』 중 1권, 모스크바, 1928, 105면.
3 구세프 니콜라이 니콜라예비치, 『톨스토이 레프 니콜라예비치 1828-1855 자서전 자료』, 소련 학술원, 1954, 343면., 톨스타야 소피야 안드레예브나의 레벤펠드 책에 대한 주석 인용.
4 옵샤니코-쿨리콥스키 드미트리 니콜라예비치, 『예술가로서의 톨스토이』 2쇄, 상트 페테르부르크, 1905, 14면.
5 투르게네프가 창조한 여주인공들은 러시아 여성의 본질을 잘 대변해 준다. 투르게네프의 여주인공들의 특징은 그들이 지닌 도덕적인 힘과 용기이다. 그것은 『루진』의 나탈리야처럼 정열을 위하여 세상의 모든 것을 희생하는 힘이며, 『귀족의 보금자리』의 리자처럼 의무를 위해 모든 행복을 희생하는 힘인 것이다. 여주인공들의 고고한 도덕적 아름다움은 투르게네프의 두 편의 중편소설 『조용한 장소』의 마리야와 『첫사랑』의 지나이다를 통해 완성된다.(역자 주)
6 오레스트 키프렌스키(1782~1836). 러시아의 화가. 종래의 전형적인 초상화의 틀을 벗어나 동시대 인물을 리얼하게 그린 최초의 러시아 초상화가의 한 사람.(역자 주)
7 예카테리나 라스톱치나야 백작부인 초상화는 키프렌스키의 대표작 중 하나로 그의 초상화의 대표적인 특징을 보여준다. 검정색 수수한 옷을 입고 레이스 모자를 쓴 백작부인의 모습은 귀부인보다는 하녀처럼 보인다. 의상은 관객의 시선을 끌지 않지만, 그녀의 사려 깊고 몽환적인 표정과 약간 불안한 듯한 시선이 삶의 숨결을 느끼게 한다.(역자 주)
8 바실리 트로피닌(1776~1857). 러시아의 화가. 황실과 귀족 중심의 인물화의 전통에서 벗어나 다양한 사회계층의 사람들의 모습을 그렸다. '레이스를 뜨는 여자', '화가의 아들', '기타를 치는 사람' 등 러시아 민중의 삶을 세밀하게 묘사하였다.(역자 주)
9 트로피닌의 어머니 안나 트로피나야 초상화는 농노 출신인 어머니의 모습을 생생하게 사실적으로 그린 것으로, 귀족을 주로 초상화의 대상으로 그렸던 그 당시에 농노를 화폭에 담은 것만으로도 미술의 민주주의와 자유를 상징한다는 평가를 받는 작품이다. 농노의 의상을 입고 두건을 쓴 트로피닌의 어머니의 초상화는 맑은 눈빛과 옅은 미소가 인상적이며, 힘든 농노의 삶을 살아낸 진정한 어머니 상을 표현하고 있다.(역자 주)
10 알렉산드르 이슬레니예프는 톨스토이 아버지의 친구로 이슬레니예프 가는 톨스토이 집안과 친분이 두터워, 톨스토이는 어린 시절부터 이슬레니예프 가 사람들과 자주 어울렸다. 바로 알렉산드르 이슬레니예프가 『유년시절』, 『소년시절』, 『청년시절』의 주인공 니콜렌카 이르테니예프의 아버지의 모델이었다.(역자 주)
11 1825년 러시아 최초로 근대적 혁명을 꾀한 혁명가들. 러시아제국 때인 1825년 12월에 혁명이 일어났기 때문에 12월 혁명당원(黨員)이라고도 하며, 러시아어로 12월을 데카브르라고 한 데서 유래한 명칭이다. 자유주의 사상에 영향을 받은 러시아제국

의 귀족층인 젊은 장교들이 주도하여 일어난 혁명사건이다.
12 구세프 니콜라이 니콜라예비치, 『톨스토이 레프 니콜라예비치 1828~1855 자서전 자료』, 소련 학술원, 1954, 76면.

톨스토이의 『유년시절』
- 25세의 젊은 작가가 세계문학의 판도를 바꾸다

키릴 야블로치킨

출처: 『아르구멘트이 이 팍트이』, 2014년 7월 6일
원제: «Детство» Толстого: как 25-летний писатель изменил мировую литературу

방탕한 삶에 빠져 있던 젊은 백작 레프 톨스토이는 1852년 7월에 러시아 문학의 판도를 영원히 바꾸어 버린 자신의 첫 작품을 문학잡지 『동시대인』에 보냈다.

위대한 작가의 문학 활동의 시작을 추적하는 것은 매우 힘든 일이다. 대부분의 작가들은 종종 초기작들을 없애 버리고, 특히 초년의 일기는 남기지 않는다. 이런 면에서 레프 톨스토이는 러시아와 세계 문학계에서 독보적인 존재이다. 그가 남긴 일기 덕분에 『전쟁과 평화』와 『안나 카레니나』를 쓴 작가의 첫 작품에 관한 창작의 역사가 알려졌으며, 그뿐 아니라 천재적인 작가가 보여주는 초창기의 특별한 표식이 어떻게 그 시대를 대표하는 가장 평범한 사람의 모습으로 나타나는지가 공개되었다.

톨스토이의 일기는 전무후무하다고 할 수 있다. 그러한 일기는 체홉도, 도스토옙스키도, 푸쉬킨도 그 어떤 러시아 문호도 남기지 않았다. 그의 일기에서는 미래의 위대한 소설가가 실제 어떤 모습이었는지를 가감 없이 그대로 보여주고 있다. 이러한 일기의 기록들이 '야스나야 폴랴나의 노인'의 의지에 따라 우리에게 온 것이 흥미롭다. 미래 세대를 위해 자신의 이미지를 하나의 결점도 없는 천재로 만들어 왔던 톨스토이는 그의 이미지에 반하는 기록들을 충분히 없앨 수 있었는데도, 생전에 자신의 일기를 출판하도록 '선의'를 베풀었다. 하지만 바로 이러한 기록들 때문에 여러 면에서 많은 사람들이 톨스토이의 주장을 신뢰하지 못한다. 방탕한 생활을 하고, 도박을 하고, 집시들과 어울리고, 사냥을 즐기는 25세의 작가와 악에 대한 무폭력주의, 동물 살생을 반대하는 채식주의를 설파하는 80세의 노인을 분리시켜 생각하기란 쉽지 않으니 말이다.

집시, 도박 그리고 삶의 규칙

톨스토이는 1847년, 19세 때부터 일기를 쓰기 시작했다. 그때 이 젊은 백작은 일찍 세상을 떠난 아버지의 재산을 상속받아 이미 야스나야 폴랴나 영지의 소유주가 되었다. 병원에 입원하여 성병 치료 중이던 그는 삶에 대해 생각했다. 그의 노트에 기재된 첫 번째 기록은 이렇게 말하고 있다. "… 나는 사교계 사람들의 대부분이 젊은 날의 초상이라 간주한 문란한 삶이 영혼의 타락 초기 초상에 불과하다는 것을 분명히 알게 되었다…."

톨스토이는 자신의 삶을 완전히 바꾸기로 결정하고, 엄격하게 체계화되고 어떠한 경우에도 깰 수 없는 수십 가지 '삶의 규칙'을 설정했다. 그중에는 규칙 9번과 같은 아주 실질적인 것들도 있다. '다른 사람들의 의견보다 너 스스로의 생각대로 하라', 또한 '사랑의 감정에 굴복하지 않는 규칙' 편의 '여자를 멀리하라'는 것이라든지, '탐욕의 감정에 굴복하지 않는 규칙' 편의 '네가 누릴 수 있는 생활보다 항상 덜 누리며 살아라'와 같이 순진한 것들도 있다.

'삶의 규칙'을 세운 후 톨스토이는 병원에서 퇴원하지만… 이전과 같이 도박, 집시, 부채, 무위로 얼룩진 삶을 계속해서 산다. 머지 않아 그는 카프카즈로 떠나려 했는데, 이는 애국심에서 비롯된 것이 아니라, 사교계 생활과 부채에서 벗어나려는 바람 때문이었다. 그에겐 재단사에게 군복값을 지불할 돈조차도 없었다.

그러나 카프카즈에서 젊은 백작의 삶은 이전과 변함없이 계속 이어진다. 47년에서 54년까지의 일기는 자책, 절망, 순진하고 모순된 철학적인 생각, 새롭고 새로운 '삶의 규칙'의 이행

(이행하지 않을 때가 더 잦았지만)에 대한 설명들이 다음과 같이 두서없이 뒤섞여 있다. "… 나는 여자를 취했고, 사람들과의 단순한 관계, 위험한 상황, 도박 등 많은 경우에 약한 모습을 보였다. 그리고 여전히 거짓 수치심에 사로잡혀 있다. 많은 거짓말을 했다…", "… 나는 주머니에 있는 돈보다 더 많은 돈을 도박에서 잃었다. 나는 매우 게으름을 피우고 있다. 이제 생각을 집중하지 못하고 글을 쓰지만, 글을 쓰고 싶지 않다.", "… 나는 사랑에 빠졌거나 또는 사랑에 빠진 상상을 했고, 파티에 다녔고, 마음의 평정을 잃었다… 전혀 필요 없는 말을 샀다…", "나는 짐승처럼 살고 있다… 물론 완벽하게 난잡한 생활을 한다고 볼 수는 없지만, 나는 거의 내 모든 일을 방치했고, 정신적으로 무너졌다…". "나는 1)유희, 2)결혼, 3)정착 이 세 가지 목표를 갖고 모스크바로 갔다. 첫 번째 목표는 상스럽고 비루하다. … 두 번째 목표는, 니콜렌카 형의 현명한 조언 덕분에 사랑이나 이성 또는 심지어 모든 면에서 거부할 수 없는 운명이 결혼을 강요하기 전에 미리 포기했다…", "… 사냥을 가고, 카자크인들의 뒤꽁무니를 따라다니고, 술을 마셨고, 글을 조금 쓰고 번역했다. … 11월부터 나는 치료를 받았다. 두 달 동안 새해까지 계속 집에 있었다. 이번에는 지루했지만 조용하고 보람 있게 보냈다. 『유년시절』의 첫 부분을 완성했다."

혁명적인 『유년시절』

많은 톨스토이 작품 연구가들에게 여전히 수수께끼로 남아 있는 것은 그 당시의 보통 사람들과 별반 다를 바 없는 25세의 청년이 『유년시절』과 같은 작품을 썼다는 것이다. 사실 톨스토이 이전에 그 어떤 작가도 이런 방식으로 문단에 등장한 적이 없었다. 이 작품에서 작가는 자신의 유년시절의 사건을 분석하고, 인간 심리의 본질, 그를 그러한 모습으로 만든 이유를 이해하려는 시도를 한다. 현대의 문화적 분위기에서야 문학작품을 창작하는 이러한 접근 방식이 그다지 놀라워 보이지 않지만, 그 당시 이러한 문학적 시도는 진정한 혁신이었다. 더욱이 주제 자체가 이례적이었다. 유년시절의 수수께끼 같은 세계는 작가, 예술가, 철학자들의 관심 대상이 아니었는데, 톨스토이가 최초로 이를 작품으로 만든 것이었다….

그러나 그것이 전부가 아니다. 제아무리 혁신적인 소설적 발상이라고 해도 동시대인들을 깜짝 놀라게 한 톨스토이만의 스타일이 없었으면, 아무런 가치가 없었을 것이다. 25세에 발표한 중편에서 작가는 이미 독특한 예술적 기법을 실현하였으며, 이는 후에 그의 장편소설에서 광범위하게 사용된다. 톨스토이는 훗날 비평가들이 '영혼의 변증법'이라고 부른 기법을 『유년시절』에서 처음으로 사용하였던 것이다.

주인공의 상태를 기술할 때, 그는 내면의 독백을 사용하여 기쁨에서 슬픔으로, 분노에서 수치심으로 급격하게 변화하는 주인공의 내면을 전달할 수 있었다. 작가는 어린아이의 심리에 깊숙이 침투하여 자신의 행동에 있어서 외적 원인이 아니라, 내적 원인을 찾으려 노력한다.

소설에는 두 명의 주인공이 있다. 어린 니콜렌카 이르테니예프와 자신의 유년시절을 회상하는 성인 이르테니예프가 있다. 어린아이와 성인작가의 시각적인 대조가 이 둘 사이의 갈등을 나타낸다. 그리고 두 주인공의 시각의 차이를 통해『유년시절』의 사건들이 톨스토이의 동시대인들의 삶에 있어 의미 있고 중요하게 되고, 러시아의 삶 전체를 분석할 수 있다.

톨스토이의 소설은 러시아 문화의 일부가 되었다. 혁신적이고 다른 한편으로는 러시아 문학의 훌륭한 모든 것을 흡수했기 때문이다. 훌륭하게 만들어진 주인공의 초상, 섬세한 부분까지 묘사된 풍경, 시골 대저택의 예스러운 분위기와 삶의 모습에 대한 기술 등이 그렇다.

다음 해 톨스토이는『유년시절』의 후속작『소년시절』과『청년시절』을 쓰고, 포위 공격이 계속되는 동안 세바스토폴의 요새로 들어가 목숨을 걸고 그의 유명한『세바스토폴 이야기』를 쓴다. 그는 전쟁 영웅이 되어 모스크바로 돌아가지만, 곧이어 자신의 영지에서 은둔생활을 하며, 세계적인 고전 명작을 쓴다. 그러나 소설『유년시절』이야말로 위대한 작가 톨스토이의 첫 작품으로서 러시아 고전 문학에서 가장 중요한 걸작 중 하나로 꼽을 수 있다.

레프 톨스토이 연보

1828년   8월 28일, 니콜라이 일리이치 톨스토이 백작과 마리야 니콜라예브나 톨스타야 백작 부인의 5남매 중 넷째 아들로 태어남. 아버지 니콜라이 일리이치는 퇴역 중령, 어머니 마리야 니콜라예브나는 볼콘스키 공작 집안 출신이었으며, 형 니콜라이, 세르게이, 드미트리가 있었음. 태어난 다음날 성 니콜라이 성당에서 벨료프 지방의 지주 S.I.야지코프와 펠라게야 니콜라예브나 톨스타야 백작 부인을 대부모로 세례를 받음.

1830년(2세)   8월, 어머니 마리야 니콜라예브나, 여동생 마리야 출산 직후 죽음. 톨스토이는 어머니를 기억하지 못했으나, 그의 의식 속에 '숭고한 이상형'으로 남아 훗날 「전쟁과 평화」의 공작영애 마리야의 원형이 됨.

1833년(5세)   푸쉬킨의 시 「바다에」와 「나폴레옹」을 암송하여 아버지를 감동시킴. 형들과 함께 손으로 쓴 잡지 「아이들의 놀이」를 만듦.

1835년(7세)   형 니콜라이로부터 전쟁도 질병도 죽음도 없고 모든 사람이 개미 형제가 되는 행복한 세상을 가져온다는 '푸른 지팡이'의 전설을 들음. 형들과 함께 집 안에 작은 천막을 치고 '개미 형제' 놀이에 열중함.

1837년(9세)   1월, 톨스토이 집안, 모스크바로 이사. 6월, 아버지 니콜라이 일리이치가 툴라에서 급사. 고모인 A.I.오스텐 사켄 부인과 S.I.야지코프가 남은 아이들의 후견인이 됨. 매우 종교적이었던 오스텐 사켄 부인을 대신해 T.A.요르골스카야 부인이 아이들을 직접 양육함. 형들과 함께 손으로 쓴 잡지 「아이들의 도서관」을 만듦.

1838년(10세)   5월, 할머니 펠라게야 니콜라예브나 죽음. 펠라게야 톨스타야는 훗날 「유년시절」과 「소년시절」에 등장하는 할머니와 「전쟁과 평화」 속 로스토바 백작 부인의 원형이 됨. 7월, 톨스토이 집안의 아이들과 요르골스카야 부인, 야스나야 폴랴나로 이사. 12월, 야스나야 폴랴나에서 형들과 함께 가족을 위한 연극을 공연함.

1839년(11세)   8월, 맏형 니콜라이가 모스크바 대학에 입학하자 요르골스카야 부인과 함께 모스크바로 이사. 가을과 겨울은 야스나야 폴랴나에서 보냄.

1840년(12세)   문학에 심취하여 러시아어와 프랑스어로 시와 우화 등을 씀. 7월, 야스나야 폴랴나에서 요르골스카야 부인의 명명일을 기념하여 부인에게 프랑스어로 편지를 씀. 이 편지가 지금까지 전해지는 레프 톨스토이의 서간 중 가장 오래된 것임.

1841년(13세)   8월, 후견인이었던 오스텐 사켄 부인이 옵티나 수도원에서 죽음. 톨스토이가 부인의 비문을 씀. 새로운 후견인이 된 고모 펠라게야 일리이니쉬나 유쉬코바가 살고 있는 카잔으로 형제와 함께 이사.

1844년(16세)	9월, 카잔대학교 동양어대학 아랍·터키어과에 입학. 이후 사교계에 출입하며 방탕한 생활을 함.
1845년(17세)	진급시험에 떨어져 법학대학으로 재입학.
1846년(18세)	1월, 잦은 결석으로 교내 감옥에 갇힘. 5월, 진급시험을 통과하여 2학년에 진급함. 가을, 형들과 함께 후견인의 집에서 독립.
1847년(19세)	철학에 심취하여 「장 자크 루소의 사상에 대한 철학적 고찰」, 「철학의 목적에 관하여」 등의 글을 씀. 3월, 일기를 쓰기 시작함. 몽테스키외의 「법의 정신」과 예카테리나 여제의 「훈령」 비교 연구. 4월, 야스나야 폴랴나에서 독학과 농업에 전념하기 위해 카잔대학교를 중퇴함. 5월, 야스나야 폴랴나로 이사하여 여름을 보냄.
1848년(20세)	가을과 겨울을 모스크바에서 보내며 방탕한 생활을 이어감.
1849년(21세)	2월, 페테르부르크 대학 입학을 위해 페테르부르크로 이사함. 4월, 페테르부르크 대학교에서 법학사 자격 시험을 치러 두 과목 합격. 보로틴카 마을과 숲을 팔아 모스크바와 페테르부르크 생활에서 진 빚을 갚음. 5월, 페테르부르크 대학 입학을 포기함. 입대하여 헝가리로 가려고 했으나 형 세르게이의 충고로 포기하고 야스나야 폴랴나로 돌아옴. 여름, 농민의 아이들을 위한 학교를 개설함. 11월, 툴라 주 귀족위원회의 사무직을 맡음
1850년(22세)	겨울, 여러 지역을 여행하며 친지들을 만남. 여름, 야스나야 폴랴나에서 영지 경영에 전념하며 몽테스키외를 읽고 음악에 빠져듦. 훗날 「지주의 아침」에서 이 시기의 일을 그림. 12월, 모스크바에서 사교계를 드나들며 「브라줘롱 자작」, 「루이 14세와 그의 시대」 등 A. 뒤마의 소설을 읽고 '소설을 읽지 말 것'이라는 일기를 남김. 「유년시절」을 쓰기 시작함. 사교계에서의 처세술과 카드놀이 하는 방법 등을 일기에 남김.
1851년(23세)	3월, 「유년시절」과 「어제의 이야기」 집필. 벤자민 프랭클린을 본받

아 매일 일기를 쓰기 시작함. 4월, 맏형 니콜라이가 있는 카프카스로 가 함께 카잔, 사라토프, 아스트라한 등을 여행함. 5월 스타로글라드콥스카야 마을에 도착함. 이 마을은 훗날 「카자크 인」에서 노보블린스카야 마을로 그려짐. 6월, 로렌스 스턴의 「풍류 여정기」를 러시아어로 옮기기 시작함. A.I.바랴틴스키 공작이 지휘한 체첸 마을 습격에 의용병으로 참전. 이때의 경험이 「습격. 의용병의 이야기」(1852)로 그려짐. 8월, 스타로글라드콥스카야 마을로 돌아와 「유년시절」 집필. 10월, 형 니콜라이와 함께 티플리스(현 트빌리시)로 돌아옴. 11월~12월, 요양을 하며 「유년시절」 1부를 완성함. 12월, 20 포병연대에 자원.

1852년(24세) 1월, 사관후보생 시험을 치러 4급 포병 하사관으로 편입. 2월, 미스키르-유르트 전투에 참가했다 탄환에 맞아 중상을 입음. 3월~4월, 스타로글라드콥스카야에서 「유년시절」을 집필하며 D.V.그리고로비치의 소설들을 읽음. 5~8월, 병의 치료를 위해 퍄티고르스크에 머물며 「유년시절」, 「습격」을 집필하고, 소설 「러시아 지주의 이야기」를 구상함. 7월, N.A.네크라소프에게 「유년시절」의 원고를 보냄. 9월, 잡지 「동시대인」에 「나의 유년시절 이야기」가 실림. 12월, 「습격」을 탈고하고 잡지 「동시대인」에 보냄.

1853년(25세) 1~3월, 체첸 토벌에 참가. 2월, 카치칼리콥스키 산(山) 전투에서 무공을 세움. 3월, 잡지 「동시대인」에 「습격」이 실림. 스타로글라드콥스카야에 머물며 「크리스마스 이브」와 「소년시절」에 착수함. 5월, 전역을 요청함. 7~10월, 젤레즈노, 키슬로보츠크 등을 돌아보며 「소년시절」, 「카자크 인」, 「득점기록원의 수기」 등을 집필함. 가을~겨울, 러시아-터키 전쟁 발발로 인해 전역 요청이 거부되자 S.D.고르차코프 공작에게 도나우 파견군으로의 발령을 요청함. N.M.카람진의 「러시아 역사」와 N.G.우스트랼로프의 「러시아사」를 읽음.

1854년(26세) 1월, 소위보로 임명됨. 도나우 파견군 12 포병연대 4중대로 발령남. 2월, 야스나야 폴랴나로 돌아와 부임을 준비하며 유언장을 작성함. 3월, 부하레스트에 도착하여 포병부대와 함께 몰다비아, 발라히야, 베사라비야의 여러 지역에 머묾. 7월, 두 차례에 걸쳐 크림 반도 파견군으로의 발령을 요청함. 9~10월, 장교들과 함께 사병 교육과 계몽을 위한 조직을 만들기로 함. 이것이 사병을 위한 잡지 발간 계획으로 발전하였으나 황제의 금지로 실현되지 못함. 10월, 잡지 「동시대인」에 「소년시절」이 실림. 11월, 세바스토폴에 도착. 겨울, 심페로폴에 주둔하며 전투에 참가함.

1855년(27세) 1월, 잡지 「동시대인」에 「득점기록원의 수기」가 발표됨. 3월, 훗날 러시아정교로부터 파문을 당하게 된 톨스토이 종교관의 원형을 볼 수 있는 글을 일기에 남김. 6월, 잡지 「동시대인」에 「12월의 세바스토폴」이 실림. 9월, 잡지 「동시대인」에 「삼림벌채」와 「5월의 세바스토폴」이 실림. 10월, 곧바로 전역하여 문학 활동에 전념하기를 권하는 I.S.투르게네프의 첫 편지를 받음. 11월, 페테르부르크로 가 투르게네프, 곤차로프, 네크라소프, 튜체프 등의 열렬한 환영을 받음. 12월, A.A.페트와 친분이 시작됨.

1856년(28세) 1월, 휴가를 받아 모스크바로 감. 형 드미트리 죽음. 잡지 「동시대인」에 「1855년 8월의 세바스토폴」 발표. 2~5월, A.N.오스트롭스키, S.T.악사코프, K.S.악사코프 등과 교류함. 투르게네프와 논쟁 후 화해. 3월, 11개월 간의 휴가를 요청함. 1855년 8월 4일 쵸르나야 레치카 유역 전투에서 세운 무공을 인정받아 중위로 진급됨. 잡지 「동시대인」에 「눈보라」 발표. 4월, 야스나야 폴랴나 농노 해방 계획을 세움. 5월, 잡지 「동시대인」에 「두 경기병」 발표. 내무성 장관 A.I.레프쉰에게 야스나야 폴랴나 농노 해방 계획서를 보냄. 6~10월, 야스나야 폴랴나에 머물며 농노들에게 농노 해방 계획을 설명하고 설득하였으나 실패로 돌아감. 「홀스토메르」, 「카자크 인」, 「청년시절」, 「먼 들」을 집필함. 11월~1857년 1월, 페테르부르크에 머물며 「강등병」, 「자유로운 사랑」, 「러시아 지주의 이야기」, 「지주의 아침」, 「알베르트」, 「청년시절」 등을 집필함. 군대에서 퇴역. 12월, 잡지 「도서관」에 「강등병」이, 잡지 「조국수기」에 「지주의 아침」이 실림.

1857년(29세) 1월, 잡지 「동시대인」에 「청년시절」 발표. 1~7월, 프랑스, 스위스, 이탈리아, 독일 등지를 여행함. 8월, 야스나야 폴랴나에 돌아와 「카자크 인」, 「알베르트」를 집필. 9월, 잡지 「동시대인」에 「루체른」 발표. 11~12월, 모스크바와 야스나야 폴랴나를 오가며 「카자크 인」, 「알베르트」, 「세 죽음」, 「부활절」 등을 집필.

1858년(30세) 3월, 페테르부르크로 가 네크라소프에게 「알베르트」 원고를 전달함. 3~4월, 모스크바에서 「부활절」을 집필. 6~8월, 농사에 전념함. 잡지 「동시대인」에 「알베르트」가 실림. 9월, 농노의 삶을 개선하기 위한 툴라 주 위원회의 위원을 선출하기 위한 귀족 회의에 참가.

1859년(31세) 1월, 잡지 「도서관」에 「세 죽음」 발표. 러시아 문학애호가협회 회원이 됨. 1~2월 「결혼의 행복」 집필. 5월, 야스나야 폴랴나의 저택을 수리. 「러시아 통보」에 「결혼의 행복」 발표. 11월, 야스나야 폴랴나에 농민의 아이들을 위한 학교를 세우고 교육에 전념함.

1860년(32세) 야스나야 폴랴나에서 농민 아동 교육에 전념함. 3월, 교육에 관한 최초의 글 「교육에 관한 수기와 자료」를 쓰고, 당시 계몽성 장관이었던 E.P.코발렙스키에게 민중 교육을 위한 기구의 창설과 교육 잡지의 창간을 요청함. 교육 기구 창설은 거부되었으나, 교육 잡지는 「야스나야 폴랴나」라는 이름으로 1862년에 톨스토이가 직접 발간함. 7월, 두번째 유럽 여행을 떠나 독일, 스위스, 프랑스와 영국을 돌아보며 교육 제도를 시찰함. 8~9월, 위독한 상태의 맏형 니콜라이와 함께 프랑스에 머물며 민중 교육에 대한 글들을 씀. 9월 20일, 맏형 니콜라이가 결핵으로 죽음. 가을, 플로렌스에서 데카브리스트 S.G.볼콘스키와 친분을 나눔. 볼콘스키는 훗날 미완작 「데카브리스트」의 피에르 라바조프의 원형이 됨. 런던에서 A.I.게르첸과 교류하며 찰스 디킨스의 교육 강의를 들음. 「카자크인」, 「이딜리야」, 「티혼과 말라니야」 등을 집필.

1861년(33세) 4월, 페테르부르크로 돌아와 주일학교들을 돌아보고 계몽성 장관 코발렙스키에게 교육 잡지 「야스나야 폴랴나」의 창간을 요청함. 5월, 야스나야 폴랴나로 돌아와 지주와 농민 간의 분쟁 조정위원으로 위촉됨. 8월, 톨스토이가 농민들의 편에 선다는 이유로 귀족들이 크라피브나 귀족단장에게 탄원서를 보냄. 10~11월, 농민들의 요청에 따라 크라피브나 지방에 12개 학교를 개설함.

1862년(34세) 봄, 야스나야 폴랴나와 모스크바를 오가며 잡지 「야스나야 폴랴나」 발간에 전념함. 「민중 교육의 의미」, 「교육자의 사명」, 「교육과 양육」, 「누가 누구에게 글을 배워야 할 것인가, 농민의 아이들이 우리에게 배워야 하는가, 우리가 농민의 아이들에게 배워야 하는가」 등의 글을 씀. 자신의 미르 안에 새 학교들을 개설함. 농민들 편에 섰다는 이유로 지역 귀족들의 반대에 부딪혀 분쟁조정위원직에서 물러남. 5월, 제자 V.모로조프, E.체르노프 등과 함께 사마라 지역으로 마유(馬乳) 요양을 떠남. 7월, 톨스토이의 부재를 틈타 헌병들이 야스나야 폴랴나를 수색함. 8월, L.A.베르스가 딸들과 함께 머물던 A.M.이슬레니예프 영지를 방문함. 소피야 베르스에게 알파벳 이니셜을 이용한 고백을 함. 훗날 이 에피소드는 「안나 카레니나」에서 레빈이 키티에게 사랑을 고백하는 장면으로 삽입됨. 베르스 일가가 모스크바로 떠나자 함께 가 모스크바에 머물며 매일 베르스 일가와 만남. 잡지 「야스나야 폴랴나」를 위한 글들을 집필. 알렉산드르 2세에게 가택 수색을 항의하는 서간을 보냄. 9월, 크레믈의 성모탄생성당에서 소피야 안드레예브나 베르스(당시 18세)와 결혼. 10~12월, 「카자크 인」, 「폴리쿠쉬카」, 「티혼과 말라니야」 등을 집필.

1863년(35세) 1월, 잡지 「야스나야 폴랴나」 정간. 2월, 아내와 함께 야스나야 폴랴나로 돌아옴. 잡지 「러시아 통보」에 「카자크 인」 발표. 3월, 잡지 「러시아 통보」에 「폴리쿠쉬카」 발표. 3~4월 「홀스토메르」 집필. 6월, 맏아들 세르게이 태어남. 「전쟁과 평화」 착수. 희극 「감염된 가족」을 집필.

1864년(36세) 1월, 「감염된 가족」 탈고. 2월, 「감염된 가족」의 공연을 위해 모스크바 말르이 극장을 방문함. 8월, 「L.N.톨스토이 백작 작품집」 1권이 발간됨. 10월, 맏딸 타티야나 태어남. 11~12월, 사냥 중에 팔이 부러져 모스크바에서 치료. 잡지 「러시아 통보」에 소설 「1805년」의 1,2부 원고를 보냄.

1865년(37세) 1~2월, 잡지 「러시아 통보」에 소설 「1805년」의 1부가 실림. 3월, 「L.N.톨스토이 백작 작품집」 2권이 발간됨. 여름, 농사에 전념함. 가을~겨울, 「1805년」, 「먼 들」을 집필.

1866년(38세) 1~3월, 모스크바에 머물며 소설 「전쟁과 평화」를 위해 자료를 수

집함. 봄, 잡지 「러시아 통보」에 소설 「1805년」의 2부가 실림. 5월, 둘째 아들 일리야 태어남. 여름, 희극 「니힐리스트」 탈고. 10월, 원로회에 의해 명예 중재위원으로 위촉됨. 11월, 모스크바에서 M.N.카트코프와 「1805년」 3부의 출판에 대해 논의. 가족과 함께 야스나야 폴랴나에서 겨울을 보내며 「1805년」 집필.

1867년(39세) 야스나야 폴랴나에 머물며, 「전쟁과 평화」 발간을 위해 모스크바를 왕래함. 3월, 카트코프의 인쇄소에서 「전쟁과 평화」라는 제목으로 자비출판하기로 하였으나 성사되지 않음. 9월, 「전쟁과 평화」의 집필을 위해 보로지노의 옛 싸움터 방문. 12월, F.F.리스의 인쇄소에서 「전쟁과 평화」 1~3권 출판.

1868년(40세) 3월, 잡지 「러시아 서고」에 「전쟁과 평화에 관한 몇 가지 이야기」를 발표. 「전쟁과 평화」 제4권 발간. 9월, 「아즈부카(교과서)」 초고 집필.

1869년(41세) 1월, 「전쟁과 평화」 집필. 2월, 「전쟁과 평화」 제5권 발간. 5월, 3남 레프 탄생. 5~8월, 쇼펜하우어와 칸트의 저작에 심취함. 9월, 일리노 영지를 구입하기 위해 니즈니 노브고로드, 사란스크, 아르자마스를 거쳐 펜자 주로 감. 이때 톨스토이가 아르자마스 시의 호텔에서 처음 경험한 죽음의 공포는 훗날 「어느 광인의 수기」에 투영되었으며, '아르자마스의 공포'라고 불리는 이 경험은 이후 톨스토이를 정신적인 격변과 '회심'으로 이끌었음. 12월, 「전쟁과 평화」 제6권 발간. 이 해에 「크리스마스 트리」, 「수줍음이 많은 청년에 관한 농담」, 「오아시스」, 「아내를 죽인 자」 등의 작품에 착수하였으나 대부분 미완으로 남음.

1870년(42세) 1~2월, 셰익스피어, 괴테, 몰리에르, 푸쉬킨, 고골 등을 탐독함. 2월, 표트르 1세에 관한 소설에 착수. 2월, 아내 소피야 톨스타야에게 안나 카레니나의 원형이 될 여성상에 대해 이야기함. 5월, 툴라 지방법원의 출장 재판에 배심원으로 참석. 여름, 농사에 전념함. 11월, 표트르 1세에 관한 소설을 집필. 12월, 고대그리스어 공부에 열중함.

1871년(43세) 1~5월, 고대그리스어 공부에 열중. 열병과 복통을 호소함. 2월, 둘째 딸 마리야 태어남. 6월, 마유 요양을 위해 사마라 주로 감. 8월, 야스나야 폴랴나로 돌아와 「아즈부카(교과서)」를 집필. 12월, 「아즈부카」 1부 간행.

1872년(44세) 1~5월, 「아즈부카(교과서)」 집필. 1~4월, 아내 소피야와 큰 아이들(세르게이와 타티야나)과 함께 농민 아이들을 가르침. 2월, 표트르 1세에 관한 소설에 다시 착수함. 3월, 「카프카스의 포로」 집필. 4월, 잡지 「담화」에 「신은 진실을 보나, 바로 말해 주지 않는다」가 실림. 5월, 잡지 「노을」에 「카프카스의 포로」가 실림. 6월, 4남 표트르 탄생. 9월, 황소를 죽게 한 목동의 죽음에 대한 법적 책임 문제로 가택 연금을 당함. 이 일을 계기로 영국 이민을 계획하였으나, 툴라 지방법원장의 사과 서한을 받고 철회함. 10월, 표트르 1세에 관한 소설의 집필을 계속함.

1873년(45세) 1~2월, 표트르 1세에 관한 소설을 집필. P.D.골로호바스토프, V.K.이스토민에게 표트르 1세 치하에 관한 자료와 책들을 요청하는 서한을 보냄. 3월, 「안나 카레니나」 착수. 5월, 전 8권의 작품집에 들어갈 「전쟁과 평화」 원고 수정. 6~8월, 가족과 함께 사마라 주의 영지로 가 빈민 구제 사업에 전념함. 9월, I.N.크람스코이가 야스나야 폴랴나로 와 톨스토이의 초상화를 그림. 10월, 민중 학교의 교사들이 야스나야 폴랴나에 모여 톨스토이가 제안한 어문 교육법에 대해 토의함. 11월, 아들 표트르가 크루프로 죽음. 「L.N.톨스토이 백작 작품집」 전8권 간행. 12월, 학술원 러시아어 문학부의 회원이 됨.

1874년(46세) 4월, 5남 니콜라이 탄생. 4~5월, 「농촌 학교를 위한 문법교과서」와 「민중 교육에 관하여」를 집필. 6월, 교육 관련 저술 활동으로 인해 「안나 카레니나」 단독 출판이 연기됨. 타티야나 요르골스카야 죽음. 가을, 교과서 집필과 교육 사업에 전념함. 11월, 「안나 카레니나」의 단독 출간이 완전히 중단됨. 11~12월, 「새 아즈부카(교과서)」 집필. 12월, M.N.카트코프에게 서한을 보내 「안나 카레니나」를 잡지 「러시아 통보」에 연재하기로 함.

1875년(47세)　1~5월, 잡지 「러시아 통보」에 「안나 카레니나」 첫 3부가 연재됨. 2월, 5남 니콜라이 죽음. 5월, 「새 아즈부카(교과서)」 간행. 11월, 딸 바르바라가 태어나자마자 죽음. 「러시아 독본」 전 4권 출간. 가을~겨울, 「안나 카레니나」, 「고행자 유스티니아누스의 삶과 고난」, 「그리스도교의 의미」, 「시간과 공간을 초월한 삶에 관하여」 등의 집필에 전념함. 12월, P.I.유쉬코바가 야스나야 폴랴나에서 죽음.

1876년(48세)　겨울, 「안나 카레니나」의 집필에 전념. 2~4월, 잡지 「러시아 통보」에 「안나 카레니나」 3~5부가 연재됨. 여름, 바이올리니스트 I.M.나고르노프, T.A.쿠즈민스카야 등이 야스나야 폴랴나를 찾아옴. 나고르노프의 연주 중 특히 크로이처 소나타에 열광함. 10월, 툴라 주 귀족회의에서 지원을 받아 야스나야 폴랴나에 사범학교를 건립하고자 했으나 성사되지 않음. 11월, 러시아-터키 전쟁이 임박했다는 소식을 듣고 자세히 알아보러 모스크바에 감. 이때 세르비아로 떠나는 러시아 자원병들의 모습이 「안나 카레니나」 후반부에 그려짐. 12월, 잡지 「러시아 통보」에 「안나 카레니나」 원고를 전달하기 위해 모스크바에 감. N.G.루빈쉬테인이 톨스토이를 위해 연 음악회에서 P.I.차이콥스키와 알게 됨. 이 무렵부터 종교 문제에 열중하기 시작함.

1877년(49세)　겨울, 이주민을 다룬 문학 작품을 구상함. 「종교의 정의」, 「그리스도교 교리문답」에 착수. 2~5월, 잡지 「러시아 통보」에 「안나 카레니나」 6~7부 연재. 6월, 「안나 카레니나」 8부의 전쟁 장면들에 관한 의견 대립으로 「러시아 통보」 5호에는 8부의 요약본이 게재됨. 7월, 「안나 카레니나」 8부 단독 출간. 8~9월, 전 4권의 「슬라브 독본」 출간. 9월, 툴라 주 행정위원회 서기장과 크라피브나 자치회 의원, 교육위원회와 여자 김나지움 감독위원회, 노역의무 면제위원회, 민병 및 예비군 가정 지원 의원회 등의 회원으로 위촉됨. 12월, 6남 안드레이 탄생. 툴라 실업학교의 명예 후견인으로 위촉됨.

1878년(50세)　겨울, 데카브리스트에 관한 소설을 쓰기 위해 모스크바와 페테르부르크에 가 데카브리스트와 그 가족들을 만나고 자료를 수집함. 4월, 1861년 불화 이후 왕래하지 않았던 투르게네프에게 서한을 보내 화해를 청함. 5월, 「신앙에 관한 논쟁」, 「나의 삶」 등을 집필. 8월과 9월, 투르게네프가 야스나야 폴랴나를 방문함. 9~12월, 소설 「데카브리스트」 집필.

1879년(51세) 1~3월, 「데카브리스트」 집필. 미완작 「수고하며 무거운 짐 진 자들」 초고 집필. 1월, A.A.톨스타야를 통해 데카브리스트 자료 열람을 위한 제3부 기록보관소 방문을 요청하였다가 거절당함. 봄, 사순절 금식을 엄격히 지키고 매일 저녁 복음서를 읽음. 3월, 모스크바에 있는 법무성 기록보관소에 18세기 자료 열람을 요청하였다가 거절당함. 4월, 외무성 장관 N.K.기르스에게 서한을 보내 모스크바와 페테르부르크의 기록보관소 열람을 요청하여 5월에 승낙을 받음. 6월, 키예프에 있는 키예프-페체르스키 수도원을 방문함. 10~12월, 철학적 종교적 사상의 격변기를 겪음('회심'). 12월, 7남 미하일 탄생.

1880년(52세) 1월, 모스크바에서 작품집의 재발간에 착수하여 F.I.살라예프에게 출판권을 넘겨 줌. 1~2월 「참회록」, 「교리신학 연구」 집필. 3월, 「4대 복음서의 통합, 번역, 연구」 착수. 4~7월, 「L.N.톨스토이 백작 작품집」 전 11권 발간. 6월, 모스크바의 푸쉬킨 동상 제막식에 불참. 10월, 아이들의 가정교사를 찾기 위해 모스크바에 감. I.E.레핀과 알게 됨. 11~12월, 「4대 복음서의 통합, 번역, 연구」 집필에 전념함. 아내 소피야 톨스타야와의 불화가 심해짐.

1881년(53세) 1월, 민화 「사람은 무엇으로 사는가」, 「세 아들」 집필. 2월, 도스토옙스키의 부고를 접하고 매우 슬퍼함. 3월, 알렉산드르 2세를 살해한 '민중의 의지' 당 소속 혁명가들에 내려진 사형 선고를 철회해 줄 것을 청원하는 서한을 황제 알렉산드르 3세에게 보냄. 6월, S.P.아르부조프, D.F.비노그라도프와 함께 옵티나 수도원까지 걸어서 순례함. 7월, 전 지방법원 위원 I.I.메치니코프가 죽음. 메치니코프의 병과 죽음은 훗날 「이반 일리이치의 죽음」의 모티브가 됨. 영지 경영과 마유 요양을 위해 아들 세르게이와 함께 사마라의 영지에 다녀옴. 10월, 8남 알렉세이 탄생.

1882년(54세) 1월, 신문 「현대 통보」에 「모스크바 총인구조사에 관하여」를 기고.

「이제 무엇을 할 것인가」에 착수. 모스크바 총인구조사에 참가. 1~4월, 잡지 「예술 잡지」의 편집장 N.A.알렉산드로프에게 보내는 서간 형식으로 예술에 관한 일련의 기고문을 집필함. 4월, 「참회록」을 탈고하여 잡지 「러시아 사상」에 발표. 7월, 「참회록」이 출판 금지되었다는 기사가 신문 「목소리」에 실림. 돌고하모브니키 거리에 있는 집을 구입함(훗날 톨스토이 박물관이 됨). 10~11월, 성서 연구를 위해 히브리어를 공부. 12월, 「한 마을에 독실한 이가 있었네」 착수.

1883년(55세) 1~3월, 모스크바에서 「나의 신앙은 무엇에 있는가」 집필. 4월, 야스나야 폴랴나 저택 화재. 5월, 아내 소피야 톨스타야에게 재산 관리를 일임함. 6월, 투르게네프가 죽기 전 마지막 서한을 보내 톨스토이를 '러시아 땅의 위대한 작가'로 일컬으며 순수 문학 활동에 전념해 달라고 요청함. 7월, 톨스토이가 농민들과 어울리며 평등 사상을 주입하고 교회를 장식하는 것은 어리석은 일이라고 설파한다는 밀고가 사마라 주 헌병대장에게 들어옴. 9월, 종교적 신념에 반한다는 이유로 지방법원의 배심원직을 사임함. 10월, V.G.체르트코프와 알게 됨. 이후 체르트코프는 톨스토이의 가장 가까운 친구이자 동료가 됨.

1884년(56세) 「이제 무엇을 할 것인가」, 「이반 일리이치의 죽음」 집필. 「어느 광인의 수기」, 「불은 놓아 두면 끄지 못한다」 구상. 1월, 화가 게, 톨스토이 초상화 그림. 2월, 인쇄 중이던 「나의 신앙은 무엇에 있는가」가 '비도덕적이며, 그리스도교의 가르침에 어긋난다'는 이유로 당국에 압수. 3월, 아내와의 불화, 가족 내 소외감을 토로하는 일기를 남김. 6월, 아내와의 말다툼 후 가출을 시도하였으나 임신 중인 아내를 생각하여 곧 돌아옴. 3녀 알렉산드라 탄생. 9월, A.N.오스트롭스키, I.A.곤차로프와 함께 키예프 대학의 명예위원으로 위촉됨. 11월, V.G.체르트코프 등과 함께 민중을 위한 출판사 '중개인'을 설립함.

1885년(57세) 소설 「홀스토메르」와 「이반 일리이치의 죽음」 집필. 민화 「불은 놓아 두면 끄지 못한다」, 「사랑이 있는 곳에 신이 있다」, 「소녀는 노인보다 지혜롭다」, 「일리야스」, 「바보 이반」 등을 집필함. 1월, 아내 소피야 톨스타야, 톨스토이 작품의 출판과 판매 관리를 시작함. 2월, 헨리 조지의 저서를 탐독함. '중개인'에 「형제와 황금」 원고를 넘김. 키시뇨프에서 톨스토이 사상에 영향을 받은 최초의 병역 거부자가 나옴. 10월, 「참회록」, 「요약복음서」, 「나의 신앙은 무엇에 있는가」가 체르트코프의 번역으로 런던에서 출판됨. 가족들은 모스크바로 가고 톨스토이만 야스나야 폴랴나에 남아 「이제 무엇을 할 것인가」를 집필. 12월, M.E.살티코프-셰드린에게 서한을 보내 '중개인'과의 협력을 요청.

1886년(58세) 「어둠의 힘」, 「문명의 열매」, 「빛이 있을 때 빛 속을 걸어라」, 「회개하는 죄인」, 「세 은수자」, 「달걀만한 씨앗」, 「사람에게 많은 땅이 필요한가」, 「빵 한 조각을 보상한 악마 이야기」, 「일꾼 예멜리얀과 빈 북」, 「최초의 양조자」 등을 집필. 1월, 8남 알렉세이 죽음.

1887년(59세) 「빛이 있을 때 빛 속을 걸어라」, 「인생론-삶에 관하여」, 「수라트의 찻집」, 「지혜로운 여인」 등을 집필. 겨울, 육식을 금하고 채식주의를 설파함. 2월, '중개인'에서 희곡 「어둠의 힘」이 출간되었으나 당국에 의해 공연 금지됨. 2월, P.I.비류코프와 함께 '중개인'에서 출판할 「새 요약 아즈부카(교과서)」를 집필. 여름, 농사에 전념하며 「인생론-삶에 관하여」를 수정·집필함. 4월, 톨스토이를 찾아온 배우 V.N.안드레예프-부를락이 기차 안에서 어떤 사람에게 들은 아내의 부정 이야기를 전함. 이 이야기가 「크로이처 소나타」의 모티브가 됨. 7월, 「인생론-삶에 관하여」 탈고, 비류코프를 통해 원고를 전달함.

1888년(60세) 1월, 희곡 「어둠의 힘」이 프랑스 파리에서 초연됨. 「인생론-삶에 관하여」가 발간 금지되어 전량 압수됨. 톨스토이가 서문을 쓴 T.M.본다레프의 「농민의 축제」가 발간 금지됨. 2월, I.E.레핀과 N.N.게에게 서한을 보내 '중개인'에서 출판할 도서를 위한 일러스트를 그려 달라고 요청함. 5월, A.F.코니에게 서한을 보내 로잘리오니와 유혹자에 대한 그의 이야기를 작품 소재로 사용할 수 있게 해 달라고 요청함. 이 이야기가 훗날 「부활」의 모티브가 됨. 검열 당국에 의해 「매일을 위한 명언집」이 발간 금지됨. 5~6월, 딸들과 함께 농사일에 전념함. 6월, 여농(女農) 아브도티야 코필로바에게 오두막을 세워 줌.

1889년(61세)　1~2월, 「악마」, 「문명의 열매」, 「예술에 대하여」, 「Carthago delenda est」 등을 집필. 「부활」에 착수. 3월, 조각가 K.A.클로트의 「밭에서의 톨스토이」를 위해 모델을 해 줌. 아내 소피야 톨스타야의 번역으로 「인생론-삶에 관하여」의 프랑스어판이 나옴. 4~5월, 「크로이처 소나타」 집필. 잡지 「러시아의 자산」에 실릴 「예술에 관하여」 원고를 교정함. 12월, 야스나야 폴랴나 저택에서 「문명의 열매」 공연.

1890년(62세)　「부활」, 「문명의 열매」, 「세르기 신부」, 「크로이처 소나타 에필로그」, 「왜 스스로를 마취시키는가」, 「하느님의 나라는 우리 안에 있다」(「무저항에 관한 글」) 등을 집필. 1월, 연극 애호가들에 의해 페테르부르크에서 「어둠의 힘」 러시아 초연. 3월, 톨스토이 작품집 13권에 포함된 「크로이처 소나타」가 내무성 장관 I.N.두르노보에 의해 발간 금지됨. 4월, 연극 애호가들에 의해 툴라에서 「문명의 열매」 초연. 6월, 모든 작품에 대한 저작권을 사회에 환원하겠다고 아내 소피야에게 선언함.

1891년(63세)　「세르기 신부」, 「굶주림에 관하여」, 「첫 걸음」, 「빛은 어둠 속에서도 빛난다」, 「하느님의 나라는 우리 안에 있다」 등을 집필. 1월, 「Contemporary Review」지에 「왜 스스로를 마취시키는가」의 영역본이 게재됨. 3월, 「Review of Review」지에 「니콜라이 팔킨」의 영역본이 게재됨. 「어머니」(「어머니의 일기」) 착수. 4월, 아내 소피야가 출판 금지되었던 「크로이처 소나타」의 발간 허가를 얻어 냄. 5월, 제네바에서 「교리신학 연구」 출판. 6월, 1881년 이후 쓰인 저작에 대한 저작권 포기를 발표하려 하자 아내 소피야 톨스타야가 자살을 기도함. 9~11월, 중부 러시아의 대기근으로 고통받는 툴라와 랴잔 주의 농민 구제 활동에 전념. 「굶주림에 관하여」 집필. 10월, 「굶주림에 관하여」가 실린 잡지 「철학과 심리학의 제 문제」가 검열국에 의해 발행 금지됨. 12월, 「굶주리는 민중에 대한 도움」, 「일꾼 예멜리얀과 빈 북」, 「대기근으로 고통 받는 민중을 구제하는 방법에 관하여」가 실린 모음집 발간.

1892년(64세)　1월, 농민 구제 활동을 이어감. 잡지 「러시아 통보」에 대기근 피해자를 돕기 위해 모집된 후원금의 사용 내역을 게재. 「굶주리는 민중에 대한 도움」이 검열에 의해 많은 부분 삭제됨. 모스크바 말르이 극장에서 「문명의 열매」 공연. 7월, 톨스토이에게 속한 모든 부동산을 아내와 자식들에게 양도한다는 재산 분할 증서에 서명함.

1893년(65세) 1월, 잡지 「북방 통보」에 「수라트의 찻집」이 실림. 2~7월, 세 차례에 걸쳐 베기쳅카 지역을 돌아보며 빈민 구제 사업 현황을 시찰함. 11~12월, 「하느님의 나라는 우리 안에 있다」 탈고. 「부작위의 죄」, 「종교와 도덕」, 「그리스도교와 애국심」, 「세 가르침」 등을 집필함.

1894년(66세) 1월, 베를린에서 「하느님의 나라는 우리 안에 있다」가 러시아어로 출판됨. 모스크바 심리학회의 명예회원으로 선출됨. 5~12월, 「그리스도교의 가르침」 집필. 9월, 「주인과 일꾼」 집필. 11월, 스위스에서 출판된 「4대 복음서의 통합, 번역, 연구」가 러시아 내무성에 의해 국내 반입 금지됨. 12월, 두호보르파 신자들을 만남. 「젊은 황제의 꿈」 집필. 잡지 「북방 통보」에 톨스토이가 번역하고 서문을 단 폴 카루스의 「카르마」가 실림. 「종교와 도덕」 집필.

1895년(67세) 1월, 「부활」, 「교리문답서」(「그리스도교의 가르침」), 「부끄러워라」 등을 집필. 2월, 9남 이반 죽음. 3월, 자신의 작품에 대한 저작권 일체를 사회에 환원하겠다는 유언장을 일기에 남김. 8월, 러시아에서 벌어지고 있는 두호보르파 탄압에 대한 공개 서한을 언론사에 보냄. A.P.체호프가 처음으로 찾아옴. 10~11월, 「어둠의 힘」이 모스크바 말르이 극장 초연에서 기립박수를 받는 등 러시아 전역의 극장에서 공연되어 대성공을 거둠.

1896년(68세) 1~4월, 「부활」, 「빛은 어둠 속에서도 빛난다」, 「그리스도교의 가르침」, 「하느님인가 재물인가」 등을 집필. 4월, M.M.홀레빈스키라는 의사가 금서 조친된 톨스토이의 저작을 유포했다는 이유로 체포되자 내무성과 법무성 장관에게 서한을 보내, 독자가 아닌 자신을 체포하라고 청원함. 볼쇼이 극장에서 바그너의 오페라 「지그프리드」를 관람함. 이 오페라에 대한 감상이 「예술이란 무엇인가」의 13장에 삽입됨. 5~11월, 「애국심인가 평화인가」, 「다가오는 종말」, 「자유주의자들에게 보내는 서간」 등을 집필. 「하지 무라트」 착수. 11월, 1895년 주류 전매 제도를 도입한 재무성 장관으로부터 정부가 설립한 금주회 활동에 동참해 달라는 요청서를 받았으나 거절함. 병역거부 운동으로 인해 정부로부터 심한 탄압을 받고 있던 카프카스 지역 두호보르파 신자들을 돕기 위해 비류코프와 트레구보프, 체르트코프가 쓴 호소문 「도와주십시오!」에 에필로그를 씀.

1897년(69세) 1월, 「예술이란 무엇인가」 집필에 전념. 1895년 아들 이반의 죽음 이후 음악에 빠져 있던 아내 소피야와의 관계가 계속 악화됨. 2월, 호소문 「도와주십시오!」 작성을 이유로 국외 추방된 체르트코프와 비류코프, 트레구보프를 배웅하기 위해 페테르부르크에 다녀옴. 4월, 음악원에서 A.G.루빈쉬테인의 학생극 리허설을 관람함. 「예술이란 무엇인가」의 첫 장이 이 리허설에 대한 감상으로 시작됨. 7월, 야스나야 폴랴나와 아내를 떠나겠다는 내용의 편지 두 통을 아내 소피야에게 보냄. 카잔에서 열린 '일치와 화합을 위한 제3회 전 러시아 선교사 총회'에서 톨스토이의 종교적 활동이 그리스도교와 국가 질서에 반하는 매우 위험한 사상으로 규정됨. 11~12월, 「예술이란 무엇인가」를 탈고하여 잡지 「철학과 심리학의 제 문제」에 보냄. 12월, 「살아 있는 시체」를 구상.

1898년(70세) 3월, 두호보르파 신자들에 대한 이주 지원을 호소하는 글을 잡지 「러시아 통보」와 「페테르부르크 통보」, 그리고 영국과 미국의 여러 언론사로 보냄. 4월, 두호보르파 신자들의 이주 지원금을 모집했다는 이유로 잡지 「러시아 통보」가 2개월간 정간 당함. 4~5월, 툴라와 오룔 주의 빈민 구제를 위해 활동. 「기근인가 기근이 아닌가」 집필. 6월, 3년간 집필을 멈췄던 「세르기 신부」의 집필을 재개. 「위조 쿠폰」과 「세 가지 질문」에 착수. 7월, 가출을 결심함. 8월, 탄생 70주년 기념 축하회가 열림. 세계 각지로부터 축전이 도착함. 9월, 「부활」 집필을 위해 오룔 주의 감옥들을 시찰함. 10월, 잡지 「니바」와 「부활」의 출판 계약을 체결함. 「부활」로 받은 인세 전액을 4천여 두호보르파 신자들의 캐나다 이주 자금으로 기부함.

1899년(71세) 3월, 잡지 「니바」에 「부활」 연재 시작. 여름~가을, 「부활」 집필에 전념함. 「우리 시대의 노예제도」에 착수.

1900년(72세) 1월, 학술원 문학부문 명예회원으로 위촉됨. 2~6월, 「애국심과

정부」, 「우리 시대의 노예제도」 탈고. 체르트코프에 의해 영국에서 출판됨. 3월, 신성종무원은 '레프 톨스토이 백작이 참회하지 않고 사망할 경우 모든 종류의 추모와 위령 예식을 금지한다'는 결정을 내리고, 관할 교구 내 모든 성직자들에게 이 같은 결정을 따르도록 명령하라는 비밀 서한을 전 교구에 내려 보냄. 5~6월, 가족과의 불화가 심해져 가출을 계획함. 농부가 된 네흘류도프의 삶을 그린 「부활」의 속편을 구상. 가을, 「진정 필요한 일인가」와 「출구는 어디에 있는가」, 「시체」(「살아 있는 시체」)를 집필. 11월, 농민 작가 M.P. 노비코프의 「농민의 목소리」를 읽고 깊은 감동을 받음. 12월, 11명의 두호보르파 여신자들이 야쿠티야 주로 유형 간 가족들과 함께 살 수 있도록 러시아 귀국을 허락해 달라는 내용의 청원서를 니콜라이 2세에게 보냄. 자전적 희곡 「빛은 어둠 속에서도 빛난다」 집필.

1901년(73세) 2월, 정교회에서 파문. 파문의 결정적인 계기는 「부활」의 출판으로, 신성종무원은 톨스토이가 이 작품에서 성찬식을 신성 모독한 것으로 간주함. 종무원의 결정이 공표되자 러시아 사회 전체에 격한 논쟁이 벌어짐. 4월, 「종무원에 보내는 답신」을 작성하여 자신의 종교관과 신앙을 역설함. 7월, 빈민들과 같은 방식의 장례와 저작권 포기를 당부하는 유서를 작성함. 8~9월, 건강이 악화되어 담석산통과 심장 기능 저하, 열병을 앓음. 9월, 아내 소피야와 함께 크림 반도로 요양을 떠남. 10~12월, 「종교란 무엇이며 그 본질은 어디에 있는가」, 「유일한 방법」, 「하지 무라트」 등을 집필.

1902년(74세) 「신앙의 자유」, 「노동하는 민중에게」를 집필. 2월, 폐렴으로 위독한 상태에 빠짐. 아내 소피야, 교회의 품으로 돌아오도록 톨스토이를 설득하라는 안토니 대주교의 충고 서간을 받음. 4월, 장티푸스를 앓음. 6월, 아내와 함께 야스나야 폴랴나로 돌아옴. 7~9월, 「하지 무라트」, 「위조 쿠폰」, 「노동하는 민중에게」, 「성직자에게」, 「빛은 어둠 속에서도 빛난다」, 「지옥의 붕괴와 부흥」을 집필하고, 「회상」을 구술함. 12월, 간염과 독감으로 위독한 상태에 빠짐. 검열국, 톨스토이 사망 시 보도 통제를 언론에 지시함.

1903년(75세) 1월, 「매일 읽는 현자들의 사상」 집필. 5월, 「정치인들에게」를 탈고하여 체르트코프에게 보내 영국에서 발표함. 여름, 「하지 무라트」,

「회상」, 「아시리아 왕 아사르하돈」, 「무도회가 끝난 후」 등을 집필. 8월, '중개인'에서 「매일 읽는 현자들의 사상」 출간. 가을~겨울, 「셰익스피어와 희곡에 대하여」의 초고 집필. 「신의 것, 인간의 것」, 「위조 쿠폰」, 「필요한 단 하나의 것」 등을 집필.

1904년(76세) 러일전쟁에 반대하는 「각성하라」 기고. 「위조 쿠폰」, 「어둠 속의 빛」, 「필요한 단 하나의 것」, 「러시아의 사회 운동에 관하여」 등을 집필함. 1월, 「지혜의 달력」 착수. 아내 소피야가 톨스토이의 자필 원고들을 역사 박물관에 기증함. 2월, 아내 소피야가 회고록 「나의 삶」을 쓰기 시작함. 3월, A.A.톨스타야 죽음. 8월, 형 세르게이가 위독하다는 소식을 듣고 피로고보로 감. 형이 사제를 청해 병자성사를 받도록 톨스토이가 설득함. 12월, D.P.마코비츠키가 가족의 주치의로 야스나야 폴랴나에 옴.

1905년(77세) 1월, 체홉의 「귀여운 여인」 에필로그를 집필. 「코르네이 바실리예프」, 「알료샤 고르쇼크」, 「기도」, 「산딸기」, 「대죄」, 「세기 말」, 「세가지 거짓」, 「푸른 지팡이」 등을 집필. 「수도사 표도르 쿠지미치의 유고」 착수. 페테르부르크에서 있었던 '피의 일요일'에 대한 기사를 읽음. 2월, 모스크바에서 있었던 세르게이 알렉산드로비치 대공의 암살 소식을 듣고 큰 충격을 받음. 8월, '수도사 표도르 쿠지미치의 시선으로 본 알렉산드르 1세 이야기'를 집필하고 싶다는 희망을 마코비츠키에게 전함. 10월, V.V.스타소프에게 서간을 보내 '러시아에서 일어나고 있는 혁명 운동에 있어 민중의 편에 서고 싶다'는 의사를 표명함. 국민의 기본권과 시민적 자유를 약속한 니콜라이 2세의 칙령을 읽고 '민중을 위한 것은 아무것도 없다'고 실망함.

1906년(78세) 「무엇을 위하여」, 「꿈에서 본 것」, 「정부, 혁명가, 민중」, 「러시아 혁명의 의미」, 「무엇을 할 것인가」, 「자신을 믿어라」 등을 집필. 8월, 아내 소피야, 건강이 악화됨. 11월, 딸 마리야 오볼렌스카야 죽음.

1907년(79세) 1~4월, 「아동을 위한 그리스도의 가르침」 집필. 2월, 야스나야 폴랴나 농민 학교를 부활시킴. 3~5월, 「우리의 인생관」 집필. 4월,

「삼 세기」를 구상하였으나 집필에 착수하지 못함. 4~5월, 「그리스도교를 믿는 민족들, 특히 러시아 민족이 비참한 상황에 놓인 이유는 무엇인가」 집필. 5월, 아내 소피야의 남동생 뱌체슬라프 베르스가 급진 사회혁명당원에 의해 암살됨. 7월, 국무총리 P.A.스톨리핀에게 서간을 보내 러시아 농민들의 상황을 알리고 토지 사유제를 폐지할 것을 호소하였으나 스톨리핀은 답신에서 토지 사유제의 정당성을 역설함. 7~8월, 「살인하지 말라」, 「도덕적 문제에 대한 아이들과의 대화」 등을 집필. 9~10월, 새 「지혜의 달력」 집필에 전념함.

1908년(80세) 1월, 툴라의 사제 D.E.트로이츠키가 마지막으로 방문하여 정교회로 돌아올 것을 요청함. 에디슨이 축음기를 보냄. 2월, 야스나야 폴랴나의 농민 아이들을 가르침. 5월, 사후 저작권 문제에 대해 아내와 상의함. 6월, 영구 귀국한 체르트코프가 야스나야 폴랴나 근처로 옮겨 옴. 7월, 가출에 대한 강한 의지를 일기에 남김. 사형 제도에 반대하는 「침묵할 수 없다」를 국내외 언론을 통해 발표. 8월, 건강이 악화됨. 모든 작품에 대한 저작권을 사회에 환원하고, 어떤 교회식 장례 절차 없이 '푸른 지팡이'의 자리에 매장해 달라는 유언을 남김. 신문 「새로운 루스」에 '정교의 믿음에 반하는 톨스토이의 80세 생일에 대한 일체의 축하 행사에 참가하지 말라'는 신성종무원의 권고가 실림. 8~9월에 걸쳐 세계 각지로부터 2,000통이 넘는 축전이 도착함. 「아동을 위한 그리스도의 가르침」, 「폭력의 법칙, 사랑의 법칙」, 「사랑의 축복」, 「그리스도교와 사형 제도」, 「지혜의 달력」을 집필.

1909년(81세) 1월, 「수도사제 일리오도르」, 「행인과의 대화」, 「세상에 죄인은 없다」, 「시골 마을의 노래」, 「꿈」, 「의식의 혁명」, 「유일한 계율」 등을 집필. 툴라의 교회와 경찰 당국이 아내 소피야에게 톨스토이의 죽음이 임박할 경우 곧바로 관에 알리도록 강요함. 3월, 신문 「러시아 어문」에 「고골에 관하여」 발표. 7월, 스톡홀름에서 열린 제18회 세계평화회의에 초대받음. 저작권과 재산권 문제로 가족들과 첨예하게 대립함. 재산을 정리하고 가출하고 싶다는 글을 일기 곳곳에 남김. 8월, 금서를 유포하고 혁명을 선동했다는 이유로 비서 구세프가 체포됨. 9월, 마지막으로 모스크바를 방문함. 모스크바에서 떠날 때 수많은 군중이 그를 에워싸고 박수갈채를 보냄. 간디로부터 인도의 예속 상황에 대한 편지를 받음.

1910년(82세) 1~2월, 문집 「인생의 길」, 「호드인카」, 「보답하는 대지」, 「모든 악은 여기에서 나온다」, 「사회주의에 관하여」 등을 집필. 5월, 아내 소피야, 히스테리를 일으켜 가출함. 7월, 그루만트 마을 근처 숲에서 비밀리에 최종 유언장을 작성함. 8월, 가족 몰래 유언장을 작성한 것을 후회함. 아내 소피야, 톨스토이의 장화 속에서 '나만을 위한 일기'를 발견함. 9월, 아내 소피야가 자신을 '정상적인 판단을 할 수 없는 건강 상태'로 몰고 가 유언을 무효화하려 한다는 글을 일기에 남김. 10월 24일, M.P.노비코프에게 편지를 보내 가출 계획을 알리고, 자신이 머물 집을 알아봐 달라고 요청함. 10월 27일, 아내에게 보낼 이별의 편지를 씀. 10월 28일, 마코비츠키와 함께 야스나야 폴랴나를 몰래 떠나 여동생 마리야 니콜라예브나가 있는 샤모르지노 수도원으로 감. 옵티나 수도원에 들러 여동생의 고해 사제인 이오시프 신부를 만나려고 했으나 출입이 금지됨. 10월 31일, 아내 소피야 톨스타야가 올지도 모른다는 딸 알렉산드라의 이야기에 급히 샤모르지노를 떠남. 노보체르카스크에 있는 조카를 만난 뒤 불가리아로 갈 계획을 세웠으나 고열과 오한으로 아스타포보 역에서 하차, 역장 I.I.오졸린의 숙사로 감. 톨스토이의 가족과 전국 각지의 기자들이 아스타포보에 도착함. 의사들의 결정에 따라 아내와 아이들을 환자에게 들여보내지 않음. 11월 3일, 속히 참회하고 교회의 품으로 돌아오라는 대주교 안토니의 전보가 도착함. 톨스토이에게는 보여 주지 않음. 11월 5일, 옵티나 수도원장 바르소노피가 찾아와 면담을 요청했으나 딸 알렉산드라가 거절함. 11월 7일, 아내 소피야 톨스타야가 이미 의식이 없는 톨스토이를 만남. 오전 6시 5분, 톨스토이 영면. 11월 9일, 야스나야 폴랴나에서 수많은 군중이 모인 가운데 영결식이 거행됨. 자신의 유언대로, '푸른 지팡이'가 묻혀 있다는 숲에 묘비나 표석 없이 묻힘.

톨스토이 클래식 08
유년시절

초판 발행 2018년 12월 26일
개정 1쇄 2021년 4월 30일

지은이 레프 톨스토이
옮긴이 전혜진

펴낸이 김선명
펴낸곳 뿌쉬낀하우스
편집 함미라, 김영실
디자인 박은비
주소 서울시 중구 동호로 15길 8, 리오베빌딩 3층
전화 02)2237-9387
팩스 02)2238-9388
이메일 book@pushkinhouse.co.kr
홈페이지 www.pushkinhouse.co.kr
출판등록 2004년 3월 1일 제 2004-0004호

ISBN 979-11-7036-052-0 04890
　　　979-11-7036-027-8 (세트)

Published by Pushkin House. Printed in Korea
Copyright ⓒ 2018 Pushkin House
　　　　　　ⓒ 전혜진

저작권법에 의해 보호를 받는 저작물이므로 무단 전재와 무단 복제를 금합니다.